Katherine V. Forrest

Tradition

Aus dem Amerikanischen von
Anke Grube und Maren Klo

Ariadne Krimi 1037
Argument

Titel der amerikanischen Originalausgabe: Murder by Tradition

Lektorat: Regina Weber

Deutsche Erstausgabe
Februar 1993

Rentzelstraße 1, 2000 Hamburg 13
Telefon 040 / 45 36 80 — Telefax 040 / 44 51 89
Titelgraphik: Johannes Nawrath
Signet: Martin Grundmann
Texterfassung durch die Übersetzerinnen
Fotosatz: Comptext, Berlin
Druck: Clausen & Bosse, Leck
ISBN 3-88619-537-6

Danksagung

Die professionelle und persönliche Unterstützung, die ich bekam, während ich an diesem Roman schrieb, war für mich von besonderer Bedeutung. Dafür danke ich:

Der Third Street Writers Group, geschätzte und hochtalentierte KollegInnen, die über die Jahre meine vertrauten FreundInnen geworden sind:
Gerald Citrin, Montserrat Fontes, Janet Gregory, Jeffrey N. McMahan, Karen Sandler und — neu dazugekommen — Vicki P. McConnell.
Außerdem Dank an Jeff und Gerry für ihre unentbehrliche moralische Unterstützung.

Michael Nava für seine Hilfe bei etlichen juristischen Spitzfindigkeiten, für seine ehrliche Freundschaft und die inspirierende Wirkung, die sein eigenes Werk auf mich hatte.

Barbara Grier für ihre Anregungen und für ihre klare Vorstellung von diesem Roman und meiner ganzen Arbeit.

Ganz besonderen Dank an Detective Supervisor Mary F. Otterson, Madison, Wisconsin. Für den unschätzbaren Wert ihres Rats, ihre geduldige Mitteilungsbereitschaft über die Realität der Polizeiarbeit. Für ihre kostbare Freundschaft in all den Jahren. Und für ihre ganz persönliche Integrität, die mir mehr als irgend etwas anderes half, die tatsächliche Bedeutung der Gestalt Kate Delafield zu erkennen, und die mir Kates Alltag und Wirklichkeit vermittelt hat.

Katherine V. Forrest

Erster Teil

I

Kriminalkommissarin Kate Delafield fuhr die Third Street hinunter. Fünf Streifenwagen standen vor den gespannten gelben Plastikbändern, die den Tatort weiträumig absperrten und leicht in einer milden Brise flatterten. Sie bog in die Harper Avenue ab und parkte ihren Plymouth. Detective Ed Taylor kletterte mit einem lautstarken Gähnen aus dem Auto und streckte sich ausgiebig. Er wußte von vielen vorangegangenen Ermittlungen, daß Kate Wert darauf legte, sich dem Tatort in aller Ruhe zu nähern. Kate kramte ihr Notizbuch aus der Umhängetasche und notierte sich Datum, Uhrzeit und Temperatur: Los Angeles, 4. Februar 1989, 7:35 Uhr, ungefähr 13 Grad Celsius. Mit Taylor im Kielwasser ging sie zurück zur Third Street.

An diesem frühen Samstagmorgen rollte der Verkehr flüssig über die noch menschenleere Straße und geriet nur am Ort des Polizeiaufkommens kurz ins Stocken. Die vertikalen Neonbuchstaben eines Spirituosengeschäfts an der Ecke Harper Street strahlten hell über die Kreuzung. Das nächste Gebäude beherbergte ein Restaurant namens Indigo, gefolgt von der Minassian Teppich-GmbH, einem Christian Science-Vortragsraum, einem Schönheitssalon und einer Wäscherei. Dann das *Tradition*.

Das Restaurant in der Mitte der Häuserzeile, deren abgesperrte Peripherie von Felix Knapp und Chris Hollings bewacht wurde, war kaum breiter als ein Schaufenster. Kate nickte den beiden Beamten anerkennend zu. Die weiträumig gespannten Absperrbänder würden die Presse auf den nötigen Abstand halten.

Taylor duckte sich unter den Plastikbändern durch, während Kate noch ein Stückchen weiterging. Sie warf einen Blick in das Schaufenster des angrenzenden Geschäfts — eine Modeboutique namens Andrias Mauerloch. Schaudernd betrachtete sie die ausgestellten Kleidungsstücke, die sie nicht mal zu einer Halloween Party anziehen würde. Das nächste Gebäude war eine Chemische Reinigung, dann ein kleines Bürohaus und an der Ecke der Sweetzer Avenue eine Mini-Einkaufszeile mit einem halben Dutzend Geschäften. Eine ähnliche Einkaufszeile auf der gegenüberliegenden Straßenseite wurde von einem 7-Eleven Supermarkt beherrscht. Daneben der HiFitempel Taj Soundworks, dann ein leerstehender Laden, ein Geschäft namens Objects, eine Druckerei, ein Supernail, ein Yogacenter und ein Verpackungsbetrieb.

Kate hielt alles säuberlich in ihrem Notizbuch fest. Dann ging sie zurück zum *Tradition* und tauchte unter dem Absperrband durch, um das Restaurant näher in Augenschein zu nehmen.

Weiße Fensterläden schmückten die untere Hälfte des Frontfensters, gobelinartige Vorhänge die obere. Ein kleiner wolkenförmiger Baldachin in Dunkelblau beschirmte die Tür, deren Glasscheibe mit dem gleichen Vorhangstoff verziert war wie das große Fenster.

Neben Sergeant Fred Hansen, der den Eingang bewachte, unterdrückte Taylor gerade ein weiteres Gähnen. Hansen, eine Hand auf dem Pistolenhalfter, in der anderen sein Clipboard, sah ihr entgegen.

Sie nickte ihm zu: »Morgen, Fred.«

»Morgen, Kate«, Hansen erwiderte das Nicken und konsultierte mit düsterer Miene sein Clipboard. »Das Opfer heißt Edward Ashwell Crawford, weiß, männlich, genannt Teddie, T-e-d-d-i-e, nach Aussage seines Partners.« Er deutete hinter sich. »Hübsches kleines Lokal mit angeschlossenem Partyservice.« Seine düstere Miene wurde weicher. »Netter kleiner Laden. Hätte nichts dagegen, selbst so was zu haben.« Der weiche Ausdruck auf seinem Gesicht verschwand, als er nüchtern hinzufügte: »Abgesehen von dem, was in der Küche ist. Wirklich idyllisch da drin. Sein Partner ist einmal durch den ganzen Raum geschliddert, um zu sehen, ob das Opfer noch am Leben ist.«

»Großartig«, murmelte Taylor. Er knöpfte sein Plaid-Jackett auf, zupfte an den Ärmeln und schob die Hände in die Taschen.

Kate wußte, daß Taylors nervöses Gezupfe eine Vorbereitungsmaßnahme war — er wappnete sich für das, was auf sie zukam. »Sonst noch was?« fragte sie Hansen mit einer Brüskheit, die aus ihrer eigenen Anspannung resultierte, eine vertraute und notwendige Selbstschutzreaktion.

Hansen schüttelte den Kopf. »Der Partner ist völlig fertig, ich konnte nicht viel aus ihm rauskriegen.« Er deutete auf einen der Streifenwagen, der vor dem gelben Absperrband parkte. Im Fond saß ein Mann, den gebeugten Kopf in den Händen vergraben. »Pierce, Swenson, Foster und Deems überprüfen gerade die Umgebung, aber abgesehen vom 7-Eleven ist noch überall geschlossen. Hinter dem Restaurant ist eine kleine Allee. Sie wird gerade unter die Lupe genommen. Ich schätze, das Opfer ist schon seit ein paar Stunden tot. Das Blutbad da drin ist bereits am Eintrocknen.«

»Danke, Fred«, sagte Kate.

Hansen öffnete die Tür zum *Tradition*.

Eine Theke mit einer altmodisch verschnörkelten Registrierkasse füllte den vorderen Teil des langgestreckten Raums aus. An der Längswand befand sich eine gläserne Kühlvitrine. Sie war leer, aber die aufgeklebten handschriftlichen Schilder zeigten an, was hier eigentlich zur Auswahl stehen sollte: Limonenpasta mit Kräutern, gefüllte Weinblätter, Hähnchenbrust Dijon, Krabbensalat, buntes Gemüsebouquet.

Der hintere Teil des Lokals lag im Dunkel, aber man konnte acht kleine Tische mit Tischtüchern erkennen, einen verschlissenen Orientteppich und kunstvoll verschnörkelte Eisenstühle mit gepolsterten Sitzflächen. Drei impressionistische Landschaftsbilder leuchteten traumartig aus dem Schatten hervor. Taylor sah sich um, kratzte die kahle Stelle an seinem Hinterkopf und drapierte einige helle blonde Haarsträhnen darüber. »Ziemlich halbseiden«, verkündete er.

Kate gefiel das Lokal, die sanfte Noblesse, die sich wohltuend vom lauten Kommerz der Straße abhob. Sie vermutete, daß das Restaurant eine treue Stammkundschaft anzog, die den bescheidenen unprätentiösen Charme zu schätzen wußte. Sie ging zur Theke und hielt einen Moment inne, um eine Karte in einem kleinen Weidenkorb zu lesen.

TRADITION
Partyservice für Anspruchsvolle

Sie richtete sich auf, straffte die Schultern und ging auf die Tür hinter der Theke zu. Von der Türschwelle aus überflog sie zunächst mit schnellem Blick den Raum, einschließlich der Decke, und begann sich dann sorgfältig umzusehen.

In der Mitte der Einbauküche, die mit zwei rostfreien Stahlspülen, resopalbeschichteten Arbeitsflächen und einem eingebauten Kühlschrank ausgestattet war, stand ein großer Tisch für die Essenszubereitung. Makellos, dachte Kate. Alles, was aus dieser Küche kam, würde sie bedenkenlos essen. Langsam ließ sie den Blick sinken, erforschte den Raum abschnittsweise wie ein Kameraobjektiv. Der Schrank und die Wände waren strahlend weiß, abgesehen von einer recht umfangreichen Fläche direkt neben der Spüle, wo sich ein Muster von leuchtend roten Bögen und Spritzern mehrere Fuß hoch auf der Wand abzeichnete. Nah an der Fußleiste zog sich eine schmierige rote Spur entlang, als ob jemand mit der Hand darüber gewischt hätte.

»Der Typ muß restlos ausgelaufen sein«, brummelte Taylor hinter ihr von der Türschwelle.

Sie senkte den Blick auf den glänzenden Fliesenboden. Der Leichnam von Edward Ashwell Crawford lag in einer riesigen Blutlache, die an den Rändern zu blutigen Rinnsalen zerfloß. In den Längsrillen zwischen den weißen Fliesen staute sich das Blut noch mehrere Fußbreit um die Leiche. Weitere vereinzelte Pfützen und blutige Fußabdrücke bedeckten den übrigen Boden. Bei einigen der Fußspuren war deutlich zu erkennen, daß jemand auf dem glitschigen Untergrund ausgerutscht war. Die schwarze Hose des Leichnams war blutgetränkt. Zwischen den Fetzen eines zerrissenen Hemds, das blutrot verfärbt an seinem Körper klebte, sah man Stückchen weißer Haut hervorschimmern. Nur an einer Ecke des Kragens konnte Kate noch erkennen, daß das Hemd einmal weiß gewesen war. Teddie Crawfords Arme waren über der Brust verschränkt, als wollten sie das ausströmende Blut zurückhalten. Die leeren braunen Augen starrten zur Decke.

»Schweizer Käse«, kommentierte Taylor. »Den hat jemand total in Schweizer Käse verwandelt.«

»Es ist unglaublich, wie viel Blut ein Mensch hat«, murmelte Kate.

»Ein verdammt gutaussehender Junge«, verkündete Taylor.

Kate, die sich fragte, woran er das erkennen wollte, betrachtete den Körper genauer. Der Kopf lag in einer Blutlache, und das zerwühlte Haar, dunkel und dick, war davon durchtränkt. Das kalkweiße Gesicht war mit roten Tröpfchen bedeckt. Und doch — der Kopf war wohlgeformt, das Gesicht schön geschnitten. Lange dichte Wimpern umrahmten die starren, dunklen Augen, die Nase war aristokratisch geschwungen. Die Lippen wirkten selbst in der Starrheit des Todes noch voll und sinnlich, und der Rumpf war schlank und wohlgeformt. Kate betrachtete die blutgetränkte Hand, die ihr am nächsten war, die schmalen, feingliedrigen Finger. Taylors Wahrnehmung inmitten dieses grausigen Blutbads überraschte sie. »Ja, du hast recht«, pflichtete sie ihm bei. »Äußerst gutaussehend.«

Und schwul. Das fühlte sie mit instinktiver Sicherheit.

Sie beugte sich so weit wie möglich über die Türschwelle und betrachtete die Hand des Leichnams, die ihr am nächsten war. Die Handfläche wies nach unten, der kleine Finger war unnatürlich abgespreizt. Sie mußte diesen Raum unbedingt näher untersuchen, und zwar so schnell wie möglich. Ungeduldig meinte sie: »So ein Mist! Wir können nichts tun, bevor der Gerichtsmediziner und die Spurensicherung da sind. Wir können nicht mal reingehen.«

Taylor deutete auf die verschmierten Blutlachen und Fußabdrücke. »Was willst du hier noch an Spuren verwischen?«

»Wir sollten es nicht noch schlimmer machen«, sagte Kate lakonisch. Als D-3 Kommissarin in diesem Mordfall trug sie die Verantwortung für die Ermittlungen, sie traf alle wichtigen Entscheidungen am Tatort. »Erstmal müssen Shapiro und Napoleon Carter hier gewesen sein. Vorher geht da niemand rein.«

»Siehst du das da?« Taylor deutete auf den Tisch.

Ein Stückchen Glas glänzte im fluoreszierenden Licht. Die Oberfläche war mit einer puderartigen Substanz bedeckt.

»Koks«, sagte er.

Kate zuckte die Achseln. »Wahrscheinlich.«

»Eine Party, die außer Kontrolle geraten ist«, sagte Taylor. »Ziemlich außer Kontrolle.«

»Vielleicht«, sagte Kate und betrachtete die starren Augen des Toten. Sie wußte, daß es irrational war, trotzdem hoffte sie, daß dieser wunderschöne junge Schwule nicht gestorben war, weil eine Party »außer Kontrolle geraten war«.

2

»Dieses Lokal war mein Leben«, schluchzte Francisco Caldera. »Jetzt ist alles sinnlos, ohne Teddie ...«

Der bleistiftdünne Latino saß zusammengesunken auf dem Rücksitz eines Streifenwagens, die Füße baumelten seitlich aus der offenen Tür. Er hielt die Arme verschränkt und umklammerte verzweifelt seinen eigenen Körper. Kate und Taylor standen neben der offenen Wagentür.

»Wann haben Sie ihn zuletzt gesehen?« fragte Kate. Mit Mühe hielt sie dem verzweifelten Blick des jungen Mannes stand, der zu ihr hochsah. Nach einem einzigen Blick auf

Taylor hatte er seine Augen nicht mehr von ihr abgewendet. Obwohl sie wußte, daß dieser junge Mann ein Verdächtiger war, daß Mörder oft genausoviel oder sogar noch mehr Kummer zeigten als jeder andere, verspürte sie den fast unbändigen Wunsch, ihm tröstend über sein feines, weiches Haar zu streichen.

»Gestern abend«, sagte er und wischte sich die Tränen ab. »Wir haben das Lokal um elf geschlossen.«

»Schließen Sie immer um elf?«

Er schüttelte den Kopf. »Wir hatten einen größeren Auftrag für eine Party heute abend. Wir haben noch Marinaden und Saucen vorbereitet ...« Er hob die Hand und ließ sie mit einer Geste der Vergeblichkeit wieder in den Schoß fallen. Er trug ein weißes Baumwolljackett über einem lindgrünen Hemd, dazu eine großzügig geschnittene graue Hose.

»Wer ging als erster?« fragte Kate.

Für einen kurzen Moment schloß er die Augen. Auf seinen dunklen Wimpern schimmerte es feucht. »Teddie. Gloria hat ihn abgeholt.« Auf Kates fragenden Blick hin fügte er hinzu: »Gloria Gomez. Die beiden wohnen zusammen — drüben auf Crescent Heights.«

Teddie hatte also mit einer Frau zusammengewohnt. Trotzdem zweifelte Kate keinen Moment daran, daß Teddie Crawford schwul gewesen war. Ebenso wie Francisco Caldera. Vielleicht war die Frau, mit der Teddie Crawford zusammengelebt hatte, lesbisch. »Haben die beiden gesagt, wo sie hinwollten?« fragte sie.

»Sie wollten ins *Malone's*. Eine Bar in West Hollywood.« Mit bitterem Selbstvorwurf fügte er hinzu: »Teddie wollte, daß ich mitkomme. Aber ich war zu müde, ich wollte unbedingt ein bißchen Schlaf nachholen. Wenn ich mitgegangen wäre, würde er vielleicht noch leben ...«

Kate dachte an Joe D'Amico vom kriminaltechnischen Labor, der dauernd irgendwelche Klatschgeschichten aus den Schwulenbars in West Hollywood und Silverlake erzählte.

Aber der Name dieses Lokals sagte ihr nichts. Vielleicht war es erst neu eröffnet worden? Oder vielleicht keine Schwulenbar? Beiläufig fragte sie: »Hat *Malone's* ein spezielles Publikum?«

»Gemischt. Es ist eine von Glorias Lieblingskneipen. Sie war da mit ihrem neuen Freund verabredet, um ihn Teddie vorzustellen.«

Gloria Gomez war also allem Anschein nach heterosexuell. Und *Malone's* zog eine bunte Mischung von Leuten ganz unterschiedlicher sexueller Orientierung und ethnischer Herkunft an, wenn sie Gloria Gomez' Vorliebe richtig deutete.

»Diese Gloria«, sagte Taylor. »Wie hat sie sich mit Teddie verstanden?«

»Er war wie ein Bruder für sie. Alle mochten Teddie.«

»Mit einer Ausnahme offenbar. Erzählen Sie uns, was gestern abend passiert ist.«

Caldera riskierte einen vorsichtigen Blick auf Taylor und schüttelte den Kopf. »Ich habe nicht die geringste Ahnung, was geschehen ist, nachdem Teddie hier weggegangen ist.«

Kate beobachtete Taylor mit müdem Ärger. Sobald er einem Mann begegnete, der irgendwie anders war als er selbst, mußte er sich sofort als der Überlegene aufblasen. Francisco Caldera mochte in einer durch und durch amerikanischen Mittelschichtsfamilie geboren und aufgewachsen sein — für Taylor war er ein Latino und sonst gar nichts.

»Haben Sie mit eigenen Augen gesehen, daß Gloria Gomez ihn abgeholt hat?« fragte Taylor.

»Sie hupte von der Allee her. Sie fährt einen Honda Civic, ich kenne die Hupe.«

Kate zog ihr Hosenbein hoch, stellte einen Fuß auf den Boden des Streifenwagens und beugte sich so weit zu Caldera vor, daß sie ihn fast berühren konnte. »Bitte sagen Sie uns«, sagte sie freundlich, »wann Sie heute morgen hierhergekommen sind und was Sie gesehen haben.«

»Ich bin so gegen sieben ins Lokal gekommen —« Er sah sie

an, seine dunklen Augen feucht vor Tränen. Er versuchte, sein Zittern zu unterdrücken, und verschränkte wieder die Arme vor der Brust.

»Durch welche Tür sind Sie gegangen?« Taylor machte sich eifrig Notizen.

»Durch die Küchentür, wie immer. Dann sah ich Teddie ... dort liegen. Ich mußte sehen, ob er ... Ich bin zu ihm gerannt ... bin immer wieder ausgerutscht ...«

Er senkte weinend den Kopf. Mit zitterndem Finger deutete er auf seine weißen Nike-Turnschuhe. »Das ist Teddies Bl... das ist Teddies Blu...« Der Rest ging in ersticktem Schluchzen unter.

Taylor fragte: »Haben Sie ihn berührt?«

»Ich weiß es nicht mehr, Sir.« Seine Stimme klang wie unter Wasser.

»Haben Sie die Leiche umgedreht?«

Caldera schüttelte den gesenkten Kopf. »Ich hatte Angst. Ich bin zum Telefon gerannt, dann kam die Polizei.«

»Warum hatten Sie Angst?«

Talyor sprach mit sanfter Stimme, aber Calderas Kopf zuckte hoch. »Ich habe noch nie einen Toten gesehen. Es war *Teddie*. Mein Freund, der beste Freund, den ich je —« Er wurde erneut von einem Weinkrampf geschüttelt.

Taylor sagte: »Sie wußten, warum er ermordet wurde, deshalb hatten Sie Angst, richtig?«

Caldera starrte ihn an, während er versuchte, die Tränen von seinen Wangen zu wischen. »Mann, wovon reden Sie?«

Kate mußte sich im stillen eingestehen, daß Taylor gute Fragen stellte. Dennoch mischte sie sich ein. »Was können Sie uns über Teddies Bekanntenkreis sagen?«

»Er kannte Gott und die Welt. Er kannte die ganze Straße hier, alle Nachbarn, da, wo er gewohnt hat. Er kannte einfach jeden.«

»Seine Familie«, sagte Kate. »Wissen Sie etwas über seine Familie?«

Er sackte noch weiter in sich zusammen, eine Hand über den Augen. »Joe und Margaret werden einfach ...« Er schüttelte den Kopf.

»Joe und Margaret«, wiederholte Taylor, während er sich eine Notiz machte.

»Sein Onkel und seine Tante. Sie haben ihn aufgezogen. Sie wohnen in einem Wohnwagenpark in Lancaster, aber Teddie besucht sie — ich meine, besuchte sie, so oft er ... konnte. O mein Gott ... er ist *tot.*« Er brach erneut in Tränen aus.

Kate, die ihn beobachtete, mußte wie so oft in solchen Situationen daran denken, wie unterschiedlich Menschen — einschließlich sie selbst — auf einen Verlust reagierten. Die Leute waren entweder starr vor Schock und verhielten sich ruhig, fast normal, so wie sie es getan hatte, oder sie wurden vom Schmerz überwältigt. So schwierig es sein mochte, diese Qual mitanzusehen — den Schmerz herauslassen zu können, hatte zumindest den Vorteil, daß der Trauerprozeß in Gang und die Heilung näher war.

»Es tut mir leid«, sagte Kate. »Ich weiß, daß dies sehr schwer für Sie ist. Aber um den Täter zu fassen, müssen wir so schnell wie möglich mit unseren Ermittlungen beginnen.« Sie fragte: »Hatte Teddie irgendwelche Feinde? Fällt Ihnen jemand ein?«

»Nein, niemand. Ich versichere Ihnen, Teddie war überall beliebt.«

»Jeder hat Feinde«, konstatierte Taylor.

»Teddie nicht«, beharrte Caldera mit ruhiger Überzeugung.

»Kennen Sie seine Freundin?«

»Freundin?« Caldera sah ihn an. »Teddie war schwul. Wie ich.«

Da war es. Kate staunte, mit welcher Leichtigkeit Francisco Caldera darüber sprach. Sie fragte: »Wie sind Sie beide miteinander ausgekommen?« Bevor Caldera antworten konnte, formulierte sie ihre Frage direkter: »War er Ihr Geliebter?«

»Nein. Da lief nichts.« Kate hatte den Eindruck, daß ein

stark bedauernder Ton in der Antwort mitschwang. »Er war mehr als ein Partner, er war wie ein Bruder für mich. Wir beide haben alles, was wir besaßen, in dieses Lokal gesteckt. Aber er war die Seele des ganzen. Ohne ihn bin ich verloren.«

Taylor sagte fast gelangweilt: »Sie sind beide noch sehr jung. Woher hatten Sie das Startkapital?«

»Das war mein Geld. Aber er hatte die Ideen. Teddie war der geborene Restaurantbesitzer. Und er hat die Gäste bezaubert, das Geschäft fing gerade an —«

»Okay«, sagte Taylor, »wie sind *Sie* an das Geld gekommen?«

»Versicherung.«

Obwohl Kate ahnte, was kommen würde, wartete sie gemeinsam mit Taylor auf eine weitere Erklärung.

»Ein Freund ist gestorben, okay?«

Einen Moment lang herrschte Schweigen.

»Es tut mir leid, Mr. Caldera«, sagte Kate.

Caldera zuckte die Achseln. »Nennen Sie mich Francisco. Und ich habe schon viele Freunde verloren ... sehr viele.«

»Francisco«, sagte sie und lächelte. »Hatte Teddie einen festen Freund?«

Seine Züge entspannten sich, als er sie ansah. »Nichts Ernstes. Nicht seit Carl.«

»Erzählen Sie uns von Carl.«

Er zuckte die Achseln. »Da gibt's nichts zu erzählen. Er ist Geschichte, seit über einem Jahr schon.«

Taylor sagte: »Wo können wir ihn erreichen?«

»Er steht im Telefonbuch. Carl Jacoby, Silverlake. Aber er hat mit dieser Sache nichts zu tun. Er brach die Beziehung zu Teddie ab, als sich herausstellte, daß er positiv war.«

»Teddie war HIV-positiv?« Taylors Stimme war plötzlich lebhaft geworden.

»Nein, nicht Teddie. Carl.«

»Ihr Freund Teddie hat ihn angesteckt«, kombinierte Taylor. »Stimmt's?« Er gestikulierte so gebieterisch in Richtung

Tradition, daß Kate sich beinahe umgedreht hätte. Sie stand mit dem Rücken zum Restaurant, wie um die Bilder dieser blutgetränkten Küche abzuwehren.

»Nein, Teddies Test war negativ.«

Taylor schüttelte den Kopf. »Das verstehe ich nicht.«

»Carl war so außer sich von der Vorstellung, daß er Teddie angesteckt haben könnte. So außer sich, daß er aus Teddies Leben verschwand.« Er sah Kate an, während er sprach. »Das passiert. Wenn du positiv bist, siehst du alles mit anderen Augen. Alles.«

Der Kriminaltechniker Napoleon Carter und sein Team waren am Tatort eingetroffen, außerdem die Expertin für Blutspuren, Charlotte Mead, der Fotograf Ted Carlton und Shapiro, der Fotograf vom Wilshire Revier.

Kate sagte: »Wir werden später noch weitere Fragen haben, Francisco.« Leise fragte sie: »Wie alt war Teddie?«

»Dreiundzwanzig«, sagte er und brach in Tränen aus.

Das *Tradition* war aus allen Ecken und Winkeln fotografiert worden. Der Leichnam von Teddie Crawford stand zwar nicht mehr unter Blitzlichtbeschuß, aber Kate wußte, daß er trotzdem noch eine geraume Weile auf dem Boden liegenbleiben würde. Jetzt würden Charlotte Mead und Ted Carlton mit ihrer Arbeit in diesem Raum beginnen, in dem sich in der erwachenden Tageshitze allmählich der starke Kupfergeruch des Blutes ausbreitete.

»Ed, Kate«, bellte Charlotte Mead von der Spüle aus.

Kate lächelte der großen, hageren Frau im blauen Kittel zu. Sie hatte schon in mehreren Mordfällen, in denen eine Blutspurenanalyse nötig gewesen war, mit ihr zusammengearbeitet. Charlotte Mead war brillant in ihrem ebenso komplizierten wie mühevollen und ausgefallenen Beruf.

»Kommen Sie hier herüber – alle beide«, befahl Mead. »Stecken Sie die Hände in die Taschen! Wehe, Sie fassen was an! Ed, passen Sie auf, wo Sie Ihre Elefantenfüße hinsetzen.«

Sie deutete auf eine Kreideroute, die um das Blutbad auf dem Boden herumführte.

Taylor schritt über die Türschwelle. »Keine Sorge, ich geh' auf Zehenspitzen — wie eine Elfe.« Er stopfte die Hände in die Jackentaschen, Kate tat es ihm gleich — eine routinemäßige Vorsichtsmaßnahme, um nicht einmal versehentlich einen Gegenstand zu berühren. Kate war allerdings überzeugt, daß es für Taylors Vorsicht diesmal noch einen tieferen Grund gab: der Tote war schwul gewesen, und dieser Raum schwamm in Blut.

»Euer Messerstecher hat sich geschnitten«, verkündete Mead ihnen. »Sehen Sie diesen hübschen runden Blutstropfen?« Sie deutete mit ihrem Stift auf einen kreisrunden roten Fleck auf der Abstellfläche neben der Spüle. »Wir haben einen Swimmingpool auf dem Boden, aber dieser Tropfen hier ist mutterseelenallein. Also kann er kaum vom Toten stammen. Und hier drüben auf einem der Wasserhähne ist auch Blut. Und hier an der Seife. Im Abfluß werden wir zweifellos ebenfalls Blut finden. Der Täter hat versucht, sich zu säubern.«

Meads verwitterte Gesichtszüge traten vor Eifer noch schärfer hervor. Ihr berufsmäßiges Interesse an diesem frischen Mordschauplatz schien noch relativ ungetrübt. Meads Aufgabe war es, den Tathergang für die Geschworenen zu rekonstruieren. Nur zu oft erschwerte die Polizeipräsenz — Hände und Füße, die die Beweislage veränderten — diese Aufgabe.

Kate sah mit Respekt und ein klein wenig Neid auf Charlotte Mead. Ihr Fachwissen — und das aller KriminaltechnikerInnen — war der einzig wirklich unparteiische Aspekt einer Mordermittlung. Mead stand nur auf der Seite ihrer wissenschaftlichen Untersuchungsergebnisse, und ihre Zeugenaussage vor Gericht konnte ebensogut die Staatsanwaltschaft wie die Verteidigung zur Verzweiflung treiben. Egal, um was es gehen mochte, sie hielt sich strikt an die Fakten.

Kate sagte: »Gibt es sonst noch etwas, das Sie uns jetzt schon sagen können?«

Mead zeigte auf die Wand und die Schränke hinter der Leiche von Teddie Crawford. »Da sind ausgeprägte Schleuderspuren.« Mit ihrem Stift beschrieb sie einen Bogen in der Luft und zeichnete die schwachroten Blutspritzer nach, die sich auf den weißen Oberflächen weit nach oben zogen. »Euer Mann hat beim Zustechen Blut abgeschleudert. Sein eigenes Blut. Er hat zweifellos Schnittwunden. Überprüfen Sie die Krankenhäuser und Kliniken.«

»Wir werden das sofort veranlassen, Charlotte. Von der Waffe keine Spur, oder?«

»Sie wissen doch, Kate — für gewöhnlich schieben sie ihren Schniedel wieder in den Stall.«

»Ich frag' ja nur, Charlotte«, Kate grinste sie an. Nach einer verbreiteten Ansicht unter KriminalistInnen deutete das mehrfache Zustechen mit einem Messer auf sexuelle Pathologie hin.

Meads blaue Augen fixierten die Leiche auf dem Boden. Sie schüttelte den Kopf. »Nun schauen Sie sich das bloß an. So ein schöner Mann. Es ist wirklich ein Jammer.«

Einen Moment lang betrachteten sie beide schweigend Teddie Crawford. Dreiundzwanzig Jahre waren alles, was er erlebt hatte. Um den Rest hatte man ihn betrogen. Was sonst war wichtig?

»Seien Sie bloß vorsichtig hier, Charlotte«, warnte Taylor. »Der Typ war schwul, wissen Sie.«

Kate warf ihm einen verachtungsvollen Blick zu.

Charlottes Stimme, ihr Gesicht, blieben ausdruckslos. »Ich bin die Vorsicht in Person, Ed.«

Hansen informierte Kate und Taylor, daß Gloria Gomez im *Tradition* eingetroffen war.

»Bringen Sie sie aufs Revier«, ordnete Kate an. »Ed und ich werden gleich da sein. Fred«, fügte sie hinzu, »sagen Sie uns gleich Bescheid, wenn der Gerichtsmediziner da ist.« Sie wollte dabeisein, wenn Teddie Crawfords Leiche abtransportiert wurde. Charlotte Mead hatte ihr nützliche Informationen gegeben. Zu wissen, daß der Mörder verletzt war, grenzte die Zahl der Verdächtigen schon erheblich ein.

Vor den gelben Absperrbändern, die das *Tradition* abschirmten, hatten sich zahlreiche Schaulustige und Zeitungs- und Fernsehreporter versammelt. In trauter Eintracht warteten Menge und Fernsehkameras auf den atemstockenden Moment des Dramas, in dem man die Bahre mit der Leiche Teddie Crawfords herausschieben und zum bereitstehenden Wagen der Gerichtsmedizin rollen würde.

Inzwischen war auch Lieutenant Bodwin eingetroffen und betrat in Begleitung von Kate und Taylor das *Tradition*. Taylor informierte ihn über das Nötigste. Schweigend, das faltige Gesicht ausdruckslos, musterte Bodwin von der Türschwelle aus die Küche.

Seine Aufgabe würde es sein, mit der Presse zu sprechen.

»Charlotte sagt, der Täter hat sich verletzt, Lieutenant«, berichtete Taylor. »Wir brauchen jemanden, der sofort alle Krankenhäuser und Ärzte überprüft.«

»Er müßte wohl schon ein verdammter Volltrottel sein, um in ein Krankenhaus zu gehen, oder?« sagte Bodwin und kehrte der Küche und dem arbeitenden Laborteam den Rücken zu.

»Gut für uns, daß es so viele Volltrottel unter den Verbrechern gibt«, entgegnete Kate freundlich. Bodwin wußte so gut wie sie, daß kriminelles Verhalten wenig mit Intelligenz zu tun hatte. Bodwins spontane Bemerkung hing eher mit seiner unversöhnlichen Abneigung gegen Charlotte Mead zusammen. Mead, die alle Statusfeinheiten grundsätzlich ignorierte, würde selbst Chiefinspector Daryl Gates zur Schnecke machen, sollte er sich je erdreisten, die Unberührbarkeit eines Tatorts zu verletzen. Lieutenant Bodwin jedenfalls hatte es bitter bereut, daß er einmal selbstbewußt in einen Verbrechensschauplatz hineinmarschiert war. Charlotte Mead hatte seine

Fingerabdrücke von einem Beweisgegenstand abgenommen und dafür gesorgt, daß der Bericht in der ganzen Abteilung die Runde machte.

»Ich werde jemanden damit beauftragen«, sagte Bodwin und ging nach draußen, um sich den Fernsehkameras zu stellen.

Gloria Gomez trug schwarze Jeans und einen weißen Baumwollpullover. Mit ihrem dunklen Haar, das ihr offen auf die Schultern fiel, wirkte sie weit jünger als zwanzig Jahre. Ihre schmalen Kinderhände lagen eng gefaltet auf dem resopalbeschichteten Tisch des Verhörraums.

»Ich muß Teddie sehen«, flüsterte sie, ihre dunklen Augen stumpf vor Schock. »Ich ... kann es einfach nicht begreifen, bevor ich Teddie nicht gesehen habe.«

Kate nickte. »Ich verstehe«, sagte sie. Ihr Bedürfnis, Anne zu sehen, war so absolut gewesen, daß niemand sie davon abhalten konnte, in jenes ausgebrannte Autowrack auf dem Hollywood Freeway zu schauen. »Aber es wird noch eine Weile dauern, bis das möglich ist«, fügte sie hinzu.

Gloria Gomez würde Teddie frühestens in ein paar Tagen zu sehen bekommen — wenn überhaupt. Erst einmal würde sein Körper durch die Obduktion noch schrecklicher entstellt werden. Dann würden seine nächsten Verwandten — wahrscheinlich Joe und Margaret Crawford — darüber entscheiden, was mit der Leiche geschehen sollte. Sein Gesicht schien nur geringfügig verletzt zu sein, und die Kleidung würde den zerschundenen Körper verbergen. Je nachdem, welche Begräbniszeremonie die Familie Crawford für angemessen hielt, würde Gloria Gomez vielleicht noch einmal einen Blick in den offenen Sarg tun können und ihren Wunsch auf diese Weise erfüllt bekommen.

»Gloria«, sagte Taylor, »wir wissen, wie schwer das alles für Sie ist. Aber bitte versuchen Sie, mit uns zu sprechen. Wann haben Sie Teddie das letzte Mal gesehen?«

Kate warf ihm einen schnellen Blick zu. Sein Verhalten gegenüber Gloria Gomez war so rücksichtsvoll, wie es Francisco Caldera gegenüber unpersönlich gewesen war.

»Gestern abend ...«, die junge Frau stockte.

»Gestern abend ...«, wiederholte Taylor ermutigend. Er lehnte sich zurück, kreuzte einen Fuß über seinem Knie und versuchte durch seine lässige Körperhaltung zu bewirken, daß Gloria Gomez sich entspannte. »Erzählen Sie uns, was gestern passiert ist.«

»Ich habe ihn wie versprochen vom *Tradition* abgeholt —«

»Wo war Teddies Auto?«

»Er hat — hatte kein Auto.«

»Wann haben Sie ihn abgeholt, Gloria?«

»Punkt elf. Wir sind dann wie geplant ins *Malone's* gefahren.«

»War sonst noch jemand dabei?«

Sie schüttelte den Kopf. »Ich hatte mich mit Paul verabredet. Ich wollte, daß Teddie ihn kennenlernt.«

»Wie heißt Paul mit Nachnamen?«

»Lopez ... Paul Lopez. Teddie mochte ihn — er hat uns Bier geholt ...« Ihr Blick schien ins Leere zu gehen.

Kate mußte an Aimee denken, an die Mordermittlung vor knapp zwei Monaten, wie sich das Entsetzen über Owen Sinclairs Tod in Aimees leeren Augen widergespiegelt hatte. Sie mußte unbedingt Aimee anrufen und ihr sagen, daß noch nicht abzusehen war, wann sie nach Hause kommen würde. Und vor allem, ermahnte sie sich selbst, mußte sie unbedingt alle überflüssigen Gedanken ausschalten und sich auf den brutalen Mord an einem Schwulen konzentrieren, auf die Arbeit, die hier in diesem Augenblick anstand.

»Er kann nicht tot sein«, sagte Gloria Gomez an Kate gewandt. »Es gibt einfach keinen Grund ...«

»Nein, es gibt wirklich keinen Grund«, sagte Kate ruhig. »Es tut mir sehr leid.«

»Der Mann, den er kennengelernt hat ... hat er ...?«

Kate tauschte einen schnellen Blick mit Taylor. »Was können Sie uns darüber sagen?«

»Nicht viel. Teddie hat einen Typ kennengelernt. Sie sind zusammen weggegangen.«

An dem nüchternen Ton, in dem Gloria antwortete, merkte Kate, daß sie noch immer unter Schock stand. »Wie war sein Name?«

»Lyle ... Miles ... irgendwas in der Art. Ich habe kein gutes Namensgedächtnis ... Ich habe kaum ein Wort mit diesem Weichei gewechselt.«

»Ich entnehme Ihren Worten, daß Sie dieses Weichei nicht besonders mochten«, spekulierte Kate.

»Teddie steht auf ganz andere Typen als ich. Machos.« Ihr Versuch zu lächeln verunglückte zu einer traurigen Grimasse. »Es stimmt, ich mochte ihn nicht. Ich kann nicht genau sagen, warum.«

»Wie hat er ausgesehen?«

»So'n Ramboverschnitt. Sie wissen schon, Typ Gockel — Brust raus und hautenges T-Shirt.«

Kate nickte ihr aufmunternd zu. »Hat er das angehabt? Ein T-Shirt?«

»Ja, genau. Ein schwarzes. Und 'ne Fliegerjacke.«

»Welche Farbe hatte die Jacke?«

»Dunkel ... dunkelbraun. Vielleicht schwarz.«

»Erinnern Sie sich, was für eine Hose er getragen hat?«

»Jeans.«

»Normale Jeans?«

»Ach ja, jetzt fällt's mir wieder ein. Das war einer der Gründe, warum ich ihn nicht mochte. Seine Jeans. Total zerschlissen. Flicken auf den Knien. Leute, die sich Klamotten kaufen, damit sie arm aussehen, machen mich krank.«

Ihre Stimme bebte vor Empörung — für Kate ein deutliches Zeichen fehlgeleiteter Emotionen. Sie versuchte, ihre eigene Stimme ruhig klingen zu lassen, und fragte: »War er dunkelhaarig? Blond?«

»Blond. Fieselig. Kurz vorm Kahlschlag.«

Kate nickte. »Seine Augen. Erinnern Sie sich an seine Augenfarbe?«

Sie überlegte. »Blau, glaube ich.«

»Was schätzen Sie, wie alt er war?«

Gloria zuckte die Achseln. »Älter als Teddie. Vielleicht dreißig. Er hatte einen Schnurrbart. Ich kann Männer mit Fusseln im Gesicht nie so richtig einschätzen.«

»Ich auch nicht«, bestätigte Kate lächelnd und machte sich eine weitere Notiz auf ihrem Block. Gloria Gomez erwies sich allem Anschein nach als sehr gute Zeugin. »Der Schnurrbart. War er dünn? Mittel? Dick?«

»Dick. Je dünner die Haare, desto dicker der Schnurrbart. Ist doch so, oder?«

Kate lächelte erneut. »Würden Sie ihn wiedererkennen?«

»Klar.«

Kate schlug eine neue Seite in ihrem Notizbuch auf. »Gloria, bitte erzählen Sie uns genau, was gestern abend im *Malone's* passiert ist.«

Seufzend setzte die junge Frau sich in dem Metallstuhl auf. »Wir sind reingegangen, es war voll. Paul saß an einem Tisch. Ich habe die beiden einander vorgestellt. Teddie ist an die Bar gegangen, um uns eine Runde Bier zu holen. An der Theke hat er dann gleich mit diesem Typ gesprochen. Dann hat er sich 'ne Weile zu uns gesetzt, aber ich hab' gesehen, daß er die ganze Zeit zur Bar rüberstarrte. Ich hab' ihn ein bißchen damit aufgezogen.«

Taylor hielt einen Moment im Schreiben inne und sah von seinem Notizbuch hoch. »Paul wußte, daß Teddie schwul war?«

»Sicher. Paul hat ihn auch geneckt. Sagte, er würde die nächste Runde ausgeben, aber Teddie könnte gern das Bier von der Theke holen, wenn er Lust hätte.«

»Und hat er?« fragte Taylor.

»Ja, das hat er. Er hat sich dann wieder mit dem Typ unterhalten.« Sie lehnte sich vor, die Arme gekreuzt. Die kleinen

Hände krampften sich in die Innenseiten der Arme. »Er brachte das Bier an den Tisch, sagte, er käme später noch mal zu uns. Ich hab' dann nicht weiter auf ihn geachtet, Paul und ich haben uns unterhalten, aber plötzlich steht Teddie mit dem Kerl an unserem Tisch und verabschiedet sich.« Die Hände krampften sich erneut ineinander, die Knöchel und Fingerspitzen traten weiß hervor. »Teddie hat Paul die Hand gegeben, er ... hat mir einen Gutenachtkuß gegeben. Ich hab' noch zu ihm gesagt, er soll vorsichtig sein. Aber ich meinte ... ich hatte nicht gedacht, daß ...«

Kate fragte: »Hat der Mann sich auch mit Ihnen unterhalten?«

»Ja, aber ich weiß nicht mehr, was er gesagt hat.«

»Hatte er vielleicht einen Akzent? Gab es irgend etwas Auffälliges an seiner Sprechweise?«

»Hmmhm.« Gloria zupfte an ihren Haarspitzen und grübelte.

»Gloria, würden Sie uns helfen und gemeinsam mit einem Polizeizeichner ein Bild von diesem Mann zusammensetzen?«

»Natürlich. Klar. Alles, was Sie wollen.«

Kate sagte: »Erzählen Sie uns ein bißchen von Teddie. Wie haben Sie sich kennengelernt? Wie kam es, daß Sie zusammengezogen sind?«

»Wir waren vor ein paar Jahren zusammen in einem Psychologiekurs an der Uni. Wir haben uns gegenseitig geholfen, uns gut verstanden. Wir blieben Freunde. Er und Carl haben sich getrennt, ich verlor meine Untermieterin, Teddie ist bei mir eingezogen. Ich bin noch in der Ausbildung, ich bin bei der Miete auf jeden Cent angewiesen, den ich kriegen kann.«

»Wovon leben Sie?« fragte Kate.

»Ich arbeite nachts im Cineplex am Beverly Center. Manchmal helfe ich auch im *Tradition* aus, wenn sie in Druck sind, aber ich mag diese Art von Arbeit nicht besonders. Meine Brüder unterstützen mich ein bißchen, um mich durchs Studium zu bringen. Ich studiere Chemie. Noch drei Semester, dann hab' ich's geschafft.« Ihr Ton ließ keinen Zweifel daran, daß dies der unumstößliche Lauf der Dinge sein würde.

Taylor fragte: »Wann haben Sie erfahren, daß Teddie schwul ist?«

»Auf den ersten Blick.« Sie lächelte kurz. »So viele schwule Männer sind einfach atemberaubend, es ist das erste, was man denkt, wenn man einen wirklich gutaussehenden Mann sieht. Nachdem ich ein paar Worte mit Teddie gewechselt hatte, wußte ich es — und er hat sowieso nie ein Geheimnis daraus gemacht. Teddie war stolz darauf, schwul zu sein.«

»Stolz?« Taylor sah von seinem Notizbuch hoch.

»Ja, stolz.« Die dunklen Augen verloren etwas von ihrer Stumpfheit und richteten sich herausfordernd auf Taylor. »Irgendwelche Probleme damit?«

Taylor zuckte die Achseln. »Manche Männer haben Probleme damit. Hat er häufig neue Männer aufgegabelt?«

»Andersrum. Teddie war ...« Gloria fixierte Taylor: »Okay, er war sehr feminin, eine Tunte. Er war wunderschön, zog sich flippig an, er war klug und geistreich, er konnte sich vor Verehrern kaum retten. Aber er war auch vorsichtig. Ich meine, ich habe ihm dauernd in den Ohren gelegen. Heutzutage hat man Angst um jeden schwulen Mann.«

Taylor lehnte sich vor. »Hat er viel getrunken?«

»Ein Bier ab und zu. Manchmal ein Glas Wein. Er hat mir jedesmal die Hölle heiß gemacht, wenn ich in seiner Gegenwart Alkohol getrunken habe.«

»Hat er sonst was genommen?«

Kate wußte, daß er an die Glasplatte in der Küche des *Tradition* dachte. *Eine Party, die außer Kontrolle geraten ist*, hatte Taylor gesagt. *Ziemlich außer Kontrolle.*

»Sie meinen Drogen?« fragte Gloria entrüstet. »Machen Sie mal halblang.«

»Viele Leute nehmen hin und wieder eine Prise Koks«, sagte Taylor harmlos.

»Stimmt. Und ich verstehe nicht, warum Leute wie Sie

deshalb einen solchen Zwergenaufstand veranstalten. Aber Teddie nicht. Nicht mal ’nen Joint.«

»Das kann man nie mit Sicherheit sagen«, erklärte Taylor mit deutlicher Skepsis.

»Bei Teddie schon«, entgegnete Gloria Gomez. »Basta.«

»Gloria«, sagte Kate, »erzählen Sie uns von Teddie.« Wenn sie an Teddie Crawford dachte, sah sie immer nur das Blutbad in der Küche des *Tradition* vor sich. Sie mußte sich unbedingt ein anderes Bild von ihm machen.

»Der liebenswerteste Mensch ... mein bester Freund. Francisco ist so ein fabelhafter Koch, ein wahrer Zauberkünstler. Teddie hat immer was zu essen aus dem Restaurant mitgebracht.« Glorias Stimme wurde sanft. »Wenn ich von der Arbeit nach Hause kam oder aus der Uni, immer war was zu essen da. Er hat meine Wäsche gemacht, mir geholfen, wo er konnte. Teddie hat sich immer viel mehr um andere Leute gekümmert als um sich selbst.«

»Was für andere Leute?« fragte Taylor. »Außer Ihnen und Francisco?«

»Einfach alle. Bei mir kommen und gehen die Kerle wie Pingpongbälle. Aber Teddie, er blieb irgendwie mit allen befreundet, die er kennenlernte. Sogar mit Ex-Liebhabern. Seine Freunde starben, aber Teddie hat sich vom Tod nicht unterkriegen lassen. Teddie — er war einfach unglaublich. Ich hab’ ihm das immer wieder gesagt, jeden Tag ...«

Sie lächelte zärtlich, in Erinnerungen versunken, und Kate sah in ihren dunklen Augen die Tiefe des kommenden Schmerzes. »Mrs. Sheffield, unsere Nachbarin am Ende des Flurs«, sagte Gloria. »Sie ist achtundsiebzig. Teddie hat jeden Tag bei ihr vorbeigeschaut, den Müll für sie rausgetragen — sie betet ihn an. Und Joe und Margaret — er hat sich rührend um sie gekümmert. Teddie war ... Teddie war ...«

»Ein Heiliger?« schlug Taylor vor.

Gloria Gomez sah ihn an und schwieg. Ihre Lippen wurden schmal.

Als das Schweigen sich vertiefte, beschloß Kate, das Gespräch zu beenden, und sei es nur, um mit anderen Zeugen zu sprechen. »Paul Lopez«, sagte sie. »Wo können wir ihn erreichen?« Gloria Gomez zog ein Adreßbuch aus ihrer Umhängetasche, schlug eine Seite auf und reichte es Kate. Kate notierte eine Adresse in der Hobart Avenue in Hollywood und die Telefonnummer.

Es klopfte an der Tür des Vernehmungszimmers. Taylor hievte sich aus seinem Stuhl hoch, entschuldigte sich. Einen Moment später gab er Kate von der Türschwelle aus ein Zeichen und verschwand.

Sie erhob sich. »Gloria, wir bringen Sie jetzt zu unserem Polizeizeichner. Und Sie müssen Ihre Aussage unterschreiben.«

Als sie den Verhörraum in Begleitung von Gloria Gomez verließ, sah sie aus den Augenwinkeln, daß Taylor in der Mordkommission mit dem Staatsanwalt Bud Sterling sprach. Silber-Sterling, diesen Spitznamen hatte man ihm wegen seiner Erfolge vor Gericht gegeben. War es möglich, daß dieser hochkarätige Staatsanwalt sich für diesen Fall interessierte?

»Detective Delafield«, sagte Gloria Gomez, als sie beim Erkennungsdienst vorbeikamen. Kate wandte sich ihr zu. Die Augen der jungen Frau wirkten tiefschwarz in einem Gesicht, das alle Farbe verloren hatte. »Sie müssen dieses Schwein erwischen.«

Kate nickte. »Ich kriege ihn.«

»Zwei Nachrichten«, verkündete Taylor, als Kate an ihren Schreibtisch kam. »Ein Verdächtiger —« Er schaute in sein Notizbuch. »Kyle Jensen, kaukasischer Abstammung, blond. Im Hollywood Presbyterian Hospital. Wird gerade erkennungsdienstlich überprüft. Hat Schnittwunden an den Händen. Sie halten ihn fest, zwei Beamte sind auf dem Weg. Und Hansen hat Bescheid gesagt, daß Everson jetzt im *Tradition* ist.«

»Gut«, sagte Kate. »Da fahren wir zuerst hin. Was wollte Bud Sterling?«

»Hat von dem Fall gehört.«

»Das habe ich mir fast gedacht. Hast du ihm erzählt, daß wir vielleicht einen Verdächtigen haben?«

»Klar, ich habe ihm alles erzählt, was wir wissen.«

»Was hat er gesagt?« Seine phlegmatischen Antworten töteten ihr den letzten Nerv.

Er zuckte die Achseln. »Er meinte, er wird sich drum kümmern.«

»Ich wollte schon immer gern mit ihm zusammenarbeiten.« Sie schlang ihre Umhängetasche über die Schulter und versuchte, etwas von ihrem Eifer auf ihn zu übertragen. »Laß uns dafür sorgen, daß es ein leichter Fall für ihn wird, Ed.«

Als Taylor in den Plymouth kletterte, brummte er: »Warum zum Teufel müssen wir jetzt noch mal zur Leiche zurück. Wir haben einen lebendigen Verdächtigen.«

»Er läuft uns nicht weg«, antwortete sie und rutschte hinters Steuer. »Ich möchte hören, was Everson zu sagen hat. Wir hatten noch keine Gelegenheit, uns den Tatort genauer anzusehen. Oder die Leiche.«

»Die Obduktion ist Montag.«

»Da mußt du hin, Ed. Ich habe einen Termin bei Gericht, die Vorverhandlung im Fall Weldon. Trotzdem müssen wir uns den Tatort jetzt noch mal ganz genau ansehen — bevor wir diesen Verdächtigen befragen.«

»Willst du die Messerstiche in der Leiche zählen oder was? Was gibt's da zu sehen?«

»Seine Hände«, sagte Kate, während sie den Wagen durch die Polizeiautos auf dem Revierparkplatz bugsierte.

»Warum? Was bringt's, wenn er Abwehrwunden hat? Oder nicht? Wir wissen, was passiert ist.«

Sie verlor allmählich die Geduld. »Okay«, sagte sie. »Was wissen wir also?«

»Die übliche lahme Scheiße. Teddie baggert diesen Typ an,

sie fahren ins *Tradition*, schnupfen Koks. Teddie geht ihm an die Wäsche, und der Typ macht ihn zu seiner persönlichen Dartscheibe.«

»Die übliche lahme Scheiße«, wiederholte Kate verächtlich.

»Komm schon, Kate. So wie die leben, fordern die das doch heraus.«

Kate raste den Venice Boulevard hinunter. Bleib cool, bleib ganz ruhig, befahl sie sich selbst. Aber es hatte etwas Befreiendes, den Zorn herauszulassen. »Wenn Teddie Crawford jemanden in einer Bar kennenlernt und dafür sterben muß, ist das also die übliche lahme Scheiße. Wenn Florence Delgado nachts die La Brea Street entlanggeht und dafür sterben muß, ist das die übliche lahme Scheiße. An dem Tag, wo ich das Gefühl habe, daß es die übliche lahme Scheiße ist, einen Menschenschlächter hinter Schloß und Riegel zu bringen, schmeiß' ich den Job hin.«

»Was soll jetzt *dieser* Mist? Ich bin Polizist, du bist Polizist. Wieso müssen wir über sowas überhaupt diskutieren?«

»Weil du glaubst, daß Teddie Crawford den Tod verdient hat«, sagte sie mit schneidender Stimme.

»Himmelherrgott, niemand hat den Tod verdient. Aber einige Leute fordern es verdammt noch mal heraus. Das weißt du ganz genau, Kate.«

»Richtig«, schnappte sie. »Der entschuldbare Mord. Wenn die Opfer nun mal lahme Scheißer sind und all das.«

»Die Opfer sind die *letzten* Scheißer«, sagte Taylor hitzig. »Die Opfer —«

»Kriegen, was sie verdient haben — das wolltest du doch sagen. Du hast die Fragen dieser Welt gelöst.«

»Mein Gott nochmal, Kate. Ich habe die Welt nicht gemacht. Ich habe nicht den Eindruck, daß *du* irgendwelche klugen Antworten auf die Probleme hast.«

»Ich habe keine.« Die Abruptheit, mit der sie das Thema abbrach, war gegen sich selbst gerichtet. Das Brett vor Taylors Kopf war heute nicht dicker als irgendwann sonst in den vergangenen sieben Jahren ihrer Zusammenarbeit. Was für einen Sinn hatte es, mit ihm herumzustreiten?

Die Menge der Schaulustigen vor dem *Tradition* war weiter angewachsen. Bald würden sie für ihr Warten belohnt werden: Der Wagen der Gerichtsmedizin parkte vor dem Gebäude.

Kate stellte den Plymouth auf demselben Parkplatz in der Harper Avenue ab, den sie am Morgen benutzt hatte. Innerlich kochte sie noch immer vor Wut über das Gespräch mit Taylor. Sie ging zum Block zurück, Taylor in ihrem Kielwasser, und bahnte sich ihren Weg durch die Menge.

Everson, die Arme ordentlich vor seinem Tweedjackett verschränkt, stand in der Küche neben der Spüle und unterhielt sich mit Charlotte Mead.

»Mein Gott, hier stinkt's wie im Schlachthof«, beschwerte sich Taylor von der Türschwelle aus.

»Charlottes Parfüm«, sagte Everson.

»Genau«, knurrte Mead und sah von ihrem Clipboard hoch. »Eau de Schlachthof.«

Grinsend betrat Kate die Küche. Sie mochte diesen Gerichtspathologen, seine anspruchsvolle Aufmachung wirkte immer ein bißchen absurd angesichts der Blutbäder, die er aufsuchte, aber sie spiegelte seine Gewissenhaftigkeit und Sorgfalt wider.

»Wie geht's Ihnen, Walt?«

Everson deutete auf den Fußboden. »Besser als ihm.«

»Wann ist es passiert?« fragte Taylor.

»Nicht vor ein Uhr gestern nacht«, antwortete Everson. »Ich schätze, zwischen ein und drei Uhr.«

»Hat er Abwehrwunden?« fragte Kate.

Everson nickte. »Die Leichenstarre ist zwar fast vollständig eingetreten, aber ich kann Ihnen was zeigen.«

Er zog ein Paar frische Gummihandschuhe aus seiner Arzttasche, streifte sie über und kniete sich neben die Leiche von Teddie Crawford. Kate und Charlotte Mead hockten sich neben ihn, Taylor beugte sich vorsichtig von hinten über sie. Everson griff mit beiden Händen nach Teddie Crawfords linkem Arm und drehte ihn mit Anstrengung ein Stück herum. Die blutige Handfläche wies einen deutlich sichtbaren Schnitt auf. Everson wiederholte die Prozedur mit der rechten Hand. Die Handfläche wies ebenfalls tiefe Schnittwunden auf, der kleine Finger war fast völlig abgetrennt.

»Klassische Abwehrwunden«, erläuterte Everson.

»Seine Hände müssen eingetütet werden«, sagte Taylor.

»Danke, Ed«, flötete Charlotte Mead. »Da wären wir allein nie drauf gekommen.«

Kate erlaubte sich, Taylors Unbehagen einen Moment lang zu genießen. »Keine Uhr, kein Schmuck«, überlegte sie laut, während sie Teddie Crawfords Hände und Handgelenke betrachtete. »Walt«, fragte sie im Aufstehen, »haben Sie eine Brieftasche bemerkt?«

»Nein, aber da ich wußte, daß Sie noch kommen, habe ich ihn nicht umgedreht.« Er beugte sich über die Leiche. »Gehen Sie ein Stück zurück, bitte.«

Er griff nach den Schultern von Teddie Crawford und drehte ihn auf die Seite. Die Hände und Arme, steif durch die Leichenstarre, bewegten sich nicht, aber aus mehreren Wunden im Rücken strömte das Blut in leuchtend roten Kaskaden auf den Boden. Kate starrte auf das Blut, verwirrt, desorientiert. Wenn Teddie Crawford noch immer blutete, wie konnte er da tot sein? Ihre Gedanken wanderten zu einer Ermittlung, die sie vor fünf Monaten durchgeführt hatte. Ein drei Monate altes Baby war an einem heißen Septembertag mehrere Stunden lang im Auto zurückgelassen worden, während die Eltern einen Einkaufsbummel machten. Sie selbst hatte das Baby aus dem Wagen gehoben, ein kleines blondes Mädchen, das sich noch ganz warm anfühlte, aus dem kleinen rosigen Mund waren Speichelblasen gekommen. Eine Sekunde lang hatte sich die wilde Hoffnung in ihr geregt, daß sie noch am Leben war, daß irgendwie die Uhr zurückgedreht und das Unglück nie geschehen war, daß die Todesmeldung sich als Irrtum erweisen würde. Der Gerichtsmediziner hatte ihr später erklärt, daß diese scheinbaren Lebenszeichen damit zusammenhingen, daß der kleine Körper innerlich noch am Kochen war. Und das Blut, das jetzt aus Teddie Crawfords Körper strömte, hatte sich in den offenen Stichwunden angesammelt, weil er mit dem Rücken auf dem Boden gelegen hatte und es vorher nicht abfließen konnte. Es gab kein Zurück — weder jetzt noch damals.

»Der Täter muß einen Rekord gebrochen haben«, murmelte Everson. Er kniete sich nieder und studierte die Stichwunden, während sich frische Blutlachen auf dem Boden zu bilden begannen. »Alles in allem an die vierzig Stiche.« Er betastete die Gesäßtaschen der blutgetränkten Hose, fuhr mit der behandschuhten Hand in jede hinein. »Nichts«, sagte er. Vorsichtig drehte er den Körper in die ursprüngliche Position zurück, stand auf, streifte die nassen roten Handschuhe ab und ließ sie in einen Plastikbeutel fallen. »Können wir ihn mitnehmen?« fragte er an Kate gewandt.

»Er gehört euch.« Der Kupfergeruch im Raum war unerträglich, drang ihr in die Nase, heftete sich an ihre Kleidung. Ihre Kordsamtjacke und ihre Gabardinehose waren frisch aus der Reinigung gekommen. Sie würden gleich wieder retour gehen müssen.

Als Everson sein Diktaphon herausholte und hineinzusprechen begann, wandte Kate sich an Charlotte Mead. »Können Sie uns noch etwas sagen?«

Mead packte ihr Clipboard in die Kiste mit den Beweismitteln. »Nichts, was Sie nicht sehen könnten. Die Blutspritzer sind nicht mehr als 94 Zentimeter vom Boden entfernt, mit Ausnahme der Schleuderspuren. Der Täter hat das Opfer zu Boden geworfen, und das war's.«

Kate deutete auf die Wand, auf ein Muster von vertikalen Wellenlinien dicht über dem Boden. »Das sieht merkwürdig aus.«

»Nicht, wenn Sie wissen, was es ist«, sagte Mead mit einer winzigen Spur von Sarkasmus. »Das Opfer ist nicht mehr hochgekommen, aber er hat sich einmal quer durch den Raum gewälzt, während man auf ihn eingestochen hat. Sein Haar ist mit seinem eigenen Blut getränkt, und er ist mit dem Kopf gegen die Wand geschlagen.«

Der Kriminaltechniker Napoleon Carter von der Spurensicherung kam herein, um die Hände des Opfers mit Plastiktüten zu umbinden. Zwei Mitarbeiter der Gerichtsmedizin fingen an, den Körper in ein frisches weißes Laken zu wickeln, das später für eine gesonderte Analyse ins kriminaltechnische Labor wandern würde. Die Männer packten den Körper von Teddie Crawford in einen Leichensack, schlossen den Reißverschluß und hoben die Leiche auf eine Bahre. Schließlich rollten sie ihn nach draußen — zur Erbauung der wartenden Menge und der Fernsehkameras.

Kate inspizierte den Raum. Alle Oberflächen waren mit Fingerabdruckstaub bedeckt. Das Stückchen Glas auf der Theke war vom Laborteam mitgenommen worden, um die puderartige Substanz darauf zu analysieren.

»Hier ist unsere Waffe«, verkündete Taylor und deutete auf ein hölzernes Messergestell, das auf der Arbeitsfläche zwischen Herd und Mikrowelle stand. »Das heißt, hier war sie, wenn mich nicht alles täuscht.«

Kate untersuchte das Messergestell. Sieben der acht Schlitze waren voll. Die Messergriffe waren nicht auf Fingerabdrücke untersucht worden, weil sie aus grobrilligem Plastik bestanden, auf dem keine Fingerabdrücke haften blieben. Mit Daumen und Zeigefinger zog Kate vorsichtig ein Messer nach dem anderen heraus. Ein Tranchiermesser und ein Messer mit sägeförmiger Klinge steckten ganz oben im Gestell. Die restlichen, offenbar viel gebrauchten Messer waren der Größe nach geordnet, alle blitzsauber. Der leere Schlitz befand sich zwischen einer fünfzehn und einer fünfundzwanzig Millimeter langen Klinge.

»Wir müssen das Messergestell untersuchen lassen«, sagte sie.

Gemeinsam mit Taylor inspizierte sie den Inhalt der Schränke und des Kühlschranks. Die Nahrungsmittel waren alle säuberlich geordnet und auch aus dem Sortiment von Küchengeräten schien nichts zu fehlen oder irgendwie in Unordnung gebracht worden zu sein.

»Laß uns mit unserem Verdächtigen sprechen«, sagte Kate.

3

Der Tag ging rasch zur Neige, und die untergehende Sonne tauchte die dunstige Stadt in orange-goldenes Licht. Als Kate und Taylor durch den vereinzelten Samstagnachmittagsverkehr ostwärts in Richtung Hollywood fuhren, verwandelte sich der teure Santa Monica Boulevard in schäbige kleine Einkaufsmeilen — Imbißstände, Gebrauchtwagenmärkte, Fotogeschäfte, vereinzelte Pornokinos, Kfz-Werkstätten, hier und da ein Lebensmittelladen. Viele der Geschäfte waren mit hochziehbaren Eisengittern ausgestattet.

Der schlanke, junge Mann in der Notaufnahme des Hollywood Presbyterian Hospitals trug einen grünen Krankenhauskittel und einen Bart. Ungeduldig wechselte er von einem Bein aufs andere, als Kate und Taylor ihre Dienstmarken vorzeigten und sich vorstellten. »Ja, in Ordnung«, erklärte er. »Ich bin Dr. Mercer.«

»Sie haben einen Mann namens Kyle Jensen behandelt. Er hatte Schnittwunden an den Händen. Wir müssen Ihnen einige Fragen dazu stellen.«

»Ich kann Ihnen gar nichts sagen«, erwiderte der Chirurg unwirsch. »Es gibt eine ärztliche Schweigepflicht. Wie Sie sehr genau wissen.«

»Klar wissen wir das«, sagte Taylor. Sein Stimme klang sachlich. »Sie können also entweder gleich auf unsere Fragen antworten, oder wir beschlagnahmen die Krankenblätter. Dann sitzen Sie mindestens zwei Tage im Flur des Gerichtssaals und warten darauf, in den Zeugenstand gerufen zu werden. Wie ist er zu den Schnittwunden an den Händen gekommen?«

Der Arzt zuckte resigniert die schmalen Schultern. »Ich habe nie mit Ihnen gesprochen, einverstanden? Er sagte, er hätte sich an einer offenen Schinkendose geschnitten.«

»Und — hat er?« fragte Kate.

Mercer zuckte erneut die Achseln. »Schon möglich. Offene Schinkendosen sind derart lebensgefährlich, daß sie einen Warnhinweis tragen sollten.«

»Wie sehen die Verletzungen aus?«

»Tiefe Schnitte an beiden Händen. Laienhaft ausgedrückt ist das Gewebe zwischen Daumen und Zeigefinger der rechten Hand —«, er hielt demonstrierend die Hand hoch, »— bis auf den Knochen durchtrennt. Dann hatte er noch eine etwas kleinere Schnittwunde an der Außenseite der Handfläche. Die linke Hand ist weniger schwer verletzt — ein Schnitt in der Handfläche und einer an der Innenseite des Daumens. Kleinere Schnitte an allen Fingern.«

»Könnten die Verletzungen durch ein Messer verursacht worden sein?«

»Sicher.«

»Könnte er versucht haben, einen Angreifer abzuwehren, der ihn mit einem Messer bedrohte?« fragte Taylor.

»Schon möglich. Allerdings sind die Wunden sehr tief. Wenn er tatsächlich in eine Messerstecherei geraten ist, muß es um Leben und Tod gegangen sein — so zerfetzt wie seine Hände waren. Der Schwachkopf hat die Schmerzschwelle eines Ochsen. Konnte partout nicht verstehen, warum wir nicht einfach einen Verband drumwickeln wollten. Wir mußten die Behandlung verweigern, solange er nicht in eine Operation einwilligte.«

»Hatte er sonst noch Schnittwunden, außer an den Händen?« fragte Kate.

»Nicht daß ich wüßte.«

»Hatte er Blut an der Kleidung?«

»Als er in die Notaufnahme kam, waren seine Hände in blutige Handtücher gewickelt. Seine Kleidung habe ich nicht gesehen.« Er verschränkte die Arme und sagte in abschließendem Ton: »Fragen Sie Schwester Donnelly.«

»Wir würden aber gern erfahren, was Sie uns über diese Handtücher sagen können«, sagte Kate.

»Fragen Sie Schwester Donnelly«, wiederholte er.

»Wir müssen mit Jensen sprechen«, erklärte Taylor. »Auf was für Schmerzmittel haben Sie ihn gesetzt?«

»Es war eine Lokalanästhesie, wir haben ihm Antibiotika gegeben und kodeinhaltiges Tylenol. Wenn er heute abend entlassen wird, bekommt er noch ein Rezept mit.«

»Ist er nach Ihrer ärztlichen Einschätzung in der Verfassung für eine Vernehmung, oder ist er in irgendeiner Weise gehandicapt?«

Mercer schaute auf seine Uhr. »Er hat die Medikamente vor mehr als einer Stunde bekommen. Sie können ihn unbesorgt in die Mangel nehmen.« Er schlenderte auf den Ausgang zu. »Denken Sie daran, Sie schulden mir was. Verschonen Sie mich mit Ihrem gottverdammten Gerichtsflur.«

»Alles klar«, sagte Kate. Doch wenn Kyle Jensen der Mörder von Teddie Crawford war, würde Dr. Henry Mercer der Gerichsflur wohl nicht erspart bleiben.

Der junge Mann trug einen Krankenhauspyjama und saß aufrecht in seinem Bett. Er lag allein auf einem Zweibettzimmer. Mit ausdruckslosem Gesicht hörte er zu, als Kate und Taylor sich vorstellten, musterte ihre Dienstmarken und antwortete knapp auf Kates Frage: sein voller Name lautete Kyle Thomas Jensen, er wohnte in Hollywood, North Western Avenue Nr. 1699.

Kate musterte ihn prüfend. Er war muskulös, mit dünnem sandfarbenem Haar, das ihm lang in den Nacken hing. Auf seinen Wangen sprossen helle Stoppeln, und ein dicker Schnurrbart betonte eher noch den sinnlichen Schwung seiner leicht bogenförmigen Lippen, als daß er ihn verbarg. Gloria Gomez' Beschreibung würde auf ihn passen. Und sein Vorname war leicht mit Lyle oder Miles zu verwechseln – mit den beiden Namen, die Gloria genannt hatte. Aber bis jetzt konnte man seinen Anblick auch durchaus als Bild der Unschuld deuten: er sah freundlich aus, ein bißchen verwirrt und ein bißchen verärgert.

Taylor stützte einen Fuß auf den Stuhl neben dem Bett und schlug sein Notizbuch auf. »Wie alt sind Sie, Kyle?«

»Siebenundzwanzig. Warum?«

»Wie fühlen Sie sich?« fragte Kate.

Jensen sah auf seine bandagierten Hände, als ob ihr äußeres Erscheinungsbild ihm etwas über ihren Zustand verraten könnte.

»Ganz gut.« Seine hellblauen, rhombenförmigen Augen trafen Kates, sie waren völlig ausdruckslos. »Worum geht's hier eigentlich?« Seine Stimme war hoch und heiser.

»Wir führen gerade eine Untersuchung über Leute durch, die mit schweren Verletzungen in die Notaufnahme kommen«, erklärte Taylor in liebenswürdigem Ton. »Wie haben Sie sich die Schnittwunden an den Händen zugezogen, Kyle?«

»Das soll eine schwere Verletzung sein?« Er wedelte mit beiden Händen in der Luft herum. »Das war bloß ein saublöder kleiner Unfall.«

»Wenn eine Operation notwendig ist, müssen die Verletzungen schon ziemlich gravierend sein. Erzählen Sie uns, wie es dazu kam.«

Jensen zuckte die breiten Schultern. »Ich hab' den Müll rausgebracht. Bin ausgerutscht, voll auf die Schnauze gefallen und hab' mir die Hände an 'ner Dose aufgeschnitten.« Er verzog schmerzlich den Mund. »Die Dinger sind verdammt scharf. Ich hab' geblutet wie ein Schwein.«

Kate nickte. Es klang sehr überzeugend. »Wo war das?«

»Bei meinem Wohnblock. Unten im Hof.«

»Hat Sie jemand gesehen?« Als Jensen den Kopf schüttelte, fuhr Kate fort: »Wann ist das passiert?«

»Heute morgen ... so gegen acht.«

»Wann sind Sie ins Krankenhaus gekommen?«

»So ungefähr um zehn.«

»Sie waren so schwer verletzt, daß eine Operation nötig war, Kyle. Warum haben Sie bis zehn Uhr gewartet?«

»Ey, ich hab' nicht gewußt, wie mies ich dran war, bis ich hier gelandet bin. Ich hatte Handtücher drumgewickelt, es hatte aufgehört zu bluten. Aber meine Freundin, die is' total ausgerastet — sie hat mich hierherverfrachtet.« Er stupste mit einer bandagierten Hand auf seinen Krankenhauskittel. »Diese Clowns hier verpassen dir allen möglichen Scheiß. Zwingen dir 'ne Behandlung auf, bloß weil sie scharf auf dein Geld sind.«

»Wie heißt Ihre Freundin, Kyle?«

»Shirl. Shirley Johnson.«

»Lebt Sie mit Ihnen zusammen?«

»Klar.«

»Wo arbeiten Sie?«

»Warum? Was zur Hölle hat das alles zu bedeuten?«

»Reine Routine«, sagte Taylor. »Wir müssen nur sichergehen, daß Sie uns keinen Bären aufbinden, daß Sie nicht einen Dritten schützen wollen, der Ihnen die Verletzungen zugefügt hat.«

»Ich schütz' bestimmt keinen — und ich hab' nicht die leiseste Ahnung, was dieser Quacksalber mit mir angestellt hat, aber ich brauch' jetzt unbedingt 'ne Schmerztablette.«

Kate sagte beiläufig: »Wir würden Ihnen gern noch weitere Fragen stellen, Kyle. Wir haben gehört, daß Sie heute abend entlassen werden. Was halten Sie davon, wenn wir Sie mit dem Auto abholen, kurz bei uns auf dem Revier vorbeifahren und Sie dann anschließend nach Hause bringen?«

Er zuckte mit den Achseln und legte sich in seine Kissen zurück. »Meinetwegen. Ich mach' alles, um diesen Scheiß hinter mich zu bringen.«

Kate ging zu dem Polizisten, der vor Kyle Jensens Zimmer postiert war. »Hat er Sie gesehen, Dale?« fragte sie und deutete mit einer Kopfbewegung auf die geschlossene Tür des Krankenzimmers.

Der schmächtige junge Beamte schüttelte grinsend den Kopf: »Kein Stück.«

Kate grinste zurück und meinte: »Sorgen Sie dafür, daß es so bleibt.«

»Null problemo.«

»Und fragen Sie mal Schwester Donnelly, wie seine Kleidung aussah, als er herkam. Lassen Sie sich was über die Handtücher erzählen, mit denen er seine Hände bandagiert hatte.«

»Geht klar.«

Taylor folgte ihr kommentarlos über den Flur zu den Fahrstühlen. Er wußte so gut wie sie, daß sie trotz Gloria Gomez' Beschreibung und den verdächtigen Schnittwunden an Jensens Händen keine hinreichende rechtliche Grundlage für eine Verhaftung oder auch nur für eine kurzfristige Festnahme hatten, ganz zu schweigen von einem Durchsuchungsbefehl, um an die schmutzigen Handtücher zu kommen.

Jensen hatte ihnen — wenn auch zweifellos unbeabsichtigt — einen Gefallen getan, als er sich so spontan bereit erklärt hatte, aufs Revier zu kommen, um weitere Fragen zu beantworten. Entweder glaubte er ihnen die Geschichte mit der routinemäßigen Befragung von Schwerverletzten, oder er war felsenfest davon überzeugt, daß er nicht mit dem Mord in Verbindung gebracht werden konnte. Vielleicht glaubte er auch, daß er sich alle Türen offenhalten konnte, wenn er sich kooperationsbereit zeigte. Oder er war ganz einfach unschuldig. Sie und Taylor hatten eine Menge Arbeit vor sich. Beim nächsten Gespräch mit Kyle Jensen mußte sie gut vorbereitet sein.

North Western Avenue Nr. 1699 lag ganz in der Nähe, ein fünfstöckiges Ziegelsteingebäude Ecke Hollywood Boulevard.

Über die Fassade liefen verrostete Feuertreppen im Zickzackmuster. Die roten Ziegelsteine waren durch die jahrzehntelange Luftverschmutzung mit einer schmierigen Schicht Kohlenstaub überzogen. Auf der gegenüberliegenden Straßenseite erstrahlte ein ähnliches, stuckverziertes Gebäude in frischgetünchtem Rosa. Über eine Feuertreppe war ein Transparent gespannt: *Se Rentan Apartamentos*. Am müllübersäten Hollywood Boulevard befand sich ein schäbiger Laden mit der Aufschrift *Gelegenheiten*, daneben eine Billardbar, ein Würstchenstand und eine Pfandleihe.

Die kleine Eingangshalle des Wohnblocks starrte vor Schmutz und roch nach Zwiebeln und gekochtem Kohl. Auf dem grauen, gesprungenen Fliesenboden unter den Briefkästen stapelten sich herrenlose Postwurfsendungen. Die Namensschilder an den Briefkästen bestanden aus abgerissenen Zetteln, die in Ritzen gestopft oder mit weißem Klebeband befestigt waren.

»Ein Palast«, murmelte Taylor.

»Wir haben schon Schlimmeres gesehen«, erwiderte Kate.

»Wie ich schon sagte — ein Palast.«

Sein Ton war knapp — ein weiterer Hinweis für Kate, daß ihm dieser Fall zuwider war. Leck mich am Arsch, dachte sie. Sie würde schon dafür sorgen, daß er seine Arbeit tat.

Er inspizierte den Briefkasten von Wohnung 209. Das Namensschild bestand aus einem abgerissenen Stückchen Pappe und war mit Isolierband festgeklebt. Zwei Namen standen auf der Pappe: K. Jensen und B. Dayton. »Hieß die Freundin, mit der er angeblich zusammenlebt, nicht Shirley Johnson?« fragte Taylor.

»Laß uns mal einen Blick auf den Hinterhof werfen«, sagte Kate. »Mal sehen, ob wir eine Spur von der angeblichen Schinkendose finden.«

Der aufgesprungene, mit Rissen durchzogene Zementboden auf der Rückseite des Gebäudes war mit Zeitungen, Glasscherben und Verpackungen von Fertiggerichten übersät. Ein zerbeulter Müllcontainer hockte am äußersten Ende des kleinen Fußwegs. Taylor schob den verbogenen Deckel hoch. »Verdammter Mist!« fluchte er. Ein intensiver Gestank von vergammelten Abfällen und Alkoholdunst schlug ihnen entgegen. Der Müllcontainer war kaum zu einem Viertel voll.

»Fordere den Fotografen an«, sagte Kate. »Ich sehe mich inzwischen ein bißchen um. Mach's dringend. Außerdem brauchen wir Handschuhe«, fügte sie hinzu, während er davontrottete. »Und eine Inventarliste.«

»Verdammter Mist!« wiederholte er.

Sie stützte sich mit einem Knie auf dem Boden ab und untersuchte den Zementboden vor der Mülltonne. Sorgfältig inspizierte sie noch einmal den Weg, den sie und Taylor von der Hintertür des Gebäudes zurückgelegt hatten. Als Taylor einige Minuten später zurückkam, deutete sie auf den Zement, dessen von Rissen durchzogene Oberfläche durch jahrelange Witterungseinflüsse glatt und abgeschliffen war. »Nach der Geschichte, die er uns aufgetischt hat, und nach der Schwere der Schnittwunden zu urteilen, müßten hier eigentlich Blutspuren zu finden sein.«

Taylor brummelte etwas Zustimmendes. »Laß uns mal die angebliche Freundin überprüfen. Ich wette, sie ist genau so 'n Phantasiegebilde wie die Schinkendose.«

Der junge Mann, der die Tür von Apartment 209 öffnete, trug nichts als eine hautenge, stone-washed Jeans. Kate musterte den muskulösen Oberkörper, der abgesehen von einer dunklen Haarsäule, die sich vom Nabel aus abwärts zog, völlig unbehaart war. Sie dachte an Aimees weibliche Schönheit und fühlte sich erneut bestätigt. Abgesehen von einer völlig emotionslosen Anerkennung konnte sie einer Männerbrust wirklich nicht den geringsten Reiz abgewinnen.

»Ich bin Detective Delafield«, sagte sie. »Das ist mein Kollege, Detective Taylor.«

Der junge Mann warf einen Blick auf ihre Dienstmarken und zuckte ungeduldig die nackten Schultern. »Ja, und?«

»Ist Shirley Johnson da?« fragte Kate.

»Shirl?« Er starrte sie an, seine Feindseligkeit schlug in Überraschung um. »Was zum Teufel wollen Sie von Shirl?«

»Einige Routinefragen«, antwortete sie. »Ist sie da?«

»Nee.« Er lehnte sich gegen den Türrahmen. »Vielleicht später.«

Kates Intuition sagte ihr, daß er ein schlechtes Gewissen hatte. Ihr scheinbares Desinteresse an seiner Person hatte ihn allzu sichtbar entspannt. »Wohnt Shirl hier?« fragte sie.

»Nee.«

»Hat sie früher mal hier gewohnt?«

»Nee.«

»Wo können wir sie finden?«

Er zuckte mit den Achseln.

»Dürften wir Ihren Namen erfahren, Sir?« fragte sie.

»Sir? Jesus, was für 'n niedlicher Bulle. Dayton, Burt Dayton. Was wollen Sie von Shirl?«

»Könnten wir vielleicht woanders miteinander sprechen als auf dem Flur, Mr. Dayton?« entgegnete Kate.

»Sie nennt mich immer noch Mr. Dayton! Okay. Aber wie ich bereits sagte, Shirl ist nicht da.« Er trat einen Schritt zurück, um sie hereinzulassen.

Auf einem schmutziggrauen, ausgefransten Teppich standen ein durchgesessenes Sofa und ein Sessel, beide senffarben. Der Lampenschirm einer einsamen Tischlampe leuchtete in einem fleckigen Gelbbraun.

»Machen Sie sich's bequem«, forderte Dayton sie auf und warf sich aufs Sofa.

Taylor lehnte sich gegen die nächste Wand, Kate blieb stehen. »Wohnt hier ein Kyle Jensen?« fragte sie.

Daytons dunkle Augen blitzten zu ihr hinüber. Langsam nickte er mit dem Kopf.

»Hat Shirley Johnson ihn heute morgen ins Krankenhaus gebracht?«

Er musterte sie mißtrauisch und umkreiste dabei seine Lippen mit dem Zeigefinger. Die Lippen waren dick, fleischig und wirkten in dem sonst eher scharfkantigen Gesicht fast sinnlich. »Und was, wenn es so wäre?«

Taylor sagte: »Wie hat Kyle sich die Schnittwunden an seinen Händen zugezogen?«

»Keine Ahnung. Oh, Scheiße.« Dayton bemerkte widerwillig, daß er bereits zu viel gesagt hatte. »Scheiße«, wiederholte er.

»Wir müssen das wissen«, sagte Taylor, den Stift über seinem Notizbuch. »Wie hat er sich in die Hände geschnitten?«

»Scheiße, Mann, woher soll ich das wissen.«

»Wann ist es passiert?«

»Keine Ahnung.«

»Burt«, sagte Taylor mit mühsamer Geduld, »müssen wir Sie erst vorladen, um so eine Lappalie wie die Ursache von Kyles Schnittwunden herauszufinden?«

Dayton deutete auf Kate. »Die mag ich lieber. Sie nennt mich Mr. Dayton.«

»Mr. Dayton«, fuhr Taylor ungerührt fort, »wann haben Sie bemerkt, daß Kyle sich verletzt hatte?«

Dayton kreuzte die Arme vor der Brust, rutschte tiefer ins Sofa und spreizte die Beine weit auseinander. Kate hatte diese Haltung noch nie gemocht, weder bei Männern noch bei Frauen, diese aufdringliche Zurschaustellung der Genitalien. Dayton sagte mit widerstrebendem Zögern: »Heute morgen.«

»Wann genau.«

»Ziemlich früh. Warum? Worum geht's?«

»Um welche Uhrzeit, Mr. Dayton?«

»Früh. Keine Ahnung, wie spät es war.« Mit einem Blick auf Taylor räumte er ein: »Es war noch dunkel draußen.«

»Mr. Dayton«, unterbrach ihn Kate. »Warum erzählen Sie uns nicht einfach, was passiert ist?«

»Was gibt's da zu erzählen? Ich hab' geschlafen, okay? Er kommt ins Schlafzimmer, weckt mich, sagt, er hat sich an den Händen verletzt. Beide waren total in irgendwas eingewickelt.

Ich sollte ihm beim Ausziehen helfen. Also hab' ich's gemacht, okay? Heute morgen sollte ich bei Shirl anrufen, sie herbestellen. Sie ist gekommen, hat sich Kyles Hände angesehen und ihn ins Krankenhaus gebracht, und das ist alles, was ich weiß.«

»Lassen Sie uns das nochmal Schritt für Schritt durchgehen«, sagte Kate. Sie ging zum Sessel und ließ sich vorsichtig auf der abgewetzten Lehne nieder. Bevor dieser Tag zu Ende ging, dachte sie ingrimmig, war ihre Hose wahrscheinlich jenseits von Gut und Böse und auch durch eine chemische Reinigung nicht mehr zu retten. Sie stützte ihr Notizbuch auf ihrem Bein ab und sagte: »Er kam ins Schlafzimmer. Wie viele Schlafzimmer haben Sie?«

»Ist das hier das Weiße Haus, oder was? Ein Schlafzimmer«, er deutete hinter sich, »aber zwei Betten.«

Das mußtest du natürlich unbedingt anbringen, dachte Kate. Gott bewahre, daß irgend jemand auf die Idee kommen könnte, du wärst schwul. »Kyle hat Ihnen erzählt, daß er sich die Hände verletzt hat. Hat er gesagt, wie es passiert ist?«

Er sah sie an, sein Blick war wachsam. »Hier geht's um 'ne ziemlich ernste Sache, oder?«

Sie erwiderte seinen Blick. Sie und Taylor mußten überaus vorsichtig vorgehen. Sollte Kyle Jensen tatsächlich der Täter sein, war es durchaus möglich, daß er die Tat nicht allein begangen hatte, daß dieser Mann sein Komplize gewesen war. »Mr. Jensen ist ziemlich schwer verletzt«, sagte sie. »Wir führen eine Routineuntersuchung durch. Wie hat er sich die Verletzungen zugezogen?«

»Sagte, er wär' hingefallen, hätte sich an 'ner Dose geschnitten.« Er verzog verächtlich seine dicken Lippen. »Ich hab' ihn nicht um ein schriftliches Protokoll gebeten, wissen Sie.«

Ach, hast du also nicht, dachte Kate bei sich. »Ist Ihnen etwas an seinem Äußeren aufgefallen?«

Er schüttelte den Kopf. »Nix. Ich hab' nich' drauf geachtet, nich' hingeguckt. Jedenfalls nicht zu dem Zeitpunkt. Er sagte, ich soll kein Licht machen, weil ich sonst das Kotzen kriegen würde.« Er rutschte unbehaglich auf dem Sofa hin und her. »Er weiß, daß ich kein Blut sehen kann, okay? Aber er war so naß und klebrig vom Blut, daß es mir trotzdem hochkam. Als ich ins Badezimmer ging, um mir die Hände zu waschen, und merkte, wie sie aussahen ... heiliger Strohsack!« Er setzte sich aufrecht hin, kreuzte die Arme vor der Brust, schloß die Augen und drückte die Beine zusammen.

Kate war sich ziemlich sicher, daß Burt Dayton nichts mit dem Mord an Teddie Crawford zu tun hatte. »Sie sagten, Sie hätten Mr. Jensen geholfen, die blutigen Sachen auszuziehen. Wo sind diese Kleidungsstücke jetzt?«

Burt Dayton hob die Hand und deutete ohne hinzusehen links neben Kate.

Unter einer heftigen Adrenalinausschüttung starrte sie auf eine schwarze Plastikmülltüte, die oben mit einem gelben Band zusammengebunden war und etwas abseits der geschlossenen Apartmenttür stand.

»Kyle sagte, ich soll's wegschmeißen«, fuhr Dayton fort. »Ich für meinen Teil würde den Kram nicht mal anrühren, wenn der Müllwagen direkt in unserem Flur parken würde. Stellen Sie sich bloß mal vor, die Tüte reißt.«

Kate dachte an Charlotte Mead und an die Tests, die sie mit diesen vielleicht entscheidenden Beweisstücken durchführen konnte. Sie atmete tief durch.

»Kate?« fragte Taylor.

Sie sah ihn an, ihre Gedanken rasten — sie wußte, daß er Zweifel an der Rechtmäßigkeit ihres Vorgehens hatte, wußte, daß sie jetzt keinen Fehler machen durfte.

Sie hatten keinen Durchsuchungsbefehl. In jedem Totschlagprozeß, ganz zu schweigen von einem Mordprozeß, konnte jede Verletzung des vierten Zusatzartikels zur Einstellung des Verfahrens führen, ganz gleichgültig wie eindeutig die Beweislage für die Schuld des Verdächtigen sprechen mochte.

Sie und Taylor hatten sich ordnungsgemäß ausgewiesen, und man hatte ihnen Einlaß in diese Wohnung gewährt. Ohne einen Durchsuchungsbefehl konnten sie nur mit Burt Daytons Erlaubnis die anderen Zimmer untersuchen, in keinem Fall durften sie irgend etwas aus dem Schlafzimmer, das Kyle Jensen mit Burt Dayton teilte, entfernen. Doch das Wohnzimmer war quasi ein öffentlicher Raum, zu dem man ihnen offiziell Zugang gewährt hatte, und man hatte sie auf einen potentiellen, deutlich sichtbaren Beweis hingewiesen. Mit ruhiger Stimme sagte sie zu Taylor: »Hol eine Beweistüte. Und mach diesem Fotografen Beine.«

»Irgend jemand steckt hier ziemlich tief in der Patsche«, murmelte Dayton vor sich hin, als Taylor die Wohnung verließ.

»Wir müssen oft wesentlich mehr tun, als wirklich nötig ist, nur um den Vorschriften Genüge zu tun«, sagte Kate beruhigend.

»Erzählen Sie bloß Kyle nicht, daß ich was gesagt hab'. Der bringt mich glatt um.«

»Wenn's kein Problem gibt, gibt's kein Problem, richtig?« sagte Kate. Während Dayton noch verwirrt versuchte, hinter den tieferen Sinn dieser Platitüde zu kommen, fragte sie beiläufig: »Ist er ein solcher Hitzkopf?«

»Er ist ganz in Ordnung. Wenn man ihn nicht zu sehr reizt.«

»Ist er leicht reizbar?«

Er sah sie stumm an. Sie hatte das unbestimmte Gefühl, daß sie nicht länger auf seine Kooperationsbereitschaft zählen konnte.

»Wo können wir Shirl erreichen? Wir müssen mit ihr reden.«

»Keine Ahnung.«

»Wo arbeitet sie?«

»Keine Ahnung.«

»Wie ist ihre Telefonnummer?«

»Fragen Sie Kyle.«

»Wie lange kennen Sie Kyle schon?«

Er sah sie durchdringend an und umkreiste wieder mit dem Zeigefinger seine Lippen. »Schon lange. Wir sind zusammen hierher gezogen.«

»Von wo, Mr. Dayton?«

»Pittsburgh.«

»Tatsächlich?« Sie wählte einen leichten Plauderton. »Das soll eine nette Stadt sein.«

»Eine tote Stadt. Tot und begraben. Los Angeles — da tobt der Bär.«

Sie betrachtete ihn und fragte sich, wie diese Flohkiste von Wohnung besser sein konnte als das, was er verlassen hatte. »Sie und Mr. Jensen kennen sich also schon von klein auf?«

Er schien angestrengt darüber nachzudenken, ob diese Frage eine neue Falle darstellte. »Sozusagen. Mal mehr, mal weniger. Wir machen beide unser eigenes Ding. Aber er ist in Ordnung, klar? Was das hier auch für 'ne Sache ist, er hat keinen Dreck am Stecken.«

Als Taylor mit einem großen Beweisbeutel in die Wohnung zurückkam, fragte Kate: »Wie steht's mit Ihnen, Mr. Dayton? Haben Sie Dreck am Stecken?«

»Ich hab' keine Probleme«, sagte er, während er Taylor beobachtete, der die schwarze Plastikmülltüte einpackte und das Beweissiegel ausfüllte.

Kate meinte beiläufig: »Haben Sie etwas dagegen, wenn wir uns hier ein bißchen umsehen, Mr. Dayton?«

»Nichts da. Und sparen Sie sich Ihr blödes Mr. Dayton-Getue. Nichts da, Lady. Wenn Sie mich noch weiter löchern wollen, hol' ich mir erst mal 'nen Rechtsverdreher.«

»Das ist natürlich Ihr gutes Recht, Burt.« Sie erhob sich und zog eine Karte aus ihrem Notizbuch. »Kyle muß ja nicht unbedingt erfahren, wie wir an den Kleiderbeutel gekommen sind. Sie sollten die Sachen doch in den Müll werfen, nicht wahr? Falls Sie Shirl sehen, sagen Sie ihr, daß Sie uns anrufen soll, ja?«

Er stand auf, nahm die Karte und stopfte sie in die Gesäßtasche seiner Jeans. »Klar, mach' ich«, sagte er und auf seinem Gesicht erschien fast so etwas wie ein Lächeln.

Ted Carlson fotografierte das Innere und Äußere des Müllcontainers und den Boden drumherum. Als er fertig war, streiften Kate und Taylor sich Plastikhandschuhe über.

Kate zog ihr Jackett aus und drückte es Carlson in die Hand. Sie holte noch mal tief Luft und wandte sich dann an Taylor: »Heb mich hoch.«

»Oh, Gott«, grummelte Taylor. »Er allein weiß, was da drin ist. Und heutzutage kann man sich Gott weiß was fangen.«

»Es könnte schlimmer sein«, sagte sie mehr zu sich selbst als zu Taylor, der seine Finger zu einem Steigbügel ineinanderhakte. »Die Müllabfuhr muß gerade gestern, höchstens vorgestern, hier gewesen sein —« Sie stemmte sich hoch und sprang in den Container.

Sie landete auf glitschigem, nachgiebigem Moder und griff haltsuchend zur Containerwand. Entschlossen ignorierte sie den Gestank. Die Bazillen in diesem Container würden schon nicht lebensbedrohlich sein — oder vielleicht doch? Sie warf einen prüfenden Blick auf den Abfall, in den sie bis zu den Waden eingesackt war.

Sie sah etwas Silbernes aufblitzen, fischte den Gegenstand heraus und reichte ihn an Taylor hoch.

»Was zum Teufel ...«, sagte er. »Ein *Rad* ... das ist ein gottverdammtes *Rollstuhlrad*.«

»Sieht so aus«, sagte sie. Sie hatte wirklich nicht die leiseste Vorstellung davon, wie solche Gegenstände ihren Weg in eine Mülltonne fanden.

Dankbar erspähte Kate die Annehmlichkeit einiger geschlossener Mülltüten, die sie als nächstes zusammensammelte und einzeln an Taylor weiterreichte. Danach arbeitete sie sich einfach methodisch weiter vor und händigte Taylor jeden festen Gegenstand aus, den ihre behandschuhten Finger zu fassen bekamen. Taylor legte die Fundstücke säuberlich auf dem Zement vor dem Müllcontainer aus: Leere Flaschen, Bierdosen, Aluminiumverpackungen, Pappkartons und Zeitungen. Schließlich wurden ihre Füße nur noch von einer knapp knöcheltiefen morastigen Brühe umspült, die sich aus Hähnchenknochen, Tomatenhäuten, Eierschalen, Filtertüten, verschimmeltem Obst und anderen unidentifizierbaren Essenresten zusammensetzte. Kate stemmte sich mit den Händen an der Containerwand hoch und kletterte unbeholfen heraus.

Während Carlson die leeren Eingeweide des Containers fotografierte, packten sie und Taylor die Mülltüten aus. Kate übernahm es, mehrere Zellstoffartikel zu inspizieren, deren rostfarbene Flecken sich als eingetrocknetes Menstruationsblut entpuppten. Überrascht entdeckte sie, daß jemand vier zerbrochene Spritzen weggeworfen hatte. Das hohe Aidsrisiko bei Drogenabhängigen hatte mindestens ebensoviel mit der Wiederverwendung gebrauchter Spritzen wie mit Unwissenheit zu tun — viele Junkies schreckten nicht davor zurück, sich den Stoff mit zerbrochenen Spritzen zu injizieren.

»Wundervolle Motive«, kommentierte Carlson, während er in seiner Jeans auf dem Boden kniete, um die Abfallsammlung zu fotografieren. »Ich sollte die Aufnahmen für einen Wettbewerb einschicken.«

»Erster Preis«, murmelte Taylor.

Während Carlson seine Sachen zusammenpackte, warfen Kate und Taylor den ganzen Abfall zurück in den Container. Bei der ganzen Unternehmung waren sie weder leise noch heimlich vorgegangen. Mehrere Bewohner hatten sie von den Fenstern aus beobachtet, aber niemand hatte auch nur gefragt, was sie da trieben.

Taylor streifte seine Handschuhe ab und warf sie in den Container. »So viel zu der imaginären Blechbüchse«, knurrte er, »oder auch 'Deine Konserve — das unbekannte Wesen'.«

4

Kates Wohnung war leer. Einige Staubflocken wirbelten in den einfallenden Strahlen grünlich-gelben Lichts, das durch die Zweige der Schottischen Fichte vor dem Wohnzimmerfenster drang. Kate stieg der schwache Geruch feuchter Erde in die Nase: Aimee hatte die Blumen gegossen. Sie lächelte. Daß Aimee nicht offiziell hier wohnte, wurde mehr und mehr zu einer Formsache.

Kate hörte den Anrufbeantworter ab. Das Lämpchen blinkte nicht. Also hatte Aimee die Nachricht über die Mordermittlung abgehört, die der Leiter der Bereitschaftspolizei heute morgen auf Band gesprochen hatte.

Kate ging ins Schlafzimmer und streifte im Gehen den Pistolenhalfter und ihre Kleidung ab. Beim Anblick des ungemachten Betts und der zerwühlten Kissen mußte sie daran denken, wie der dunkle Schleier von Aimees Haar am Morgen auf dem Kissen gelegen hatte, wie die Kurven ihres Körpers sich sanft unter dem Laken abgezeichnet hatten. In schläfrigem Protest hatte sie es bis an die Ohren hochgezogen, als Kate aufgestanden war und ihr die wärmende Nähe ihres Körpers entzogen hatte.

Sie und Aimee hatten sich letzte Nacht geliebt, so wie jede Nacht, seit sie vor vier Wochen zu einem Liebespaar geworden waren. Kate war davon überzeugt, daß viel von Aimees Leidenschaft einfach jugendliche Vitalität war, so wie ihre eigene Lust viel mit dem Reiz des Neuen, mit Aimees überwältigender Schönheit und erotischer Ausstrahlung zu tun hatte. Sie schwelgte in der Erinnerung an die vergangene Nacht und dachte glücklich an die intimen Liebkosungen, mit denen Aimee sie geweckt hatte, an die neu erwachte Leidenschaft, mit der sie sich geliebt hatten ...

Kate wandte sich entschlossen vom Bett ab.

Konzentrier dich gefälligst, rief sie sich selbst zur Ordnung. Du denkst jetzt an Teddie Crawford und an sonst gar nichts.

Wenn Kyle Jensen der Mörder von Teddie Crawford ist, ist dieser Abend möglicherweise deine einzige Chance, ihn zu überführen. Du mußt genau rekonstruieren, was im *Tradition* passiert ist, und du mußt dich so gut wie möglich vorbereiten. Keine Ablenkungen, klar?

Sie stopfte ihre ramponierte Kleidung in einen Plastikbeutel und schleuderte ihn in die hinterste Ecke des Kleiderschranks. Sie konnte plötzlich den Widerwillen nachempfinden, mit dem Burt Dayton auf jenen anderen Plastikbeutel reagiert hatte. Sie selbst hatte allmählich das Gefühl, daß von diesem Mord etwas Schleichendes, Schmutziges ausging – etwas, was sie noch nie zuvor empfunden hatte. Wenigstens befand sich diese andere Plastiktüte jetzt in der Obhut von Charlotte Mead. Meads Untersuchungsergebnisse würden selbst schon handfeste, unumstößliche Fakten liefern.

Sie drehte das Wasser so heiß auf, daß sie es gerade noch aushalten konnte, und ging unter die Dusche. Der Fliederduft von Aimees Duschgel weckte ihre Sinne stärker als ihr lieb war. Während sie sich rasch das Haar shampoonierte, ging sie im Kopf nochmal die Fakten dieses Mordfalls durch und suchte nach möglichen losen Enden. Sie hatte einige Beamte mit dem Auftrag losgeschickt, die Wohnungsnachbarn von Teddie Crawford zu befragen. Außerdem sollten sie mit Carl Jacoby, Teddie Crawfords Exfreund, sowie Margaret und Joe Crawford sprechen. Sie und Taylor würden als nächstes das *Malone's* aufsuchen. Das war im Moment alles, was sie tun konnte. Ihre nächste Aufgabe würde das Gespräch mit Kyle Jensen sein ...

Sie trocknete sich eilig ab und warf dabei einen kurzen Blick in den beschlagenen Spiegel. Sie sollte sich die Pfunde, die sie seit ihrer intensiven Beziehung zu Aimee abgenommen hatte, lieber wieder anfuttern. In ihrem vierten Lebensjahrzehnt schien ein gewisses Maß an Beleibtheit besser zu ihrem Gardemaß von 174 cm zu passen als die Magerkeit ihrer Jugend. Wie immer in der ersten Phase einer Mordermittlung hatte sie keinen Appetit. Sie hatte heute noch nichts gegessen. Irgendeine Kleinigkeit mußte sie sich jetzt reinzwingen — mit leerem Magen konnte kein Mensch vernünftig arbeiten.

Sie kaute auf einem Stückchen Käse herum, während sie etwas Neues zum Anziehen aussuchte. Etwas Seriöses, Respekteinflößendes wäre gut, vor allem für ihr Gespräch mit Kyle Jensen. Schwarze Hose, eine einfache weiße Bluse, schlichtes schwarzes Wolljackett. Sie hatte gerade das Jackett über ihrem Pistolenhalfter zugeknöpft, als sie Aimees Schlüssel im Schloß hörte.

»Ich bin hier«, rief Kate. Sie ging ins Wohnzimmer, wo Aimee gerade ihre Lederjacke in einen Sessel warf. Kate sah bewundernd auf ihren Körper, der in Jeans und kastanienbraunem Pullover einfach atemberaubend aussah. Ob sie sich wohl je an diese Schönheit gewöhnen würde?

»Ich muß mich beeilen«, sagte sie, und ging zur Tür. Sie widerstand dem Wunsch, Aimee in die Arme zu schließen und sich erneut für einen kurzen Moment ihrer Realität zu versichern. Aber das wäre nun wirklich eine zu radikale Ablenkung.

»Ich hab's im Radio gehört.« Aimee verschränkte die Arme und bewegte sich nicht von der Stelle, so als würde sie Kates Bedürfnis nach Distanz intuitiv spüren. »Du hast dich umgezogen«, bemerkte sie zutreffenderweise und ließ ihre blauvioletten Augen über Kates Körper wandern. »Kate, dieser Mord ist eine ziemlich schlimme Sache, nicht wahr?«

Aimee wußte inzwischen, daß Kate manchmal den zwanghaften Wunsch verspürte, ihre Kleidung während einer Mordermittlung zu wechseln. Kate war sich darüber im klaren, daß Aimee sie bewunderte und ihre berufliche Tätigkeit mit fast so etwas wie Ehrfurcht betrachtete. Aber sie wußte auch, daß diese Ehrfurcht zum Teil aus derselben gruseligen Faszination bestand, die einem Leichenbestatter entgegengebracht wurde. Was Kate ihr über die Mordfälle, vergangene und gegenwärtige, erzählte, war sozusagen antiseptisch. »Das Opfer wurde erstochen«, erklärte sie knapp, um Aimee — und sich selbst — zu schonen.

»Ja, ich weiß«, sagte Aimee und stopfte die Hände in ihre Jeanstaschen. »Der Tote war schwul, Jennifer hat ihn persönlich gekannt. Sie war mal in dem Restaurant, wie hieß es doch gleich — *Tradition*?«

»Ja, genau«, antwortete Kate. Jennifer und Cheryl, die Kate noch nicht kennengelernt hatte, waren Aimees Mitbewohnerinnen in der gemeinsamen Eigentumswohnung in Brentwood.

»Hast du schon jemanden verhaftet?«

»Wir haben einen Verdächtigen.«

»Kate, du mußt diesen Schwulenticker unbedingt kriegen.«

Schwulenticker. Irgendwie hatte sie den Mord an Teddie Crawford bisher nicht als einen Fall von Schwulenticken betrachtet.

Aimee fragte: »Kommst du heute abend nach Hause?«

»Ich glaube schon. Wenn nicht, ruf ich dich an. Bleibst du hier?«

Aimees Blick wanderte an Kate herunter. Sie lächelte. »Worauf du Gift nehmen kannst.«

Kate verließ die Wohnung. Schwulenticker. Das Wort machte sie ganz krank. Sie unterdrückte das Gefühlschaos in ihrem Innern. Später, wenn sie sich dazu in der Lage fühlte, würde sie es exhumieren und einer gründlichen Untersuchung unterziehen.

Ihre Gedanken kehrten kurz zu Aimee zurück. Wenn sie nach Hause kam, würden sie sich lieben. Sie würde es brauchen.

Das *Malone's* lag in der Nähe der Formosa Avenue und der früheren Samuel Goldwyn Filmstudios — jetzt Warner Hollywood Studios — an der östlichen Grenze von Hollywood und hob sich scharf von den danebenliegenden nichtssagenden Ladenfronten ab. Kate dachte im stillen, daß die frisch gestrichene weiße Hauswand eine wahre Herausforderung für das Heer von Graffitisprühern sein mußte, die die Stadt mit ihren Bildern überzogen.

Im Innern der Bar, die mindestens dreimal so lang wie breit war, stieg ihr der übliche scharfe Biergeruch in die Nase. Aber es gefiel ihr hier. Das Lokal war gemütlich und ruhig, mit viel Atmosphäre, auch wenn an diesem Samstagnachmittag nur ein paar Gäste da waren — drei Latinos, die stumm über einer Flasche Dos Equis zusammensaßen, ein dicker, grauhaariger Mann, der an der Theke kauerte und fernsah, ein junger Mann mit einem dichten Vorhang schwarzen Haars vor den Augen, der allein an einem Tisch saß und Zeitung las.

Der Barkeeper, ein schmächtiger Mann von ungefähr fünfzig Jahren, trug eine braune Lederschürze über einem Sporthemd und Freizeithosen. Aus dem kritischen Blick, mit dem er ihre Ausweise musterte, und aus dem vorsichtig neutralen Gesichtsausdruck, mit dem er hochsah, schloß Kate, daß er schon mehr als eine Dienstmarke gesehen hatte.

Sie fragte: »Haben Sie letzte Nacht hier gearbeitet?«

»Sicher«, antwortete der Mann mit reinster Tenorstimme. »Ich bin Jimmy Malone, das hier ist meine Bar, wo sollte ich wohl sonst gewesen sein?«

So irisch wie Paddys Ferkel, dachte Kate und unterdrückte ein Lächeln. »Kennen Sie einen Mann namens Teddie Crawford?«

Auf seinem Gesicht malte sich unverhüllte Überraschung: er starrte sie mit offenem Mund und runden blauen Augen an. Aber er hatte sich schnell wieder in der Gewalt. »Nicht daß ich wüßte.«

»Natürlich kennen Sie ihn«, sagte Kate ruhig. »Und Sie sollten mit uns darüber reden. Teddie Crawford ist letzte Nacht ermordet worden.«

Die Kinnladen von Jimmy Malone arbeiteten einen Moment lautlos. »Teddie? *Teddie*?« Die Tenorstimme kletterte noch ein paar Oktaven höher. Er schlug mit beiden Fäusten auf die Theke. Auf seinem Gesicht malte sich blankes Entsetzen. »Teddie ist tot? Gerade gestern war er noch hier.« Mit erstickter Stimme fragte er nochmal: »Teddie ist tot?«

Kate registrierte, daß die Gäste sie zwar mit gespannter Neugier beobachteten, sonst aber keine verdächtigen Reaktionen zeigten. »Gehörte Teddie zu Ihren Stammkunden?« fragte Kate.

Malone ging ans andere Ende der Theke, außer Hörweite der anderen Gäste, Kate und Taylor folgten ihm.

»Halb und halb. Ein feiner Kerl. Ein ganz feiner Kerl.« Er schüttelte den Kopf, der Schock trieb ihm die Tränen in die Augen.

»Sie sagten, er sei gestern abend hier gewesen«, sagte Kate. »Erzählen Sie uns davon.«

Malone schüttelte den Kopf, als wollte er ihn klarbekommen. »Was soll ich Ihnen sagen? Er kam zusammen mit Gloria, sie saßen an einem Tisch mit einem Mann, den ich für Glorias neue Flamme hielt.«

»Warum?« fragte Taylor.

»Teddie steht auf Godzilla-Typen. Seitdem er und Carl sich getrennt haben. Weiß Carl von der Sache?«

»Kommen viele Schwule in Ihre Kneipe?« fragte Taylor.

Malone sah ihn an. »Ich frage nicht. Es interessiert mich auch nicht. Mir ist jeder willkommen. Sogar Sie.«

Kate, die am liebsten Beifall geklatscht hätte, grinste Malone an.

»Und hat er hier gestern abend einen Godzilla gefunden?«

»Ja, hat er. Das Übliche. Muskeln, Jeans, Haare, Lederjacke — Sie kennen den Typ.«

»Wie hieß dieser Godzilla?«

»Das weiß ich nicht.«

»Haben Sie ihn vorher schon mal gesehen?«

»Ja, ein paar Mal.«

»Wie lange verkehrt er schon in Ihrem Lokal?«

Der Barkeeper überlegte eine Weile. »Vielleicht seit einem Monat, sechs Wochen.«

»Dieser Godzilla, reißt er sich hier seine Typen auf?« fragte Taylor.

»Ist mir nicht aufgefallen. Hier sind viele ältere Männer, sehr stille Typen. Deshalb geht das Aufreißen hier ziemlich unauffällig vor sich, wissen Sie.«

Manche ältere Schwule, das wußte Kate von Joe D'Amico, gingen in Lokale wie das *Gold Coast* oder das *Gauntlet*. Sie mochten keinen lauten Trubel, mieden Diskos und Aufreißerkneipen wie das *Rage* oder Bars, wo man dauernd auf dem Präsentierteller stand, wie *Micky's* oder *Motherlode*.

Und die älteren, ziemlich stillen Typen, die Jimmy Malone erwähnt hatte, verheimlichten zweifellos ihre Homosexualität und zogen daher gemischte Bars wie das *Malone's* vor.

»Mr. Malone«, sagte Kate, »hat es hier in letzter Zeit Fälle von Schwulenticken gegeben?«

»Nennen Sie mich Jimmy. Nichts Aktenkundiges.« Er sah sie ernst an. »Die Männer reden davon.«

Sie nickte grimmig. Sie verstand, was er meinte. Männer, die ihre Homosexualität geheimhielten, gingen häufig nicht zur Polizei, wenn sie Opfer eines Schwulentickers wurden. Sie konnten es sich nicht leisten. Bars wie das *Malone's* wären ein erstklassiges Jagdrevier für Schwulenticker. Sie sagte sanft: »Beschreiben Sie uns bitte den Godzilla.«

Kate machte sich Notizen, während Jimmy Malone eine Beschreibung lieferte, die in vielen Punkten mit der Schilderung übereinstimmte, die Gloria Gomez von dem Mann gegeben hatte, mit dem Teddie Crawford das Lokal verlassen hatte. Sie mußte an das Glas denken, das auf der Küchenzeile im *Tradition* gelegen hatte, und wagte einen Schuß ins Blaue. »Jimmy«, sagte sie, »wir haben Informationen, daß hier mit Drogen gehandelt wird.«

»Ganz sicher nicht«, schnaubte er. »Was hat das nun wieder zu bedeuten?«

»Jimmy«, sagte sie und verlieh ihrem Ton mehr Festigkeit. »Mein Kollege und ich haben nicht das geringste Interesse daran, hier eine Drogenrazzia durchzuführen. Wirklich nicht. Wir ermitteln in einem Mordfall. Punktum. Aber wenn ich herausfinde, daß Sie Informationen zurückhalten, die für diesen Fall von Bedeutung sind, nagele ich Sie wegen Verdunkelung fest.«

Malone hob abwehrend die Hände. »Hören Sie, soweit ich weiß, hat hier noch niemand mit Drogen gehandelt. Niemand. Aber ich kann meine Augen nicht überall haben. Natürlich sitzen hier ab und zu Leute, die mit ihrem Bier ein paar Pillen runterspülen. Was soll ich dagegen tun? Wenn ich den Laden zumache und aufs Klo gehe, liegen da überall leere Päckchen rum. Was soll ich dagegen machen?«

»Haben Sie gesehen, daß Teddie Crawford oder seine Begleiter irgendwas genommen haben?«

»Teddie und Gloria? Nie im Leben. Über die anderen kann ich nichts sagen.«

Taylor fragte: »Was das Klo angeht — sind Teddie oder Godzilla aufs Klo gegangen?«

»Ja«, antwortete Malone sofort. »Sie sind zusammen hingegangen.«

Kate nickte. Sie wußte von Maggie Schaeffer, der Besitzerin der Nightwood Bar, mit der sie inzwischen eng befreundet war, daß gute Barkeeper ausgezeichnete Beobachter waren, denen nichts entging. »Jimmy, bitte erzählen Sie uns, was Sie über Teddie Crawford wissen«, sagte sie.

Er schüttelte den Kopf. »Ein Charmeur. Immer schrill gekleidet. Zu gutaussehend, aber man mußte ihn einfach gernhaben.« Jimmy Malones Augen wurden wieder feucht, als er weitersprach. »Er kam hier immer reingesprungen wie ein kleiner Kobold, unterhielt sich mit jedem, kannte jeden. Er hat einfach alle bezaubert. Ich kann nur sagen ... also, ich hatte ihn einfach gern.«

»Danke, Jimmy.« Kate gab ihm ihre Karte. »Wenn Ihnen

noch was einfällt, was uns vielleicht helfen könnte, rufen Sie mich bitte an.«

»Das mach' ich«, sagte er traurig und steckte die Karte in seine Schürzentasche.

5

Als Kate ins Revier kam, fand sie eine Notiz auf ihrem Schreibtisch: Shirley Johnson hatte um fünf nach sieben angerufen, keine Nummer hinterlassen, wollte sich wieder melden. Kate gab Anweisung, sie sofort zu verständigen, wenn sie das nächste Mal anrufen würde. Kyle Jensen war von dem Polizeibeamten Dale Morrissey aufs Revier gefahren worden und wartete bereits auf sie.

Kate schritt Taylor voran in das kleine, blaugetünchte Vernehmungszimmer mit der schalldichten Akustikdecke und dem resopalbeschichteten Tisch. Jensen saß mit dem Rücken zu ihnen und machte einen äußerst gelangweilten Eindruck. Mit weit ausgestreckten Beinen und übereinandergeschlagenen Füßen, die bandagierten Hände auf den Oberschenkeln, lümmelte er sich auf einem der Metallstühle. Er trug eine marineblaue Trainingshose und schmuddelige Joggingschuhe. Sein sandfarbenes Haar reichte fast bis an den Kragen des enganliegenden grauen Sweatshirts, das seine muskulösen Schultern und Arme betonte.

Kate musterte die Verbände an seinen Händen. Die rechte Hand war völlig bandagiert, an der linken Hand trug er einen etwas dünneren Verband um Handfläche und Daumen, während die Finger mit Pflastern bedeckt waren. Waren das die Hände, die wieder und wieder mit einem Messer auf Teddie Crawford eingestochen hatten?

Schwulenticker. Wie ein Echo hallte das Wort in ihrem Kopf. Sie wandte den Blick ab und griff nach der kalten Metallehne eines Stuhls.

Wenn auch nur ein Funken Objektivität und Professionalität in dir steckt, dann zeig jetzt, was du kannst. Wenn dieser Mann ein Mörder ist, wird seine Überführung davon abhängen, daß du jetzt und hier deine Professionalität unter Beweis stellst.

»Wie geht's Ihnen, Kyle?« fragte Taylor munter. Er knöpfte sein Jackett auf, zog sich einen Stuhl heran und ließ sich darauf nieder.

»Mir geht's gut, Mann«, antwortete Jensen, während sein Blick an Taylor herabwanderte. »Außer daß ich nach Hause möchte. Ziemliche Verschwendung, hier rumzusitzen. Ich wüßte was besseres mit meinem Samstag anzufangen.«

Kate flüchtete sich aus ihrer Anspannung in eine wenig schmeichelhafte Begutachtung von Taylors Aufmachung. Nach ihrem Streifzug durch den Container war er ebenso wie sie nach Hause gefahren, um sich umzuziehen. Er hatte eine braune Hose und ein blau-gelb kariertes Jackett gewählt, dazu trug er ein kanariengelbes Hemd und einen blaugemusterten Schlips. Kates Überzeugung nach sollte das Outfit eines Polizisten seinen Status unterstreichen und ihm eine gewisse Seriosität verleihen. Inzwischen wußte sie, daß es purer Zufall war, wenn Taylors Aufmachung mit dieser Überzeugung übereinstimmte.

»Kyle«, sagte sie, um den Blick des jungen Mannes auf sich zu lenken. Sie war stehengeblieben und nutzte ihre Größe, um auf ihn hinabzusehen. »Wir zeichnen routinemäßig alle Gespräche auf Band auf. Haben Sie irgendwelche Einwände dagegen?«

Die hellblauen Augen waren ausdruckslos auf sie gerichtet. »Kein Problem, ich bin cool.«

Und naiv, dachte sie bei sich, während sie es sich am Tisch bequem machte. Kyle Jensen fehlte die schwererkämpfte Kaltschnäuzigkeit eines Berufsverbrechers — die Überprüfung des Strafregisters war negativ ausgefallen — und aller Wahrscheinlichkeit nach fehlte ihm auch das Wissen um die Möglichkeiten und Grenzen der Polizeiarbeit. Burt Dayton war im Gegensatz zu Jensen zweimal straffällig geworden, beide Male in Pennsylvania, einmal 1987 wegen Ladendiebstahl, die Strafe war auf Bewährung ausgesetzt worden, einmal 1988 wegen Scheckbetrugs, sechzig Tage plus Bewährungsfrist — die Haftzeit hatte wahrscheinlich den Ausschlag dafür gegeben, daß er nach Kalifornien aufgebrochen war.

»Auf was für Schmerzmittel hat man Sie gesetzt? Fühlen Sie sich gut genug, um mit uns zu sprechen?« Sie wußte von Polizist Dale Morrissey — der es wiederum von Oberschwester Donnelly im Hollywood Presbyterian Hospital erfahren hatte — daß die Schmerzmittel, die man Jensen verabreicht hatte, einer Befragung nicht im Wege standen.

»Klar, ey«, Jensen wedelte mit den Händen, »die haben mich schließlich nich' am Kopf operiert.«

»Trotzdem war es ja ziemlich ernst«, sagte sie in mitfühlendem Ton. »Haben Sie sich früher schon mal so schwer verletzt?«

»Nee.« Überrascht sah Kate, daß die rhombenförmigen Augen einen bedauernden Ausdruck annahmen. »Wenn Dad sehen könnte, wie astrein ich hiermit klarkomm' ... Wissen Sie, ich hab' ja nicht wie er als Soldat gekämpft. Mein Leben lang mußte ich mir anhören, wie sie ihm den Arsch weggepustet haben in Korea, daß es zwei Tage gedauert hat, bis sie ihn rausholen konnten, und daß er die höllischen Schmerzen wie ein Held ertragen hat.«

»Ich war auch in Korea«, sagte Taylor grinsend. »Mich haben sie auch am Arsch gekriegt, aber er ist noch dran.«

»Dad haben sie buchstäblich am Arsch gekriegt«, sagte Jensen und erwiderte das Grinsen. Er strich mit den unbandagierten Fingern der linken Hand an seinem Hinterteil entlang. »Die eine Seite bestand nur aus Draht und Fäden, sah echt irre aus. 'ne Handgranate hat ihn erwischt, 'n ziemlich großes Stück rausgerissen. Aber der schlitzäugige Hund, der es getan hatte, konnte sich nicht lange drüber freuen. Dad hat ihm das Licht ausgepustet. Und noch zwei anderen.«

»Recht so«, sagte Taylor.

Kate fühlte sich angewidert von diesem Wortwechsel, war aber dennoch froh über den Tenor des Gesprächs. Es wäre ein großer Vorteil, wenn es ihr oder Taylor gelingen würde, ein vertrauliches Verhältnis zu dem Verdächtigen aufzubauen, und Taylor schien auf dem besten Wege zu sein. Er fragte gerade im Plauderton: »Ihr Vater lebt in Kalifornien?«

Jensen schüttelte den Kopf. »Er ist tot. Lungenkrebs. Ist jetzt fünf Jahre und zwei Monate her.«

»Mein Beileid«, reagierten Kate und Taylor im Chor.

Mit den Fingerspitzen seiner linken Hand fischte Jensen eine Packung Marlboro aus der Hosentasche. Taylor nahm die Packung, schüttelte eine Zigarette für Jensen heraus und gab ihm Feuer. »Schuld an Dads Lungenkrebs war das verdammte Stahlwerk«, erklärte Jensen. Er nahm einen tiefen Zug von seiner Zigarette und stieß den Rauch durch die Nase aus, wobei ein Gutteil des Qualms von seinem dicken Schnurrbart absorbiert wurde. »Der verdammte Schmelzofen hat ihn kaputtgemacht, nicht die Zigaretten.«

Natürlich nicht, dachte Kate und stellte sich dabei vor, wie dieser Schnurrbart nach Rauch stinken mußte. Sie schob Jensen einen Aschenbecher hinüber. »Aus den Stahlwerken schließe ich, daß Sie aus Pittsburgh stammen, richtig?« Als er nickte, fügte sie hinzu: »Wie lange leben Sie schon in Los Angeles?«

Er betrachtete nachdenklich seine Zigarette, die er mit dem pflasterumwickelten Daumen und Mittelfinger der linken Hand hielt. »Ungefähr ... seit gut einem Jahr. Letztes Jahr im Januar bin ich hergezogen.«

Er wußte auf den Monat genau, wann sein Vater gestorben war, mußte aber darüber nachdenken, wie lange er schon in L.A. wohnte ... Höflich erkundigte sie sich: »Ich hoffe, Ihre Mutter lebt noch?«

»*Sie* hoffen das vielleicht – ich bestimmt nicht.«

Sein Tonfall machte deutlich, daß er dieses Thema nicht näher zu besprechen wünschte.

»Was arbeiten Sie, Kyle?«

Er setzte sich etwas aufrechter hin. »Ich bin Fahrer für die 'Grüne Oase'. Schon mal davon gehört?«

»Nicht direkt.«

Taylor sagte: »Ist das nicht eine Landschaftspflegefirma für reiche Leute?«

»Genau, Mann, ganz genau.« Jensen wandte sich an Taylor, die dünne, heisere Stimme kletterte noch einige Oktaven höher. »Die verkaufen Rasen und Pflanzen, sogar Bäume — ich meine, *große* Bäume. Sie glauben nicht, was ich da manchmal ausliefere. Die Araber kaufen die Landhäuser in Beverly Hills auf und reißen alles raus. Dann kommt die 'Grüne Oase', und am nächsten Tag haben die Sandneger den perfekten Rasen mit Palmen und Hecken und Rosensträuchern, so als ob das alles schon seit hundert Jahren da gewachsen wär'. Irgendwie unwirklich das Ganze. Filmstars lassen es auch manchmal machen. Ich war mal bei Warren Beatty. Er gab diese Party ...«

Seine Stimme verlor sich, während er Kate beobachtete, die sich Notizen auf dem Verhörprotokoll machte. »Hören Sie, was wollen Sie eigentlich von mir? Ich hab' echt keinen Bock mehr, hier rumzuhocken.«

Kate spürte, wie ihre Anspannung wuchs. »Lassen Sie uns ein paar Routinefragen erledigen«, sagte sie. Sie nahm nochmals seine Personalien auf, fragte nach Name, Adresse und Geburtsdatum.

»Sind Sie vorbestraft?«

»Nee.«

»Von wann bis wann arbeiten Sie, wieviele Stunden am Tag?«

»Den ganzen Tag. Warum?« Sein Ton war ausgesprochen feindselig geworden.

Kate wählte ihre Worte sorgfältig: »Wir überprüfen einen ernsten Zwischenfall, der sich gestern nacht ereignet hat. Bevor wir Ihnen nähere Einzelheiten darüber mitteilen oder

Ihnen einige wichtige Fragen stellen, müssen wir Ihnen Ihre Rechte erläutern.«

Er zuckte ungeduldig die Achseln. »Ich kenn' den ganzen Scheiß aus'm Fernsehen.«

»Wir müssen sie Ihnen trotzdem vorlesen, Kyle.« Kate zog eine Karte aus der Jackentasche und las ihm die Mirandarechte vor. »Sie können sich zu jedem Zeitpunkt der Vernehmung auf diese Rechte berufen und die Aussage verweigern«, schloß sie. »Haben Sie diese Rechte und ihre Bedeutung verstanden?«

»Klar. So'n Affenkram.«

»Sind Sie eingedenk dieser Rechte bereit, mit mir und Detective Taylor zu sprechen?«

»Klar. So'n Affenkram«, wiederholte er.

Seine Gleichgültigkeit gegenüber seinen verfassungsmäßigen Rechten, die für die meisten Leute typisch war, bedeutete einen Vorteil für sie und Taylor. Und Jensens Arroganz würde diesen Vorteil noch vergrößern. Er hatte offensichtlich vergessen, daß seine Aussagen auf Band aufgezeichnet wurden, eine nicht ungewöhnliche Reaktion während eines Verhörs. Sie steckte die Karte wieder in ihre Tasche und sagte freundlich: »Und nun erzählen Sie uns bitte nochmal, wie Sie Ihre Hände verletzt haben.«

Jensens sinnliche Lippen verzogen sich zu einem mißmutigen Bogen: »Erst sind Sie dran. Worum geht's hier nun eigentlich?«

»Jemand hat gestern abend in West Hollywood mit einem Messer auf einen jungen Mann eingestochen.«

»Damit habe ich nichts zu tun«, antwortete er wie aus der Pistole geschossen.

»Die Schnittwunden an Ihren Händen — wie ist das passiert?«

Seine Brust und Schultern bewegten sich in einem sichtbaren, wenn auch lautlosen Seufzer. »Wie ich schon sagte — ich hab' heut morgen den Müll rausgebracht. Bin gestolpert, hingeflogen und auf 'ner offenen Schinkenbüchse gelandet. Das war's.«

»Wann war das?«

»Wie ich schon sagte — heute morgen so gegen acht.«

»Hat sie jemand dabei gesehen?«

»Woher zum Teufel soll ich das wissen? 'tschuldigung«, fügte er beschwichtigend hinzu. »Nicht, daß ich wüßte.«

»Was haben Sie getan, nachdem Sie hingefallen waren?«

»Was meinen Sie mit 'was ich getan habe'?«

»Haben Sie geblutet?«

»Bin ich aus Holz, oder was?« Er wedelte mit den Händen in ihre Richtung. »Ja, zum Teufel, ich habe geblutet.«

»Stark?«

»Wie ein abgestochenes Schwein.«

Er fühlte sich offenbar nicht länger von dem Ehrgeiz belastet, ihr gegenüber durch besondere sprachliche Feinheiten zu glänzen.

»Was haben Sie also getan, um die Blutung zu stillen?« fragte sie.

Seine Nase zuckte, offenbar kitzelte ihn ein Schnurrbarthaar. Er patschte unbeholfen und ungeduldig daran herum. »Ich hab' Handtücher drumgewickelt.«

»Wann war das?«

Er starrte sie an. »Eine Woche später. Himmelherrgott, Lady, im selben Moment. Ich habe *geblutet.*«

»Es hat also sofort geblutet, als Sie sich geschnitten haben?«

Den Blick noch immer unverwandt auf sie gerichtet, antwortete er langsam und bedächtig, als wollte er einem Schwachsinnigen einen einfachen Sachverhalt erklären: »So ist es — wenn ich mich schneide, blutet es für gewöhnlich sofort.«

»Sie haben also geblutet, als Sie unten am Müllcontainer waren?«

»Korrekt.«

»Das Blut ist auf den Boden getropft?«

»Anzunehmen.«

»Auf den Flur, auf dem Weg in Ihre Wohnung?«

Zum ersten Mal sah er sie unsicher an. »Also — na ja, so genau weiß ich das alles auch nicht mehr, immerhin war ich, also, ich mein', mir ging's ganz schön dreckig. Ich weiß nicht mehr genau, wie und wo ich geblutet hab' — oder wüßten Sie das vielleicht noch?«

Hartnäckig bohrte sie nach: »Ist Blut auf den Boden Ihrer Wohnung getropft?«

»Weiß nich'. Wahrscheinlich.«

»Hatten Sie Blut an Ihrer Kleidung, Kyle?«

»Ja, ein bißchen«, sein Ton wurde erneut feindselig. »Warum fragen Sie mich diesen ganzen Scheiß? Wer wurde denn umgebracht? Der Papst?«

Kate hielt inne, um sich den genauen Wortlaut zu notieren, und fragte dann: »Haben Sie Ihre Kleidung gewechselt?«

»Sicher.«

Kate deutete auf seine Hände, auf die Zigarette, die er mit seinen dicken Verbänden nur unbeholfen halten konnte. »Wie konnten Sie sich umziehen, Kyle, wenn sie Ihre blutenden Hände in Handtücher eingewickelt hatten?«

»Shirl hat mir geholfen«, sagte er ohne zu zögern.

»Shirley Johnson, richtig?«

»Richtig.«

Kate machte sich erneut eine Notiz. »Wo können wir Shirl erreichen?«

»Wozu zum Teufel?«

»Befürchten Sie, daß Shirl Ihre Aussage nicht bestätigen könnte?«

Jensen rieb sich erneut grob über seinen Schnurrbart. »Ihr Typen macht 'n Affenaufstand um gar nichts. Sie haben doch meine Telefonnummer, oder?«

»Ja, die haben wir. Und wie ist Shirls Nummer?«

»Das ist ihre Nummer.«

»Sie meinen, sie hat kein eigenes Telefon?«

»Ich sagte, das ist ihre Nummer.«

»Meinen Sie damit, daß Shirl bei Ihnen wohnt?«

»Genau. Hab' ich Ihnen doch schon gesagt.«

»Wo waren Sie letzte Nacht, Kyle?«

Seine Augen glitzerten wie blaßblaues Eis, wanderten von ihr zu Taylor und wieder zurück. »Sie wollen mich reinlegen — Sie beide.«

»Wo waren Sie gestern nacht?«

Er setzte sich aufrecht hin, lehnte sich gegen den Tisch. »Mit Shirl zusammen«, sagte er mit Nachdruck in der heiseren Stimme.

»Wo?«

»Bei ihr zu Hause.«

»Ich denke, Sie wohnen zusammen?«

Er zuckte die Achseln. »Ja, schon — manchmal.«

»Wie ist Shirls Telefonnummer, Kyle?« fragte Kate in gebieterischem Ton.

Einen Moment lang schien er darüber nachzugrübeln, wie er wieder aus der Ecke herauskommen könnte, in die er sich hineinmanövriert hatte.

»Werd' ich Ihnen nicht sagen«, erklärte er schließlich. »Sie können Sie gefälligst in Ruhe lassen.«

»Wie lange waren Sie gestern nacht mit ihr zusammen?«

Er zuckte erneut die Achseln. »Die ganze Nacht.«

»Kann sie das bezeugen?«

»Vielleicht nicht«, er grinste Taylor an. »Vielleicht hab' ich sie ja bewußtlos gefickt.«

Kate, die das als Ablenkungsversuch verstand, lehnte sich zurück und vertraute darauf, daß Taylor den Faden aufnehmen würde.

Taylor erwiderte Jensens Grinsen. Er griff zum Aschenbecher und drückte die Zigarette aus, die Jensen bis zum Filter heruntergeraucht hatte. »Okay, Sie waren also letzte Nacht mit Shirl zusammen. Sind Sie irgendwann in der Nacht wieder nach Hause gegangen?«

»Nee.« Jensen schüttelte eine neue Zigarette aus dem Päckchen und steckte sie sich zwischen die Lippen.

Taylor gab ihm Feuer. »Fühlen Sie sich okay? Brauchen Sie irgendwas?«

»Ich bin in Ordnung, Mann.« Jensen ließ den Blick durchs Zimmer schweifen, während der Rauch aus seinen Nasenlöchern und durch seinen Schnurrbart quoll. »Bißchen Musik könnte nicht schaden.«

Taylor sah zu Kate und verdrehte die Augen. »Irgendwelche speziellen Wünsche?« fragte er ironisch.

Jensen schnippte Asche von seiner Zigarette. »AC/DC, Poison, Whitesnake — so was in der Art.«

»Mein jüngster Sohn ist ganz verrückt nach Metallica«, schlug Taylor vor.

»Ja, die machen echt gute Sachen.«

Kate sah Taylor verblüfft an. Grinsend erwiderte er ihren Blick. »Kyle«, sagte er und nahm den Faden wieder auf, »haben Sie —«

Es klopfte an der Tür. Taylor stand auf, verließ das Zimmer und kam einen Moment später zurück. »Der Anruf, auf den du gewartet hast«, sagte er an Kate gewandt.

Shirley Johnson. Kate erhob sich ohne Hast und ging gelassenen Schritts aus dem Zimmer. Erst als sie die Tür des Verhörraums hinter sich geschlossen hatte, lief sie eilig an ihren Schreibtisch, um das Gespräch entgegenzunehmen.

»Ms. Johnson, hier ist Detective Delafield —«

»Hallo, Detective — Burt Lancaster hat mich angehauen, ich sollt' mal mit Ihnen quatschen.«

»Burt Lancaster?« fragte Kate verwirrt.

»Ja, klar, Sie wissen schon — Burt Dingdong Dayton.« Die Frau am Telefon hörte sich an, als ob ihr Mund mit Watte ausgestopft wäre. »Hören Sie, was immer Sie für Zoff mit Kyle haben — ich hab' absolut nix damit zu tun, klar? Burt Lancaster war heut morgen an der Strippe, meint, Kyle hätte seine Pfoten in Fleischwolf gekriegt. Also bin ich hin und hab' den Knallkopp ins Krankenhaus gebracht, weil Burt Lancaster nämlich kein Auto fährt.«

Kate hörte ein Schmatzen in der Leitung, das deutliche Plopp einer Kaugummiblase. Die Frau fuhr fort: »Burt Lancaster is' auch 'n Knallkopp. Ich versteh' ja, wenn 'n Typ keine Knete für'n Auto hat — aber stellen Sie sich bloß mal vor — da lebt einer in dieser Stadt und *weiß nich' mal*, wie man Auto fährt ...«

»Schwer vorstellbar«, räumte Kate ein und fand Shirley Johnson — Kaugummiplopser und alles — äußerst amüsant. »Ms. Johnson, was für eine Beziehung haben Sie zu Kyle Jensen?«

»*Beziehung*? Au, au.« Das Kaugummi schnappte in empörten Plopsern wie ein knatternder Auspuff. »Was zum Henker hat die Pfeife Ihnen erzählt?«

»Daß Sie seine Freundin sind, ab und an mit ihm zusammenleben.«

»Waaas? Diese Ratte. Dieser *Mistarsch*«, quietschte sie und unterstrich ihre Aussage mit einigen scharf akzentuierten Plopsern.

Kate, die sich Notizen machte, fragte grinsend: »Und wie verhält es sich tatsächlich?«

»Wir sind *einmal* ausgegangen. Na gut, zweimal. Außer heute bin ich *einmal* in seinem Wohnklo gewesen. Er ruft ab und zu an, und ich quatsch' mit ihm, aber ich bin nicht an ihm interessiert. Irgendwie ist er merkwürdig.«

»Aber Sie sind heute morgen rübergegangen, um ihm zu helfen?«

»Ja, klar, was hätte ich denn tun sollen?«

»Ich weiß, was Sie meinen«, sagte Kate. Sie mochte diese Frau. »Abgesehen von heute, wann haben Sie ihn das letzte Mal gesehen?«

»Vor zwei, drei Wochen.«

»Letzte Nacht waren Sie nicht mit ihm zusammen?«

Erneute Plopser. »Sicher nich'. Monica und ich war'n in diesem neuen Film — saublöd sag' ich Ihnen. Da war zum Beispiel ...«

»Haben Sie Kyle heute morgen beim Umziehen geholfen?« fragte Kate.

»So'n Quatsch. Machen Sie Witze?« Die Kaugeräusche verstummten. »Burt Lancaster meinte, daß Kyle ziemlich in der Patsche steckt. Stimmt das?«

»Könnte sein, ja«, sagte Kate. »Ich kann Ihnen leider nicht ...«

»Hey, ich will's gar nich' wissen. Ich laß mir das später von Burt Lancaster erzählen.«

Irgendein Instinkt drängte Kate, ihrer Neugier nachzugeben, und sie fragte: »Warum nennen Sie ihn Burt Lancaster?«

»Weil er immer wie so'n Gockel mit nacktem Oberkörper rumstolziert. Er glaubt, daß ihn irgendwer als Schauspieler entdeckt – Knallfrosch, der er is'. Macht einen auf Bruce Willis oder so. Kyle zieht immer 'ne Riesenshow mit seinem Bodybuilding ab, und da muß er natürlich auch irgendwie rumbrunsten. Wenn Sie mich fragen, ziehen die beiden ihre Show vor allem füreinander ab.«

Kate vermutete, daß das in demselben Sinn gemeint war wie der Spruch, daß Frauen sich immer nur für andere Frauen schönmachen, fand die Antwort aber trotzdem interessant. »Sie haben uns sehr geholfen, Ms. Johnson«, sagte sie. »Würden Sie mir Ihre Adresse und Telefonnummer geben? Wir werden Sie so wenig wie möglich behelligen.«

»Alles klar. Kyle is' eine hohle Nuß, aber ich hoffe trotzdem, daß er nich' allzu tief in der Patsche steckt.«

Gestärkt durch das Gespräch mit Shirley Johnson kehrte Kate in den Verhörraum zurück. Als sie ihren Platz am Tisch wieder einnahm, verbreitete Jensen sich noch immer über seine musikalischen Vorlieben. Taylor begrüßte sie mit stummer Erleichterung.

Es war Zeit, zum Kern der Sache zu kommen. »Kyle«, sagte sie und wartete, bis er sie ansah. Ohne weitere Einleitung fragte sie: »Waren Sie schon mal in einer Bar namens *Malone's*?«

Jensen wandte den Blick von ihr ab, richtete ihn zur Decke

und musterte die Schallisolierung. »Sagt mir nichts«, antwortete er.

»Wie steht's mit dem Barmann namens Jimmy Malone? Kennen Sie den?«

»Nö.«

»Das ist merkwürdig«, sagte sie. »Er behauptet nämlich, Sie zu kennen.«

Er zuckte die Achseln. »Nich' mein Problem, was irgendein Trottel behauptet.«

»Kennen Sie einen Mann namens Teddie Crawford?«

Jensen, der noch immer die Decke inspizierte, schüttelte den Kopf. »Sagt mir nichts.«

»Waren Sie schon mal in einem Restaurant namens *Tradition*?«

»Nicht daß ich wüßte.«

»Kennen Sie Burt Dayton?«

Seine Augen zuckten bitzschnell zu ihr herunter und wandten sich dann wieder der Decke zu. »Affenkram. Totaler Affenkram.«

Kates Finger krampften sich um den Stift in ihrer Hand. Sie spürte, wie sich alle Muskeln ihres Körpers anspannten.

Ihre ganze Erfahrung sagte ihr, daß dieser Mann der Täter war. Er entsprach der Beschreibung, die man ihnen von Teddie Crawfords nächtlichem Begleiter gegeben hatte. Er hatte glasklar gelogen, was die Verletzungen an seinen Händen anging. Er hatte kein Alibi für die Tatzeit.

Aber niemand hatte ihn direkt identifiziert. Jeder kompetente Anwalt würde die Tatsache, daß sie und Taylor weder eine Schinkenbüchse noch Blutspuren gefunden hatten, als völlig irrelevant abtun. Und was bedeutete es schon, wenn Jensen kein Alibi hatte. Sie hatten noch keinen stichhaltigen Beweis dafür, daß Jensen am Tatort gewesen war. Also hatten sie nichts, womit sie ihn festnageln konnten. Oder wie Taylor es ausdrücken würde — alles was sie hatten, war ein Haufen Dünnschiß.

Wenn sie ihn jetzt nicht in die Knie zwang — oder wenn er auf den Gedanken kam, von seinem Recht auf Aussageverweigerung Gebrauch zu machen oder auf einem Anwalt zu bestehen — dann blieb ihnen gar nichts anderes übrig, als ihn wieder laufenzulassen, bis sie genügend Beweise für eine Verhaftung gesammelt hatten. Als ob dieser Mordverdächtige, dieser Glipschfisch, in aller Seelenruhe abwarten würde, bis man ihn verhaftete.

Sie rief sich die oberste Regel für die Befragung von Verdächtigen ins Gedächtnis: Tu so, als wüßtest du alles.

»Kyle«, schnappte sie. »Hören Sie auf, Spielchen mit uns zu spielen.«

Er antwortete nicht.

»Sie denken, Detective Taylor und ich hätten Spielchen getrieben, während Sie den ganzen Tag im Krankenhaus gelegen haben? Glauben Sie wirklich, Sie könnten die ganze Nacht in der Stadt rumlaufen, ohne daß sich jemand an Sie erinnert? So dumm können Sie nicht sein! Wir wissen, daß Sie im *Malone's* waren. Wir wissen, daß Sie dort Teddie Crawford getroffen haben. Und wir wissen auch, daß Sie die Bar mit ihm zusammen verlassen haben.«

Sie stand auf und ging vor dem Tisch auf und ab, blieb schließlich vor Jensen stehen und sah auf ihn hinunter: »Sie behaupten, Sie hätten sich an einer Konservendose geschnitten. Es gibt keine Konservendose. Sie behaupten, Sie hätten sofort geblutet. Es gibt kein Blut.«

Jensen antwortete nicht.

Sie senkte ihre Stimme. »Aber die blutigen Kleidungsstücke, die Sie letzte Nacht getragen haben, Kyle — die gibt es. Wir haben sie. Blutverschmierte Kleidungsstücke, die zum Blut am Tatort passen. Alle Beweise sprechen gegen Sie.«

Sie spielte ihre letzte Trumpfkarte aus. »Der Anruf eben? Das war Shirley Johnson. Sie behaupten, Shirley habe Ihnen heute morgen beim Umziehen geholfen. Sie sagt, das hat sie nicht getan. Sie behaupten, Sie seien letzte Nacht mit ihr zusammen gewesen. Sie sagt, das waren Sie nicht. Shirley hat Sie schon seit Wochen nicht mehr gesehen. Sie haben kein Alibi, Kyle.«

»Kyle«, sagte Taylor, und sein freundlicher Tonfall ließ die Worte um so schneidender klingen: »Sie sind geliefert.«

Kyle Jensen, der sich noch immer auf den Anblick der Decke konzentrierte, sagte: »Sie haben den Falschen erwischt. Ich hab' niemanden umgebracht.«

Kate wechselte einen triumphierenden Blick mit Taylor. Schnell warf sie ein: »Das ist das zweite Mal, daß Sie davon sprechen, daß jemand umgebracht wurde. Wer hat gesagt, daß jemand ermordet wurde?«

Sein Blick schnellte zu ihr. »Sie selbst. Sie haben es gesagt. Sie —«, er brach ab und preßte die Lippen trotzig aufeinander.

»Wir haben nichts von einem Toten gesagt«, erklärte sie. »Aber Sie haben gerade zum zweiten Mal davon gesprochen. Und das haben Sie getan, weil Sie es wissen — weil Sie es besser wissen als irgend jemand sonst.«

Sie sah Taylor an. Sein Nicken war so gut wie unsichtbar, aber es gab ihr Auftrieb. Ihre Anspannung war ins schier Unerträgliche gewachsen.

Sie holte tief Luft und ließ ihre Worte wie Peitschenhiebe knallen: »Sehen Sie mich an, Kyle.«

Sie stand über ihm, sah in die blaßblauen Augen. »Sie haben uns nichts als Lügen erzählt. Sie haben nur noch eine einzige Chance. Die Wahrheit, Kyle. Sagen Sie uns jetzt, was gestern nacht zwischen Ihnen und Teddie Crawford vorgefallen ist. Die Wahrheit ist das einzige, was Ihnen jetzt vielleicht noch helfen kann. Die einzige Chance, die Sie noch haben.«

Kate ging zu ihrem Stuhl zurück. Jetzt gab es nichts mehr, was sie noch sagen oder tun konnte. Sekundenlang herrschte Totenstille.

»Ich hab' eine Frage«, Jensen wandte sich an Taylor. »Ich möchte etwas fragen.«

»Sicher«, ermutigte Taylor ihn.

Kate wartete, ihre Nerven waren zum Zerreißen gespannt. Taylor wußte — ebenso wie sie — daß Jensen kurz davor war, die Wahrheit preiszugeben.

»Nur mal angenommen«, Jensens heisere Stimme war kaum hörbar. »Also, nur mal angenommen, man gerät mit jemandem aneinander und will sich verteidigen und einer geht dabei drauf. Was ist dann?«

Taylor sagte: »Es kommt natürlich immer auf die Umstände an, aber das könnte ein Fall von Notwehr sein.«

»Und ... das heißt?«

»Kyle«, sagte Kate, die in das Gespräch eingreifen wollte, bevor Taylor irgend etwas sagte, das auch nur im entferntesten nach einem Handel oder einem Angebot klingen könnte, »wenn Sie etwas getan haben, um ihr eigenes Leben zu schützen ...« Sie streckte die Hand aus, berührte ihn leicht am Arm — als wollte sie einem Baum den letzten kleinen Stoß versetzen, damit er endgültig umfällt. »Wenn Sie in Notwehr gehandelt haben, können Sie freigesprochen werden.«

Seine Augen trafen ihre, schweiften wieder ab. »Also, genauso war's. Das hab' ich gemacht.«

Langsam, wohlüberlegt sagte Kate: »Was haben Sie gemacht?«

»Der Typ ist über mich hergefallen. Ich mußte mich schützen.«

»Das heißt, Kyle?«

»Ich mußte ihn umlegen. Damit er aufhört.«

Sie schloß einen Moment lang die Augen, schwindlig vor Erleichterung. In dem Versuch, den plötzlichen Ansturm von Gefühlen unter Kontrolle zu bringen, sagte sie: »Erzählen Sie uns, was passiert ist.«

Er sackte in seinem Stuhl zusammen, faltete seine bandagierten Hände auf dem resopalbeschichteten Tisch und starrte darauf hinunter. »*Malone's* , also, okay, da hab' ich ihn getroffen. Er hatte 'n bißchen Koks dabei, wir haben uns 'n paar Lines reingezogen. Echt guter Stoff. Er meinte, er hätte noch mehr davon in seinem Restaurant. Also hab' ich gesagt, okay, laß uns dahin gehen. Wir also hin, aber wie wir ankommen, ist alles dunkel. Keine Menschenseele weit und breit. Na ja, fand ich schon ziemlich merkwürdig, aber ich denk' mir, na ja, ich weiß auch nicht, was ich gedacht hab' — jedenfalls bin ich verdammter Idiot mit ihm da reingegangen.«

Mit leiser Stimme fuhr er fort: »Er ist mit 'nem Messer auf mich los, mit einem gottverdammten Wahnsinnsmesser. Mann, ich hab' mir vor Angst fast in die Hosen gemacht. Sogar, als ich ihm das Ding weggenommen hatte, ist er mir nicht von der Pelle gegangen. Dann hab' ich zugestochen. Ich mußte es tun, er ist wie'n Verrückter auf mich los. Ich bin einfach durchgedreht, hab' die Beherrschung verloren. Ich wußte nicht, ob die verdammte Schwuchtel tot oder lebendig war, ich hab' einfach die Beine in die Hand genommen und bin weggerannt.«

Kate, die sich allmählich wieder in der Gewalt hatte, studierte eine Zeitlang ihre kurzschriftlichen Notizen, bis klar war, daß Jensen nichts mehr sagen wollte. »Kyle«, sagte sie sanft. Sie war jetzt darauf aus, daß er sie als Verbündete betrachtete, daß er so viel wie möglich erzählte. »Wir müssen uns ein genaues Bild vom Geschehen machen können. Wir müssen verstehen, wie Sie in diese Geschichte hineingeraten sind. Lassen Sie uns Schritt für Schritt vorgehen. Wann haben Sie Teddie Crawford das erste Mal gesehen?«

Ernst sagte er: »Er kam mit dieser mexikanischen Tussi rein. Die hatte ich im Visier — nicht ihn. Als nächstes steht er an der Theke und holt 'ne Runde Bier. Dann kommt er an die Theke zurück, und wir labern 'ne Weile rum, er fragt, ob ich mit aufs Klo komm, er hätte echt gutes Koks dabei.«

Kate fand es aufschlußreich, wie sehr er betonte, daß keineswegs Teddie Crawford, sondern dessen weibliche Begleitung seine Aufmerksamkeit erregt hatte. Und sie war entzückt, daß er den gemeinsamen Kokainkonsum freiwillig zugab. Nach ihrer Erfahrung war solch ein Bekenntnis ein rein taktisches

Manöver: Seht her, wie offen ich über eine Sache rede, die ich gar nicht erwähnen müßte — warum sollte ich bei anderen Dingen lügen?

»Sie sind also mit ihm auf die Toilette gegangen?« fragte Kate.

»Ja, genau. Er hat 'n Scheinchen zusammengerollt und wir haben das Zeug weggesnieft.«

»Wieviel Lines?«

»Zwei.«

»Jeder zwei? Oder insgesamt zwei?«

»Jeder zwei.«

»Hat Sie jemand dabei gesehen?«

Er schüttelte den Kopf. »Wir waren in 'ner Klokabine.«

»Lassen Sie uns nochmal zusammenfassen. Als er das erste Mal an die Bar kam — worüber haben Sie sich unterhalten?«

»Er sagte: 'Hallo, wie geht's?' und ich sagte: 'Bin grad dabei, mir'n Rausch anzutrinken, Kumpel'. Er grinste bloß, sagte, er würd' nur kurz das Bier wegbringen und dann wiederkommen.«

»Hat er sich vorgestellt?«

»Sagte, sein Name wär' Teddie.«

»Nur das?«

»Ja, nur das. Ich sagte, ich heiß' Kyle. Irgendwas dran auszusetzen?«

»Natürlich nicht, Kyle. Ich versuche nur, mir ein vollständiges Bild von dem zu machen, was geschehen ist. Er kam zurück, und was geschah dann?«

Er zuckte die Achseln. »Wir haben das übliche Zeug geredet. Womit wir unser Geld verdienen und all sowas. Er war ziemlich neugierig, wollte alles Mögliche über mich wissen. Ich hab' ihm erzählt, daß ich oft an den Strand geh', viel Sport treib' und gern Motorrad fahr' — ich fahr' Motorcross. Na ja, Sie wissen schon, was man eben so redet.«

»Was hat er von sich erzählt?«

Er legte den Kopf auf die Seite, als grübele er über die Frage nach. »Wenn ich jetzt so darüber nachdenk' — eigentlich nicht viel. Die meiste Zeit hat er von seinem Restaurant rumgelabert.«

Kate machte sich hastig Notizen und fragte: »Was hat er genau gesagt?«

»Wie hart er arbeiten muß, aber daß es ihm Spaß macht und daß sein Partner das Beste sei, was ihm je passiert wäre, und daß das Geschäft mit dem Partyservice allmählich ganz gut läuft. Dann hat er noch 'n paar witzige Stories erzählt von Parties, wo er mal gearbeitet hat.«

»Wann haben Sie die Bar verlassen?«

Er zuckte die Achseln. »Spät — ich weiß nicht genau, kurz vor Sperrstunde.«

»Haben Sie sich noch mit anderen Leuten in der Bar unterhalten, solange Sie da waren?«

»Nee.«

»Nachdem Sie mit Teddie die Bar verlassen hatten — wie sind Sie zum Restaurant gekommen?«

»Ich hab' uns hingebracht. Mit meiner Maschine.«

»Sie sind direkt zum Restaurant gefahren?«

»Ja, das heißt nein, warten Sie mal, ich hab' an einem Drugstore an der Ecke gehalten, um Zigaretten zu kaufen.«

»Sind Sie beide reingegangen?«

»Ja.«

»Sie erwähnten, es sei Ihnen komisch vorgekommen, daß das Restaurant geschlossen war, daß Sie — um mit Ihren eigenen Worten zu sprechen — ein verdammter Idiot gewesen seien, weil Sie mit hineingegangen sind. Warum empfanden Sie die Situation als unangenehm, Kyle?«

Er rutschte auf seinem Stuhl herum. »Es war alles so verlassen — es gefiel mir nicht. Ich kannte diesen Laffen ja kaum.«

Mit unverhohlener Skepsis ließ sie ihren Blick über seine muskulösen Arme, den breiten Oberkörper und die kräftige Statur gleiten. Sie wollte, daß Jensen ihre Zweifel bemerkte.

»Warum hatten Sie Angst vor einem wesentlich kleineren Mann?«

»Hey, Lady, ich hatte überhaupt keine Angst. Bis er das Messer gezogen hat. Da hab' ich gemerkt, daß ich ein verdammter Idiot gewesen war.«

»Lassen Sie uns einen Moment zurückgehen. Sie kamen beim Restaurant an. Durch welche Tür sind Sie hineingegangen?«

»Durch die Hintertür. Wir sind durch die Küche rein. Ich hab' meine Jacke ausgezogen, er hat sofort 'n paar Lines Koks rausgeholt und wir haben sie gesnieft.«

»Und was geschah dann?«

»Rundreise durchs Restaurant. Er hat mich vollgelabert, mir jede blöde Serviette einzeln erklärt — daß er hundert Stück gekauft hat, zehn Cent das Stück, von einem teuren französischen Restaurant, das pleite gemacht hatte. Dann sind wir wieder in die Küche zurück und haben uns den Rest Koks reingezogen.«

»Wieviel Lines insgesamt von dem Zeitpunkt an, als Sie das Restaurant betreten hatten?«

»Drei.«

»Jeder drei?«

»Ja, jeder drei. Er war völlig stoned.«

»Und Sie? Waren Sie auch völlig stoned?«

»Nee, ich war bloß'n bißchen high, das is' alles.«

»Und dann?«

»Er nimmt das Messer, geht auf mich los.«

»Kommen Sie, Kyle«, unterbrach Taylor ihn. »Reden Sie doch nicht um den heißen Brei herum. Warum hat er zu dem Messer gegriffen, was wollte er?«

Jensen drehte sich zu Taylor, warf ihm einen vorsichtigen Blick zu. »Das können Sie sich doch denken, oder?«

»Vielleicht«, sagte Taylor gelassen. »Aber Sie sind derjenige, der uns sagen muß, was sich wann und warum ereignet hat.«

Jensen zuckte die Achseln, schüttelte eine Zigarette aus

seiner Packung Marlboro. Taylor zündete sie für ihn an und forderte mit ruhiger Entschiedenheit: »Sagen Sie es uns, Kyle.«

Jensen blies den Rauch mit hörbarem Schnauben durch Nase und Schnurrbart. »Er war ’ne Schwuchtel, Mann. Er wollte meinen Schwanz lutschen.«

»Okay. Was hat er gesagt, was hat er getan? Wenn Sie sich selbst helfen wollen, sollten Sie uns in allen Einzelheiten schildern, warum Sie in Notwehr handeln mußten.«

»Es macht mich krank, Mann.«

»Klar, kann ich verstehen.« Taylor knöpfte sein Jackett auf, wobei er auf den beiden Hinterbeinen seines Stuhls kippelte, und hakte dann die Daumen unter die Riemen seines Pistolenhalfters. »Aber es liegt in Ihrem eigenen Interesse, uns davon zu erzählen.«

Kate hörte dem Wortwechsel angewidert zu. Taylor würde natürlich behaupten, daß er auf Jensens Homophobie einging, um ihn zum Reden zu bringen, aber sie wußte es besser.

»Als wir die blöden Zehn-Cent-Servietten beguckt haben, vorn im Restaurant«, sagte Jensen, »da hab’ ich das erste Mal gemerkt, was er wollte. Plötzlich legt er seine Hand hierhin«, Jensen fuhr über seinen rechten Oberarm und die Brust, »und begrapscht mich.«

»Wie haben Sie reagiert?«

»Ich blieb cool. Bin ’n Stück abgerückt. Aber er geht mir weiter an die Wäsche, fäßt mir mit der Hand an die Eier und sagt, ich wär’ echt gut ausgestattet. Da hab’ ich ihm gesagt, daß ich nicht schwul bin, kein Interesse hab’.«

»Was hat er dann getan?«

»Bloß gelacht. Meinte, das wär’ kein Problem. Sagt, wir sollten wieder in die Küche gehen. Wir also in die Küche, ziehen uns die letzte Line rein. Dann fängt er plötzlich wieder an, mich zu begrapschen, sagt, ich müßte gar nichts machen, ihn bloß meinen Schwanz lutschen lassen. Ich stoß’ ihn weg, sag’ ihm, daß ich jetzt schnellstens ’ne Fliege mach’.«

»Das kann ich mir vorstellen. Und dann?«

»Er schnappt sich'n Messer aus dem Regal, steht da und bedroht mich.« Jensen drückte die Augen fest zusammen. »Ich seh' ihn noch genau vor mir. 'Du nimmst mein Koks, ich nehm' dich', sagt er zu mir. 'So läuft das nun mal.' Und ich starr' wie gelähmt auf dieses Messer. Ich hätte fast gekotzt, hab' mich fast naßgemacht vor Angst.«

»Erzählen Sie uns den Rest«, sagte Taylor sanft. »Alles, an das Sie sich noch erinnern. Schritt für Schritt.«

»Ich dreh' mich um, um meine Jacke zu nehmen, seh', wie er sich 'n bißchen entspannt. Ich dachte, ich könnt' ihn am Handgelenk packen, ihm das Messer wegnehmen. Aber er holt aus, und ich faß' voll in die Klinge. Er zieht mir das Messer aus der Hand, geht auf mich los, ich greif' mit der anderen Hand danach und hau' ihm das Knie in die Eier. Dann waren wir am Boden und haben wie wild gekämpft.«

Aufseufzend drückte er seine Zigarette aus. »Was dann geschah, weiß ich nicht mehr, nur noch, daß er plötzlich aufhörte zu kämpfen, sich nicht mehr bewegte. Ich bin zur Spüle rüber, hab' mir'n paar Papiertücher gegriffen, den Wasserhahn aufgedreht und gesehen, daß ich mich schlimm geschnitten hatte. Ich hab' ein paar von den Geschirrtüchern drumgewickelt. Und dann hab' ich gemacht, daß ich da wegkam.«

»War er tot?« fragte Kate ruhig.

Er sah sie nicht an. »Er hat sich nicht mehr bewegt. Ich habe einen ... Laut gehört.«

Kate versuchte, ihrer Stimme weiterhin einen gelassenen Klang zu geben und fragte: »Als Sie beschrieben haben, wie er mit dem Messer auf Sie zukam, sagten Sie, Sie würden ihn genau vor sich sehen. Wie hat er das Messer gehalten?« Sie stand auf und stellte sich in einiger Entfernung vom Tisch auf. »Zeigen Sie es uns.«

Er erhob sich, stellte sich vor ihr auf. »Er stand ungefähr hier. Und so hat er das Messer gehalten.« Kyle hob eine bandagierte Hand auf Schulterhöhe hoch. »Die Klinge zielte genau auf mich.«

»Ja, verstehe«, sagte Kate. »Sie sagten, sie hätten auf das Messer gestarrt. Zeigte die scharfe Seite der Klinge nach oben oder nach unten?«

»Nach oben. Ich konnte sehen, wie scharf sie war.«

»Okay. Ich bin jetzt Teddie.« Sie tat so, als würde sie ein Messer in Schulterhöhe halten. »Sie versuchen, es mir wegzunehmen. Zeigen Sie mir, wie Sie es gemacht haben.«

»Okay«, er griff mit der rechten Hand nach Kates Handgelenk. »Aber er hat sich bewegt, und ich kriegte statt dessen das Messer zu fassen.« Kate tat, als würde sie zustechen. Seine bandagierte Hand, Handfläche nach oben, schloß sich um das imaginäre Messer. »Dann zog er es weg und schlitzte mir dabei die Hand auf.« Kate zog das 'Messer' weg. »Er versuchte, auf mich einzustechen —« Kate hob das 'Messer' wieder hoch. Jensen griff mit seiner linken Hand danach. »Er schnitt mich in die andere Hand. Ich hab' ihm mein Knie in die Eier gerammt.« Er grinste sie an. »Das werd' ich jetzt nicht nachmachen.«

»Danke, das weiß ich zu schätzen«, sagte sie und brachte ein Grinsen zustande.

»Ich hau' ihm das Knie rein, er schwankt, landet auf mir drauf, reißt mich mit zu Boden. Wir kämpfen wie verrückt um das Messer. Das ist alles, an das ich mich erinnern kann.«

»Setzen Sie sich, Kyle«, sagte sie. Sie ging ebenfalls zu ihrem Stuhl zurück und wartete, bis Jensen sich hingesetzt und Taylor ihm eine neue Zigarette angezündet hatte. »Hat er sie sonst noch irgendwo mit dem Messer verletzt?«

»Nee.«

»Haben Sie irgendwelche andere Verletzungen oder Prellungen?«

»Nee. Er hat gekämpft wie 'ne verdammte Katze, an meiner Kleidung gezerrt, an meinen Haaren gerissen ...«

»Was ist mit dem Messer geschehen?«

»Ich hab's mitgenommen.«

»Warum?« fragte sie. Sie mußte an Charlotte Meads Worte denken: *Die meisten schieben ihren Schniedel wieder in den Stall, oder?*

»Fingerabdrücke«, sagte er.

Sie nickte. Doch seine Fingerabdrücke am Tatort wären wertlos gewesen, wenn er noch nie strafrechtlich in Erscheinung getreten war und wenn es keine anderen Hinweise gegeben hätte, die ihn verdächtig gemacht hätten. Kate vermutete, daß er das nicht gewußt hatte. »Was haben Sie sonst noch mitgenommen, Kyle?«

»Da waren ein paar Zigarettenkippen von mir in einem Aschenbecher, das Glas, aus dem ich getrunken hab'. Ich hab' die Sachen in einen dieser grünen Plastikmüllbeutel geschmissen. Ich war so außer mir, daß ich sogar meine Papierhandtücher mitgenommen habe.«

Kate fiel ein, daß man keinen Schmuck bei Teddie Crawford gefunden hatte, und erinnerte sich an die oberste Verhörregel: *Tu so, als wüßtest du alles*. Sie sagte: »Sie haben noch einige andere Dinge mitgenommen, Kyle.«

»Ja, stimmt, ich weiß nicht, warum ich es getan hab'. Ich hab' nichts davon behalten.«

Sie fing einen anerkennenden Blick von Taylor auf. An Jensen gewandt sagte sie: »Beschreiben Sie die Gegenstände, die Sie eingesteckt haben.«

»Ich weiß nicht, was für eine Uhr das war.«

»Beschreiben Sie sie, so gut Sie können.«

»Schwarzes Armband, schwarzes Zifferblatt, goldene Zahlen.«

»Und weiter?« bohrte sie hartnäckig nach.

»Der rosa Ring war ja bloß ... also gut, einen Goldring.«

Sie erinnerte sich, daß der Gerichtsmediziner keine Brieftasche bei Teddie Crawford gefunden hatte. »Was sonst noch, Kyle?«

»Eine kleine, schwule Brieftasche.«

»Haben Sie das Geld herausgenommen?«

»Nein.«

Er spekulierte anscheinend darauf, daß sie die Brieftasche nicht finden würden. Während sie sich eine Notiz darüber machte, daß sie noch mal routinemäßig mit Gloria Gomez und Francisco Caldera abklären mußte, was für Schmuck Teddie Crawford getragen hatte, dachte sie an die blutgetränkte Küche des *Tradition*. An den Mann, der ihr hier gegenübersaß und der seine Fußabdrücke durch das Blut gezogen hatte, während er die Beweise für seine Anwesenheit zu vernichten suchte. An die letzten Sekunden im Leben von Teddie Crawford, der stöhnend und blutend am Boden lag, während dieser Mann sich an ihm zu schaffen machte und ihn nach Wertgegenständen durchsuchte. Sie glaubte nicht, daß Teddie Crawford — der Teddie Crawford, den sie aus den Schilderungen seiner Freunde kennengelernt hatte — mit einem Messer auf Kyle Jensen losgegangen war und ihn sexuell genötigt hatte. Wesentlich wahrscheinlicher war es, daß Teddie Crawford derjenige gewesen war, der verzweifelt um sein Leben gekämpft hatte — gegen einen haßerfüllten Schwulenticker.

Schwulenticker. Das Wort ließ sie nicht los.

Sie wandte den Blick von Jensen ab. Ihre Stimme konnte sie kontrollieren, aber die nackte Verachtung, die sich möglicherweise in ihrem Gesicht spiegelte, ließ sich nicht verbergen. Ruhig sagte sie: »Was haben Sie mit den Sachen gemacht, die Sie mitgenommen hatten?«

»Die hab' ich weggeschmissen. In irgendeine Gasse. Fragen Sie mich nicht wo.«

Sie glaubte ihm nicht, aber sie ließ es gut sein. Sie würde diesen grünen Plastikbeutel finden. Als sie sich wieder in der Gewalt hatte, sah sie ihn an: »Wie sind Sie nach Hause gekommen?«

»Mit meinem Motorrad.« Er hob die Hände. »Ich hatte wirklich keine großen Schmerzen. Nicht vor heute morgen.«

Sie nickte. Wie bei Verbrennungen konnten auch bei

Schnittwunden manchmal die Nervenenden eine Zeitlang betäubt sein. »Ein paar Fragen habe ich noch, Kyle. Abgesehen von dem, was Sie uns erzählt haben – hat Teddie noch weitere sexuelle Annäherungsversuche gemacht?«

»Nee.«

»Was haben Sie im *Malone's* gemacht.«

Er setzte sich aufrecht hin. »Was meinen Sie damit, was ich da gemacht habe? Ich hab' ein paar Bier getrunken. Wie man es in 'ner Kneipe nun mal macht.«

»Verkehren Sie regelmäßig in der Bar?«

»Nein, zum Teufel. Ich hab' sie zufällig entdeckt. Es ist ruhig da, ich mag die Bar.«

Sie fragte: »Waren Sie jemals im *Gold Coast* oder im *Gauntlet*?«

»Nein«, sagte er feindselig.

»Wie steht's mit dem *Rage*?«

»Niemals.«

»*Micky's* oder *Motherlode*?«

Er funkelte sie wütend an. »Wieso fragen Sie mich nach diesen Tuntenbars?«

»Sind Sie je in einer davon gewesen?«

»Was soll der Scheiß? Wollen Sie damit sagen, daß ich 'ne Schwuchtel bin?«

»Sind Sie je in einer dieser Bars gewesen?« wiederholte sie ihre Frage.

Er erhob sich halb aus seinem Stuhl, kam mit seinem Gesicht dicht an sie heran. »Ich bin keine Schwuchtel. Ich bin kein verdammter schwuler Arschficker.«

Sie sah in seine Augen, in bodenlose Wut. »Sie haben das *Malone's* mit einem schwulen Mann verlassen.«

»*Ich bin keine Schwuchtel.*« Die heisere Stimme bebte vor Zorn. Er schluckte, lehnte sich zurück, kämpfte offenbar darum, sich in die Gewalt zu bekommen. »Lady, Sie kotzen mich echt an. Ich *wußte* nicht, daß er 'ne Schwuchtel war. Ich wußte es erst, als er mich angegrapscht hat.«

»In der Bar haben Sie es nicht gemerkt?«

»Nein zum Teufel. Ich erkenne Schwule daran, daß sie sich wie 'ne typische Schwuchtel benehmen, und der Typ hat sich nicht so benommen.«

»In Ordnung«, sagte sie. Er entspannte sich sichtbar. »Wir müssen das jetzt noch einmal durchgehen, Kyle.« Seine Entspannung sackte in Mutlosigkeit zusammen. »Bevor wir Sie dann offiziell verhaften, müssen Sie Ihre Aussage noch unterschreiben.«

»*Was?* Mich verhaften? Sie haben doch gesagt —«

»Wir verhaften Sie wegen Mordes«, sagte sie und spürte ein gewisses Maß an Befriedigung. »Unsere Aufgabe ist es, zu ermitteln, Informationen zu sammeln. In welchem Maß Sie für Ihre Tat verantwortlich sind, ist eine Sache, die das Gericht entscheiden wird.«

»Sie haben mir doch was ganz anderes erzählt, Mann«, wandte Jensen sich anklagend an Taylor.

»Es entspricht genau dem, was wir Ihnen gesagt haben«, entgegnete Taylor ungerührt.

»Einen Scheißdreck. Einen Scheißdreck haben Sie mir erzählt, Mann.«

»Wir werden Sie also verhaften«, sagte Kate, »und Sie ins Untersuchungsgefängnis bringen lassen.«

Er hielt den Kopf zwischen seinen bandagierten Händen. »Ich brauche 'ne Schmerztablette. Scheiße.«

6

Nachdem Kyle Jensen sein Geständnis unterschrieben hatte, wurde er offiziell festgenommen — erkennungsdienstlich behandelt, durchsucht und inhaftiert. Ihm wurden Blut- und Urinproben abgenommen und Haarfollikel von seinem Kopf- und Barthaar — was er alles unter lautstarken Flüchen und Verwünschungen über sich ergehen ließ. Am Montag würde man ihm offiziell einen Pflichtverteidiger zuweisen. Und Kate war sich relativ sicher, daß er bis zur Verhandlung im Gefängnis bleiben würde. Kaution, in welcher Höhe auch immer, würde er allem Anschein nach nicht aufbringen können.

Mit Taylor an ihrer Seite ging sie ins Büro und ließ sich auf ihren Schreibtischstuhl fallen. Sie hatte das Gefühl, daß ihre Knochen sich in schnellschmelzendes Plastik verwandelt hatten.

Taylor setzte sich mit einer Pobacke auf ihren Schreibtisch, verschränkte die Arme und blickte auf sie herunter. »Das war das verdammt beste Verhör, das du je geführt hast, vielleicht das beste, das ich je erlebt habe. Keine Widerrede. Niemand sonst in diesem Revier hätte dieses Geständnis aus ihm rausholen können. Wir hatten nichts als einen Haufen Dünnschiß, und du hast ihn festgenagelt, ihn aufgespießt wie einen Thanksgiving-Truthahn. Partner, du warst einfach großartig.«

Seine Anerkennung tat ihr wohl, und sie lächelte ihn dankbar an. Sie fühlte — wußte —, daß sie gerade wie eine Hochleistungssportlerin alles aus sich herausgeholt hatte, daß sie ihre Ausbildung, ihre Erfahrung, ihren Instinkt, ihr Wissen und ihren Mut bis zum letzten Rest ausgeschöpft hatte.

»Ich schätze, sie werden einen außergerichtlichen Handel machen und auf fahrlässige Tötung plädieren«, sagte Taylor.

»Das meinst du nicht im Ernst«, sagte sie verblüfft und merkte, daß sie sich trotz ihrer Erschöpfung noch wundern konnte.

»Ich hoffe, wir kriegen überhaupt fahrlässige Tötung. Wenn er einen guten Pflichtverteidiger erwischt, kommt er vielleicht sogar ungeschoren davon.«

»Hey«, sagte er, als sie ihn fassungslos anstarrte. »Überleg doch mal selbst. Teddie Crawford macht sich an einen Typ ran, macht seinen Schwanz mit einem Messer stark. Die Geschworenen sehen diesen vitalen, normalen Typ und kommen zu dem Schluß, daß Jensen ausgerastet ist, einfach durchgedreht — das ist alles.«

»*Einfach durchgedreht*?« Mit Mühe senkte sie ihre Stimme. »Schau mal, Ed, ich weiß, wozu Geschworene fähig sind. Aber wir sollen das Handtuch werfen und uns mit Totschlag zufriedengeben? Dieser vitale, normale Typ ist aus freien Stücken mit einem Schwulen mitgegangen, er hat ihn ausgeraubt, ihn umgebracht, ihn *zerhackt und verstümmelt*.«

»Hey, ich bin auf deiner Seite — natürlich sollte der Typ eine Zeitlang ins Gefängnis wandern«, sagte Taylor und breitete beschwichtigend die Hände aus. »Und vielleicht kauft die Jury uns die Geschichte ab. Ich sage ja nur, daß Jensens Geschichte einigermaßen plausibel klingt. Ich sage, die Jury wird sich Kyle Jensen ansehen, und was sie sieht, ist ein normaler Mann, der wegen eines schwanzlutschenden Schwulen ausgerastet ist.«

»Ich möchte dich etwas fragen, Ed.« Sie war erstaunt, daß ihre Stimme so ruhig klang, daß sie überhaupt zusammenhängende Sätze formulieren konnte. »*Warum* rasten Männer aus, wenn sie einem Schwulen begegnen? *Warum* ist es die schlimmste Beleidigung für einen Mann, wenn man ihn als Schwulen bezeichnet? *Warum* sind Schwule so schrecklich abstoßend für andere Männer?«

Taylor kniff mit Daumen und Zeigefinger die Bügelfalte seiner braunen Hose zurecht, zupfte daran herum. »Komm schon, Kate. Das widerliche Zeug, das die miteinander treiben — das ist so ekelerregend und schmutzig, daß man nicht mal dran denken mag.«

Sie spürte sein Unbehagen, seine Verlegenheit. Trotzdem bohrte sie nach: »Warum nicht? Erklär es mir bitte, Ed«, sagte sie. »Ich möchte es wirklich gern verstehen.«

»Mein Gott, Kate.« Er fixierte eine Stelle irgendwo über ihrem Kopf. »Was gibt's da zu erklären? Es sind keine Männer. Es sind Schwuchteln.« Er hob die Hand, machte eine vage Geste. »Gezierte Tunten. Affige kleine Pseudo-Männer.«

»Das ist keine Erklärung. Und nicht alle geben sich feminin. Denk an Rock Hudson«, argumentierte sie. Am liebsten hätte sie all die anderen maskulinen Filmstars aufgezählt, die ihre Homosexualität verbargen, und von denen ihre schwulen Freunde Joe und Salvatore ihr erzählt hatten.

»Rock Hudson war ein Perverser, kein Schwuler. All diese maskulinen Typen sind Perverse. Sie benutzen die Schwuchteln so wie andere Männer es mit einem Schaf oder einem Stück Leber treiben.«

Sie konnte es kaum erwarten, diese neue Erkenntnis an Joe und Salvatore weiterzugeben. »Ed, und was ist so schlimm daran, wenn jemand ein kleiner Pseudo-Mann ist? Manche Leute sind über zwei Meter groß. Manche —«

»Manche Leute sind Freaks, aber sie sind trotzdem noch Mann oder Frau. Schwuchteln wollen gefickt werden, also machen sie sich zu Frauen. Wenn du ein richtiger Mann bist, dann bist du keine Frau.«

Sie wählte ihre Worte sorgfältig. »Ed, was du da gerade gesagt hast — merkst du überhaupt, hast du auch nur die geringste Vorstellung davon, wie absolut frauenverachtend das ist?«

Eine dunkle Röte überzog sein Gesicht, er stand von ihrem Schreibtisch auf. »Hey, Kate. Bei allem schuldigen Respekt — erzähl mir nicht, was Männer für Frauen empfinden. Ich bin ein normaler Mann, ich bin seit dreiundzwanzig Jahren mit einer Frau verheiratet, die darüber sehr glücklich ist. Du verstehst das nicht. Ich erwarte es auch nicht von dir. Also vergiß es einfach.«

Da war es wieder. Seine stillschweigende Überzeugung, daß ihr Lesbischsein sie zur Invalidin machte — in seinen Augen war sie eine Außenseiterin, nicht gesellschaftsfähig. »Ed —«

»Tu mir einen großen Gefallen, Kate. Vergiß es. Du bist eine phantastische Kriminalistin, ein tolle Partnerin. Über dieses andere Zeug sollten wir beide nicht diskutieren, okay?«

Kalte Wut stieg in ihr hoch. »Dann tu mir bitte auch einen Gefallen, Ed. Ich habe die Absicht, diesen Fall so wasserdicht wie möglich zu machen. Ich will, daß Kyle Jensen den Rest seines unnatürlichen Lebens in dem Käfig verbringt, in den er gehört. Was er getan hat, war kein Totschlag. Es war Mord.«

Sie beobachtete mit wachsender Wut, wie Taylor breitbeinig dastand, die Arme verschränkt, das Gesicht verschlossen. »Montag muß ich zum Gericht, also brauche ich dich bei der Autopsie.« Sie spie die Worte förmlich aus. »Tu mir den Gefallen und mach in diesem Fall nur das, was du unbedingt machen mußt. Laß mich den Rest machen und komm mir verdammt noch mal nicht in die Quere.«

»Das ist eine Bitte, die ich mit Freuden erfüllen werde.« Er machte eine kleine, ironische Verbeugung und wandte sich von ihr ab. »Mit deiner Erlaubnis laß ich dich jetzt hier zurück, um aufzuräumen, und geh' nach Hause zu Marie.«

Als Kate um 2:30 Uhr morgens ihre Wohnung betrat, kreisten ihre Gedanken noch immer um die Einzelheiten des Mordfalls und ihren Streit mit Taylor. Sie hatte ihren vorläufigen Bericht diktiert. Dann hatte sie die Berichte der Polizisten durchgelesen, die am Tatort gewesen waren, und schließlich noch die Verhörprotokolle der Kriminalbeamten studiert, die die Leute in der Umgebung des Tatorts befragt hatten. Die Durchsicht der Gesprächsprotokolle war eigentlich eine Routinearbeit, aber offenbar dringend notwendig. Sie hatte den Eindruck, daß sich in einigen sehr knapp und unwirsch gehaltenen Berichten über die schwulen Bekannten von Teddie Crawford die Homophobie der Beamten widerspiegelte.

Sie hatte einen Durchsuchungsbefehl für die Wohnung von Kyle Jensen und für sein Motorrad beantragt. Das Motorrad würde für eine Laboranalyse beschlagnahmt werden. Wieder versicherte sie sich, daß sie alles getan hatte, was möglich gewesen war, um der Staatsanwaltschaft zu einer leichten Ein schätzung des Falls zu verhelfen.

Während sie ihr Jackett auszog, bemerkte sie einen schwachen Lichtschein im Schlafzimmer. Aimee mußte beim Warten auf sie eingeschlafen sein. Kate warf ihr Jackett über eine Stuhllehne und nahm das Pistolenhalfter ab. Sie zog die Smith & Wesson heraus, schüttelte die Patronen aus dem Zylinder und legte die Waffe samt Munition in eine der Tischschubladen. Seit Aimee so oft hier war, hatte sie es sich zur festen Gewohnheit gemacht, die Pistole zu entladen und sicher aufzubewahren — genauso wie damals bei Anne.

Aimee war wach. Gegen einen Berg Kissen gelehnt saß sie im schwachen Lichtkreis der Leselampe und hielt ein Buch auf dem Bauch. Sie trug das weiße Seidennachthemd, das Kate ihr geschenkt hatte. Sie sah wunderschön aus. Die weiße Seide unterstrich die rosige Tönung ihrer Haut, die Ebenholzfarbe ihres Haars, das Blauviolett ihrer Augen.

»Willkommen zu Hause, Detective Delafield. Hast du ihn erwischt?« fragte Aimee träge und sah mit bezaubernd schlaftrunkenen Augen zu ihr hoch. Kate betrachtete sie voll Bewunderung — und Begehren. »Ja«, sagte sie. »Verhaftung und Geständnis.«

Aimee legte ihr Buch auf den Nachttisch. »Erzähl mir davon.«

»Morgen.« Sanft fügte sie hinzu: »Ich kann jetzt nicht darüber sprechen, okay?«

»Okay. Mußt du morgen wieder hin?«

Kate setzte sich auf die Bettkante und nahm Aimee in die Arme. Die Wärme von Aimees Körper übertrug sich auf ihre Hände, schien ihre Arme hinauf und bis unters Brustbein zu strömen. »Ja«, bestätigte sie. »Ich muß ganz früh raus.« Sie hatte einige Beamte beauftragt, die Wohnung und das Motorrad zu observieren und alle vorbereitenden Maßnahmen für die Durchsuchung zu treffen. Man würde sie benachrichtigen, wenn die Durchsuchung beginnen konnte. Sie war sicher, daß sie den grünen Plastikbeutel, den Kyle Jensen angeblich weggeworfen hatte, entweder in der Wohnung oder im Gepäckkoffer des Motorrads finden würden. »Konntest du nicht schlafen?« murmelte sie und wollte im Moment an nichts anderes denken als an Aimees seidiges Haar auf ihrer Wange. Sie atmete die Duftmischung aus Shampoo, Gesichtscreme und unnachahmlichen weiblichen Körpergerüchen ein.

Aimee wuschelte ihren Kopf an Kates Schulter. »Ich hab' ein paar Stunden gedöst. Du kannst dich vor Müdigkeit bestimmt kaum noch auf den Beinen halten. Komm, schlaf in meinen Armen.« Ihre Lippen streiften Kates Hals, bewegten sich mit fließender Zärtlichkeit aufwärts bis zu ihrer Wange, ihre Arme schlossen sich um Kates Schultern.

Kate küßte sie. Aimees Lippen hießen sie sanft willkommen und gewährten ihrer Zunge bereitwillig Einlaß. Kate glitt kurz mit der Zunge über die zarte Innenhaut der Lippen und stieß dann drängend weiter.

Aimee löste ihre Lippen von Kates. »Das geht jetzt nicht, du brauchst deinen Schlaf.«

Kates Arme schlossen sich fester um sie. »Nein. Ich brauche genau das.« Und wieder waren Aimees Lippen unter ihren, öffneten sich erneut bereitwillig ihrer Zunge.

Einen Moment später lockerte Kate ihre Umarmung und sagte mit belegter Stimme: »Ich geh' kurz duschen.«

Aimee hatte begonnen, Kate langsam auszuziehen. »Komm einfach ins Bett, Liebes.«

Sie konnte nicht. Sie mußte unbedingt duschen. »Es dauert nur eine Minute.«

Das dritte Mal an diesem Tag reinigte sie ihren Körper unter dem dampfend heißen Duschstrahl. Durch die Hitze schien ihre Lust auf Aimee in jeden Winkel ihres Körpers zu strömen. In ein Handtuch eingewickelt ging sie zurück ins Schlafzimmer.

Aimees Leselampe war aus, die Rollos hochgezogen und der Raum war in silbernes Mondlicht getaucht. Kate setzte sich auf die Bettkante, aufs neue verwundert über die Schönheit, die diese junge Frau wie ein Geschenk in ihr Leben gebracht hatte. Sie schwelgte im Anblick der Brüste unter dem Seidenhemd, das im silbernen Mondlicht wie Elfenbein schimmerte.

Aimees Augen und Wangenknochen traten durch die Schatten stärker hervor.

Doch plötzlich sah Kate ein anderes Paar Augen vor sich, blinde, tote Augen. Sie schüttelte den Kopf, wie um das Bild zu vertreiben, und griff nach Aimees Armen.

»Ist ja gut, Liebes«, Aimees Hände streichelten ihre Schultern. »Dein Rücken ist noch ganz naß«, murmelte sie, während sie langsam das Handtuch öffnete und es Kate um die Schultern zog.

Kate schlang ihre Arme um Aimee und zog sie ganz nah zu sich heran. Mit jeder Faser ihres Körpers spürte sie, wie Aimee sich an sie schmiegte, fühlte den sanften Druck ihrer Brüste und ihres Körpers, vernahm das leichte Aufseufzen, als sie sie ganz fest in die Arme schloß. Sie fuhr mit der Hand über Aimees Schenkel, hörte sie scharf einatmen, spürte, wie ihr Körper sich anspannte.

»Den ganzen Tag«, flüsterte Aimee, »habe ich an dich gedacht ...« Ihre Arme umfingen Kates Schultern.

»Ja, sag mir das. Das brauche ich jetzt.« Sie würde diese Lust stillen und vielleicht etwas von ihrer eigenen.

Sie atmete den Duft von Aimees Haar ein, fuhr mit ihren Händen unter das Seidenhemd, umfaßte die Taille. Sie liebkoste die sanfte Wölbung des Bauches, ließ ihre Hände langsam weiter hochgleiten und füllte sie mit der Zartheit von Aimees Brüsten. Sie fühlte die harten Knospen der Brustwarzen unter ihrer Handfläche.

»Ich will dich hören«, sagte sie. Sie hörte selbst, wie drängend ihre Stimme klang.

»Das wirst du«, murmelte Aimee.

Kate zog das Hemd über Aimees Kopf, Aimee hob hilfreich die Arme, deren Konturen sanft vom Mondlicht nachgezeichnet wurden. Kate fuhr mit den Handflächen an Aimees Armen herunter, über die Schultern, den Hals, umfing das Gesicht mit ihren Händen. Sie küßte Aimees Hals, ließ ihren Mund weiter forschen, bis sie den schnellen Pulsschlag fühlte.

Sie preßte ihre Lippen fest dagegen. Aimee stöhnte, bebte unter Kates Mund.

Kate ließ sich langsam auf sie herab, stöhnte auf, als sie spürte, wie die Wärme von Aimees nacktem Körper überall mit ihrem eigenen heißen Körper verschmolz. Sie preßte ihre Lippen auf Aimees Mund, schob ihren Schenkel zwischen ihre Beine und küßte sie mit wachsender Leidenschaft. Sie spürte, wie Aimees Hände sanft und warm über ihren Rücken glitten. Stöhnend löste sie ihre Lippen von Aimees, vergrub ihr heißes Gesicht im kühlen Kissen neben Aimees Haar und ergab sich der zärtlichen Liebkosung.

Doch das Kissen schien einen schwachen Kupfergeruch zu verströmen und brachte die Erinnerung an einen blutgetränkten Raum zurück, an den Geruch, der diesen Raum erfüllte. Sie spürte, wie ihre Kehle von einem Laut zusammengezogen wurde, der wie ein Schluchzen klang, und riß ihren Kopf wild vom Kissen hoch.

Aimees Arme schlossen sich fester um sie. »Kate ...«

Kates Mund nahm ihren in Besitz, ihre Zunge drängte fordernd zwischen Aimees Lippen. Aimee preßte ihren Körper mit derselben fordernden Kraft gegen sie. Kate schob ihre Finger zwischen Aimees Beine, glitt über das nasse Haar, unter dem ihr samtige Hingabe entgegendrängte. Sie tauchte ihre Finger so tief hinein wie sie konnte.

Ihr Mund wanderte zu Aimees Brüsten, umfing eine Brustwarze.

Verlockt von dem schwachen Salzgeschmack saugte sie abwechselnd an den Brustwarzen, während ihre Finger sich heftig in dem süßen Naß bewegten, voll unersättlichem Verlangen nach mehr und mehr von Aimees leidenschaftlichem Stöhnen. Sie würde ihre Lust an dieser herrlichen Frau stillen bis zur Erschöpfung.

Sie glitt an Aimees Körper herunter, ganz langsam, atmete ihren Duft ein, nahm ihn ganz in sich auf, preßte ihren Mund in sie hinein, weidete ihre Zunge an der taufrischen Haut.

Ihre Hände faßten in den festen Schwung der Hüften, glitten zu den Innenseiten der seidigen Schenkel. Sie spürte die zarte Haut unter ihren Handflächen, während sie die Beine ganz auseinanderdrückte.

Einen Moment lang atmete sie jenen ganz und gar weiblichen Duft ein, der nicht nur die Frau, sondern die Schöpfung selbst zu umfassen schien. Dann ergriff sie Besitz von ihr, saugte sie in sich auf, streichelte und schmeckte die seidige Nässe, spürte das Beben der Schenkel an ihrem Gesicht, die zuckenden Bewegungen auf dem Bett, die erstickten Schreie, die Stille, das sanfte Stöhnen.

Sie kam hoch. Durch die Jalousien fiel streifiges Mondlicht auf Aimees ausgestreckten Körper. Vor ihrem inneren Auge tauchte das Bild eines anderen Körpers auf, mit Messerstichen übersät, blutüberströmt.

Sie umfaßte Aimees Hüften, zog sie über das Bett, aus dem Mondlicht heraus, und vergrub ihr Gesicht erneut zwischen ihren Schenkeln. Sie saugte und streichelte und sättigte sich erneut, während die in ihren Händen gefangenen Hüften manchmal wild auf und ab wogten, dann wieder sanft erzitterten; sie stillte ihre Gier bis zur Erschöpfung, bis die Nässe wie ein endloser Strom salziger Tränen schmeckte ...

Erschöpft lag sie da, Aimees Körper ein träges, formloses Gewicht in ihren Armen. »Liebste«, hauchte Aimee. »Laß mich ...«

»Es ist gut so ... Aimee ... Ich mußte einfach ...«, sie konnte nicht weitersprechen.

Und dann war Aimee eingeschlafen, und Kate beendete ihren Satz an einem dunklen und verzweifelten Ort ihrer Seele, wo er für immer in Schweigen gehüllt sein würde: *Ich mußte einfach spüren, daß ich lebendig bin.*

7

Das Strafgerichtsgebäude lag in der Innenstadt von Los Angeles. Nachdem Kate die Sicherheitskontrolle passiert hatte, fuhr sie in einem vollbesetzten Fahrstuhl zum 15. Stock hoch, wo sich die Amtsräume der Distriktstaatsanwaltschaft befanden. Sie wartete in dem blautapezierten, schlicht möblierten Vorzimmer, während die Sekretärin sie bei der Assistenzstaatsanwältin Linda Foster anmeldete.

Kate sah der Begegnung mit gemischten Gefühlen entgegen. Die spärlichen Fakten, die sie durch ihre Kontakte in der Staatsanwaltschaft über Linda Foster in Erfahrung gebracht hatte, waren nicht dazu angetan, sie besonders optimistisch zu stimmen. Wie die meisten AssistenzstaatsanwältInnen hatte auch Linda Foster ihre mittlerweile sechsjährige Karriere mit einer Bewährungsprobe an einem Provinzgericht begonnen. Achtzehn Monate lang hatte sie als Anklagevertreterin in Compton mit geringfügigen Delikten und Voruntersuchungen von Kapitalverbrechen zu tun gehabt. Danach hatte sie ein obligatorisches Jahr an einem Jugendgericht in Eastlake absolviert.

Doch die Highlights der Juristerei lagen natürlich in der City, und vor drei Jahren war Linda Foster hier zur stellvertretenden Assistenzstaatsanwältin ernannt worden. Inzwischen war sie eine Stufe höher gerückt. Abgesehen von einigen bewaffneten Raubüberfällen hatte man sie bislang allerdings hauptsächlich mit Drogendelikten — sogenannten ‘kleine Tötungen’ — eingedeckt. Das hing angeblich damit zusammen — so jedenfalls Kates Quellen — daß Linda Foster ihre Meinung stets offen aussprach, was angesichts des momentan amtierenden Distriktstaatsanwalts keine besonders karrierefördernde Taktik war.

Kate erinnerte sich nicht ohne Bitterkeit daran, daß sie gehofft hatte, Bud Sterling würde den Fall übernehmen. Statt dessen war er der rangniedrigsten Frau auf dem Totempfahl der Gerichtsbürokratie übertragen worden — einer Frau, die sich noch nicht mal versuchsweise an einem Mordfall geübt hatte. Ein unmißverständlicher Hinweis auf die Bedeutung, die man diesem Fall beimaß.

»Kate? Ich bin Linda Foster. Ich habe schon viel von Ihnen gehört. Es freut mich, Sie kennenzulernen.«

Kate versicherte murmelnd, daß die Freude ganz auf ihrer Seite lag, und erwiderte den kühlen, festen Händedruck der schlanken, kraushaarigen jungen Frau im maßgeschneiderten schwarzen Kostüm.

»So. Kommen Sie mit in mein Büro.« Linda Foster drehte sich abrupt um und marschierte festen Schrittes voran, Kate folgte ihr.

Die gedrängte Enge der winzigen Bürozellen, in denen die AssistenzstaatsanwältInnen residierten, weckten fast so etwas wie heimatliche Gefühle bei Kate. Die schäbige Anonymität der vollgestopften Amtsstuben, deren ästhetische Gestaltung sich allein am Zweckmäßigkeitsprinzip orientierte, verbreitete dieselbe träge, ihr persönlich gar nicht unangenehme Atmosphäre nüchterner Bürokratie und nie endender Papierkriege wie ihr eigenes Büro im Wilshire Revier.

In ihrer fensterlosen Bürozelle streifte Linda Foster schwungvoll die Pumps von den Füßen. Dann schmiß sie ihr maßgeschneidertes Jackett über ein mit Fallakten vollgestopftes Regal und ließ sich in ihren Schreibtischstuhl fallen. »Machen Sie es sich bitte auch bequem«, forderte sie Kate auf und langte nach einem Regal hinter ihrem Schreibtisch, um eine Farberware-Kaffeemaschine anzustellen.

Lächelnd setzte Kate sich ihr gegenüber in einen zierlichen Metallstuhl. »Ich darf meine Waffe in der Öffentlichkeit nicht sichtbar tragen — ich bin daran gewöhnt, mein Jackett anzubehalten.«

»Was für eine Sauerei.«

Kate unterzog Linda Foster einer unauffälligen, aber kritischen Musterung und versuchte einzuschätzen, welchen

Eindruck eine Jury von dieser zierlichen jungen Frau gewinnen würde. Sie war Mitte dreißig, und das sandblonde Gekringel war zweifellos eine hochaktuelle Trendfrisur. Hinter einer modischen, überdimensionalen Brille mit rosagetönten Gläsern blitzten grau-grüne Augen voll ungeduldiger Neugier. Linda Foster war dezent geschminkt, ein Hauch von Lippenstift betonte den hübschen Mund. Die schlichte Kleidung und das kaum sichtbare Make-up verhehlten Linda Fosters Weiblichkeit nicht im geringsten, überlegte Kate — obwohl die meisten Frauen ihre Weiblichkeit eher über- als unterbetonten. Sie trug keinen Ehering. Kate hatte gehört, daß sie geschieden war, einen siebenjährigen Sohn hatte und mit einem College-Professor zusammenlebte.

Kate spürte, mehr als daß sie es sah, eine gewisse Härte in Linda Foster, eine verbreitete Eigenschaft bei guten Staatsanwältinnen, aber ein zweischneidiges Schwert. Viele männliche Polizisten und Richter, die sich mit der gesetzlich aufgezwungenen Anwesenheit von Frauen in ihren Reihen abfinden mußten, betrachteten selbstsicher auftretende Staatsanwältinnen insgeheim als eiskalte Killermiezen mit Kastrationsphantasien. Kate war überzeugt, daß viele Geschworene ähnlich dachten.

Foster blies eine Kringelsträhne aus der Stirn und plazierte einen nylonbestrumpften Fuß auf der Schreibtischkante. »So. Was ich weiß, ist dies: Kenneth Pritchard hat sich freiwillig als Pflichtverteidiger zur Verfügung gestellt.«

Kate nickte. »Ich kenne einen Kenneth Pritchard. Aber der, den ich meine, hat zuletzt für einen Versicherungskonzern gearbeitet.«

»Versicherung? Mein Gott, wie langweilig. Pritchard arbeitet bei Butler, Steele und Simon, der Yuppiekanzlei für gut betuchte Kriminelle. Doch die Gosse zieht ihn magisch an. Er ist der edle Ritter, der in die Stadt reitet, um eine Lanze für die Armen und Elenden zu brechen.«

Grinsend fragte Kate: »Tun Sie das nicht?«

Foster zuckte die Achseln. »Manchmal haben die Armen und Elenden es verdient, arm und elend zu sein. Ich weiß bereits aus den Aktenberichten, daß wir mit einem Antrag auf vorgerichtliche Verfahrenseinstellung zu rechnen haben, weil Jensens Verletzungen angeblich beweisen, daß er in Notwehr gehandelt hat. Pritchard wird alle möglichen verfahrensrechtlichen Einwände geltend machen, um Jensens Geständnis für null und nichtig zu erklären, und natürlich behaupten, daß Jensen aufgrund der Schmerzmittel sowieso nicht wußte, was er gesagt hat. Dank Ihrer exzellenten Arbeit wird er sich diese Mühe wohl schenken können.«

Kate nickte. »Danke. Gut«, sagte sie. Bis jetzt war sie zufrieden mit dem, was sie hörte.

»Also werden sie es mit einem Handel versuchen. Fahrlässige Tötung, schätze ich. Was meinen Sie?«

»Hören Sie«, sagte Kate und setzte sich aufrecht hin. »Ich weiß, daß vorgerichtliche Handel oft nicht schlimmer sind als die Entscheidung der Geschworenen. Aber dieser Fall hat absolut nichts mit Totschlag zu tun. Es war vorsätzlicher Mord nach allen nur denkbaren Kriterien.«

Foster legte ihr anderes Bein auf den Schreibtisch und faltete ihre langen, schmalen Finger ineinander. »So. Dann schießen Sie mal los.«

Kate atmete tief durch. Alles hing davon ab, daß sie diese energische junge Frau überzeugte, alles. »Sie haben die Berichte gelesen, die Tonbandaufzeichnung von der Vernehmung gehört —«

»Es reicht für eine fundierte Anklage. Sie müßten mal den Mist sehen, den ich von den Kerlen im Rauschgiftdezernat auf den Tisch bekomme. Ich wünschte, es gebe ein paar mehr KriminalbeamtInnen, die uns so wenig verfahrensrechtliche Probleme bereiten.«

»Es freut mich, das zu hören.« Sie freute sich wirklich über die Anerkennung. »Was ich über Kyle Jensen denke, ist folgendes: Er ist ein Junkie, der schwule Männer in Bars wie dem

Malone's aufliest und ausraubt, weil die Schwulen dort es sich nicht leisten können, diese Art von Verbrechen anzuzeigen. Er ist —«

»Haben Sie etwas Konkretes in der Hand?« fragte Foster. »Haben Sie Beweise für Ihre Behauptung?«

»Ich arbeite daran.« Sie wollte nicht zugeben, daß sie ein paar Mal ohne Erfolg ins *Malone's* und in einige andere Bars gegangen war und die Wirte und Barkeeper befragt hatte, ob sie Kyle Jensen auf dem erkennungsdienstlichen Foto wiedererkannten. Sie hatte einen ganzen Stapel Visitenkarten verteilt und die Leute aufgefordert, jeden erdenklichen Hinweis, und sei er anonym, an sie weiterzugeben. Aber die Schwulengemeinschaft zur Kooperation zu bewegen, würde sehr schwer sein, solange die Polizeibehörde von Los Angeles — zu Recht — als homophobisch galt. Der Polizeipräsident Daryl Gates hatte sich gegen die Einstellung von Beamten verwahrt, die sich offen zu ihrer Homosexualität bekannten, und lapidar erklärt: »Wer möchte schon mit einem Schwulen zusammenarbeiten?« Die Polizeibehörde war von einem ehemaligen Sergeant verklagt worden, dessen sexuelle Identität entdeckt worden war. Er hatte den Dienst quittiert, weil man ihn derart schikaniert hatte, daß er um sein Leben fürchtete. Die Schwulen und Lesben bei der Polizei von Los Angeles blieben eine verschworene und geheime Gemeinschaft — und sie selbst mußte sehr vorsichtig mit dem sein, was sie dieser Frau enthüllte.

Kate sagte: »Ich bin sicher, Jensen wußte, daß Teddie Crawford schwul war. Teddie Crawford hat sich offen zu seiner Homosexualität bekannt — alle, mit denen ich bisher gesprochen habe, haben mir bestätigt, daß Teddie Crawford stolz darauf war, schwul zu sein.«

»Okay«, sagte Linda Foster und machte sich eine Notiz.

Immerhin hatte sie nicht so reagiert wie Taylor — aber Kate wußte nicht, ob »okay« mehr bedeutete als eine bloße Zurkenntnisnahme der Tatsache. Sie fuhr fort: »Alle, mit denen ich bisher gesprochen habe, versichern, daß Teddie Crawford keine Drogen genommen hat — was natürlich nichts bedeuten muß, darüber wird die toxikologische Untersuchung näheren Aufschluß geben können — aber die Leute aus seinem Bekanntenkreis lassen Rückschlüsse darauf zu, was für ein Mensch Teddie Crawford gewesen ist. Und alle haben für ihn offenbar ...« Sie suchte nach den passenden Worten, »große Zärtlichkeit empfunden. Sein Onkel und seine Tante, die ihn praktisch großgezogen haben, sind wirklich sympathische Leute. Teddie war der Mittelpunkt — der strahlende Mittelpunkt — ihres Lebens.« Schmerzlich berührt dachte sie an ihr Gespräch mit Joe und Margaret Crawford, an die stumme Qual und Verzweiflung auf ihren Gesichtern.

Während es in der Kaffeekanne hinter ihr zu brodeln begann, verschränkte Linda Foster die Arme und betrachtete Kate nachdenklich. »So. Sie halten Jensen also für homosexuell?«

Kate sagte vorsichtig: »Viele Leute, die von Berufs wegen mit Mordfällen zu tun haben, glauben, daß mehrfaches Zustechen mit einem Messer auf sexuelle Pathologie hinweist.«

Foster zuckte ungeduldig die Achseln. »Ja, gut — vielleicht ist Jensen latent homosexuell. Vielleicht ist er auch einfach ein brutaler Skinhead-Typ, der seinen Haß in einem Gewaltverbrechen ausgetobt hat. Vielleicht wußte er tatsächlich nicht, daß Teddie Crawford schwul war. Vielleicht haben hier einfach zwei Männer im Kokainrausch die Kontrolle verloren und ihrem Testosteron freien Lauf gelassen.«

Kate ärgerte sich über die verallgemeinernden Schlüsse, die Foster aus ihren Aussagen zog, wußte aber gleichzeitig, daß sie nur den Advocatus Diaboli spielte. Trotzdem fiel es ihr schwer, nicht heftig zu reagieren.

»Ihre letzte Theorie paßt nicht zu diesem Verbrechen. Teddie Crawford ist alles andere als ein Schlägertyp. Jensen hat uns erzählt, daß Crawford — ich zitiere — 'wie eine verdammte Katze gekämpft hat'. Warum sollte er sich mit einem so kräftigen und muskulösen Mann wie Kyle Jensen anlegen? Laut Jensens Aussage war Teddie Crawford bis obenhin vollgepumpt mit Kokain. Und doch hat dieser vollgepumpte Mann, wenige Minuten vor seinem Tod, Jensen durch sein Restaurant geführt, ihm erklärt, wie er und sein Partner das Lokal aufgebaut haben, wo er die Servietten gekauft hatte, wieviele er gekauft hat und wieviel er dafür bezahlt hat.«

Foster sah sie mit einem leichten Lächeln an. »Stimmt, das ist nicht gerade der typische Kokskopf, den ich kennen und lieben gelernt habe. So, damit wären wir also wieder bei dem Jensen, der einen Homosexuellen tötet — entweder den in Teddie Crawford oder den in sich selbst.«

Kate war verblüfft über Fosters Formulierung. Nachdenklich sagte sie: »Irgend jemand hat mal gesagt, daß wir in Wahrheit begehren, was wir zu hassen glauben.«

Die Kaffeekanne hörte auf zu glucksen. Foster erhob sich, zog die Kanne heraus und warf die Filtertüte mit dem Kaffeesatz in den Papierkorb. »Also mal gesetzt den Fall, dieser Typ unterdrückt seine Homosexualität. Okay, ich halte das für plausibel — aber ich weiß nicht, ob eine Jury das auch tut. Wenn Jensen normalerweise schwule Männer ausgeraubt hat, warum hat er plötzlich einen Mord begangen und warum an diesem Mann?«

»Wir wissen doch gar nicht, ob Teddie Crawford der erste war.«

»Gutes Argument.« Foster schenkte Kaffee in zwei Becher von zweifelhafter Sauberkeit, reichte Kate einen herüber und setzte sich wieder. »Milch und Zucker nehmen Sie wohl nicht.« Ihr Ton ließ keinen Zweifel daran, daß kein normal denkender Mensch derart fehlgeleitete Geschmacksnerven besitzen konnte. Kate schüttelte amüsiert den Kopf und nahm den Kaffeebecher entgegen.

Foster nippte an ihrem Kaffee. »So. Trotzdem müssen wir Mr. und Mrs. Amerika auf der Geschworenenbank noch immer davon überzeugen, daß hier Absicht, Heimtücke und Nach-menschlichem-Ermessen-jenseits-eines-berechtigten-Zweifels vorliegen, Kate.«

»Sie haben das Geständnis gehört«, sagte Kate. »Er hat von Sandnegern, Flachköpfen —«

»Gleiche Vorurteile für alle. Ein Verfechter der Quotenbigotterie«, sagte Foster.

»Richtig«, gluckste Kate. »Wie die meisten engstirnigen Menschen.«

Sie erwärmte sich zunehmend für diese Frau. Die einen hervorragenden Kaffee servierte. »Er konnte seine Heterosexualität gar nicht stark genug herauskehren. Als er schilderte, wie er Teddie Crawford das erste Mal gesehen hat —«

»Ich finde, wir sollten von ihm als Teddie sprechen«, unterbrach Foster sie. »Das macht ihn irgendwie menschlicher.«

Jetzt war die Frau ihr endgültig sympathisch. »Als Jensen schilderte, wie er Teddie kennengelernt hat, konnte er gar nicht oft genug betonen, daß er Gloria Gomez und nicht Teddie angesehen hätte. Jensen hat behauptet, daß er mit Shirley Johnson zusammenlebt, daß sie ihm geholfen hätte, die blutige Kleidung abzulegen, obwohl es in Wahrheit Burt Dayton war — niemand sollte auch nur auf den Gedanken kommen, er würde sich von einem Mann beim Ausziehen helfen lassen. Als er Teddie im *Malone's* getroffen hat, haben die beiden sich laut Jensens Aussage mit dem Vornamen vorgestellt. Aber Männer, die lediglich an einem Gespräch mit dem anderen interessiert sind, stellen sich mit vollem Namen vor. Männer, die mehr voneinander wollen, duzen sich.«

Foster machte sich hastig Notizen auf ihrem Formblock. »Sie machen Ihren Job sehr gut, Kate.«

Bitte machen Sie Ihren auch gut. »Ich bin schon lange dabei«, sagte sie. »Da ist noch mehr. Sie haben gehört, wie sehr Jensen es bedauerte, daß sein Vater nicht mehr miterlebt hat, wie tapfer er die Verletzungen an seinen Händen erträgt. Kyle Jensen hat einen Kriegshelden zum Vater, einen Vater, dem er sich immer unterlegen fühlte, und eine Mutter, von der er sich entfremdet hat.«

»Einen Toast auf die typisch amerikanische Familie«, murmelte Linda Foster.

Kate sagte: »Am aufschlußreichsten in diesem ganzen Verhör fand ich, wie aufgebracht er auf die Frage reagierte, ob er schon mal in irgendeiner anderen Schwulenbar gewesen sei. Ich denke, Jensen wußte auf den ersten Blick, daß Teddie schwul war. Und als Teddie ihm erzählt hat, daß er Teilhaber eines Restaurants ist, war er für Jensen ein ausgemachtes Raubopfer.«

»Aber auch ein Mordopfer?«

»Jensen war noch nie zuvor in einer solchen Situation«, argumentierte Kate. »Einen Mann auf einem Parkplatz oder in einem Auto auszurauben, ist etwas völlig anderes. Teddie besaß kein Auto, und somit hatte Jensen die Situation unter Kontrolle. Er hatte ein Opfer gefunden, das ihm körperlich unterlegen war, und alles spielte sich in einer privaten Umgebung ab, in der Jensen gefahrlos tun konnte, was er wollte.«

»Also ist Teddie irgendwie an ein Messer gekommen, um sich zu verteidigen. Jensen hat es ihm weggenommen und ihn umgebracht.«

Diese Auslegung des Geschehens hörte sich irgendwie falsch an, aber Kate hatte kein Argument, das dagegensprach. Kein stichhaltiges. Noch nicht. Sie sagte ausweichend: »Charlotte Mead wird uns nähere Informationen über den Tathergang liefern können, sobald die Laboruntersuchungen abgeschlossen sind.«

Wieder holte sie tief Luft. »Hören Sie, Linda, ich will nicht, daß dieser Fall durch einen billigen außergerichtlichen Handel erledigt wird. Das war weder eine Körperverletzung mit Todesfolge noch Totschlag im Affekt. Nie und nimmer. Dieser Tod war kein Unfall, es war keine Kurzschlußreaktion. Dieser Mörder hat neununddreißig Mal zugestochen. Ich will nicht, daß er mit ein paar Jahren so gut wie ungeschoren davonkommt. Wollen Sie das?«

Foster klopfte mit ihrem Stift auf den Block, ihre Augen hinter den reflektierenden Brillengläsern verrieten nichts, sie antwortete nicht.

Kate mußte diese Frau, die mehr Verständnis für die besondere Bedeutung dieses Mordes gezeigt hatte als irgend jemand sonst, unbedingt überzeugen. »Lassen Sie mich noch etwas zu dem Fall sagen«, hob sie erneut an und spürte, daß sie Gefahr lief, jede Vorsicht außer acht zu lassen. »Niemand schert sich um diesen Fall. Mein Partner haßt diese Ermittlung, weil Teddie Crawford schwul war. Die männlichen Beamten in meiner Abteilung hassen diesen Fall, weil die Zeugen schwul sind — ihre schlampigen Verhöre und Berichte beweisen es. Der männliche Pathologe haßt den Fall, weil Teddie Crawford schwul war — Sie haben seinen Obduktionsbericht gelesen.«

»Die Männer in dieser Behörde hassen den Fall auch«, sagte Linda Foster ruhig. Sie nahm die Brille ab, schob sie mit einer heftigen Bewegung über den Schreibtisch und sah Kate mit ihren grau-grünen Augen offen an. »Ich mache mir keine Illusionen darüber, warum man mir den Fall übertragen hat.«

Kate sagte: »Es wird keine Presseberichte über das Vorverfahren oder die Hauptverhandlung geben — wen kümmert schon ein toter Schwuler? Teddie Crawford war ein Mensch, der nicht zählt. Dies ist ein Fall, der nicht zählt. An diesem Fall hat niemand auch nur das geringste Interesse.«

»Niemand außer uns beiden«, sagte Linda Foster. »Ich werde Ihnen noch eine Tasse Kaffee einschenken, und dann sprechen wir über unsere Zeugen im Vorverfahren.«

8

»Kenneth Pritchard«, sagte Kate verblüfft.

»Kate Delafield«, erwiderte der hochgewachsene, dunkelhaarige Mann, der vor der Tür des Gerichtssaals im 13. Stock stand. Lächelnd ergriff er die ihm entgegengestreckte Hand und schüttelte sie kräftig.

»Ich habe Ihren Namen in der Anklageschrift gelesen«, Kate bemühte sich, ihre Haltung wiederzugewinnen. »Aber ich habe gedacht, daß es sich unmöglich um denselben Kenneth Pritchard handeln kann.«

Er schmunzelte stillvergnügt. »Ich habe gelesen, daß eine Kate Delafield die Ermittlung leitet, und wußte sofort, daß es dieselbe Kate Delafield sein mußte. Es überrascht mich, daß Sie sich an mich erinnern.«

»Natürlich erinnere ich mich an Sie.« Mühsam brachte sie ein Lächeln für diesen gutaussehenden, gutgekleideten Mann zustande, der so unversehens — und schmerzlich — die Vergangenheit zum Leben erweckte. »Wann haben Sie bei Guardian aufgehört?«

»Vor drei Jahren im November. Strafrecht ist ein alter Traum von mir — wobei ich sagen muß, daß Annes Tod viel dazu beigetragen hat, daß ich ihn endlich in die Tat umgesetzt habe. Doch meistens sieht die Realität anders aus als der Traum ...« Er zuckte die Achseln. »Trotzdem — in den trüben Tiefen finden sich die interessantesten Fische. Glücklicherweise sehen Butler, Steele und Simon es gern, wenn die Leute in ihrer Kanzlei gelegentlich eine Pflichtverteidigung übernehmen.«

Er stellte seinen Aktenkoffer auf der Kunststoffbank ab, die in die Wand eingelassen war, und sah sie mit weichen dunklen Augen an. »Sie sehen gut aus. Viel besser als das letzte Mal, als wir uns getroffen haben. Sie wissen hoffentlich, daß Annes Tod auch für mich ein schrecklicher Schock war. In der Geschäftswelt sind wirkliche Freunde rar gesät. Wie lang ist es jetzt her — fünf Jahre?«

»Sechs.« Sechs Jahre und fünf Monate, um genau zu sein. Seit dem Tag von Annes Begräbnis – dem Tag, an dem sie Kenneth Pritchard, Wirtschaftsanwalt des Versicherungskonzerns, bei dem Anne gearbeitet hatte, das letzte Mal gesehen hatte. Und ausgerechnet er hatte die Verteidigung von Kyle Jensen übernommen ... Sie war noch immer wie vor den Kopf geschlagen von dieser neuen Entwicklung im Mordfall Teddie Crawford. Mit leerem Blick sah sie an Pritchard vorbei, den langen Gerichtsflur hinunter, auf die Leute, die in geduldiger Resignation vor den anderen Sitzungssälen warteten.

»Anne war immer so stolz auf Sie, Kate«, sagte Pritchard. »Sie hat oft von Ihnen erzählt.«

»Ja, ich weiß. Danke. Wir sollten jetzt wohl besser reingehen.« Sie griff nach den geschlossenen Flügeltüren des Gerichtssaals, aber Pritchard ging um sie herum und zog die Tür für sie auf.

Sie ging ihm unbeholfen voran und ärgerte sich, daß sie sich so wehrlos fühlte, so völlig verunsichert, weil jemand in ihr Berufsleben eindringen konnte, der intime Einzelheiten ihres Privatlebens kannte. Ihres lesbischen Lebens.

Als sie den Gerichtssaal betrat, fühlte sie sich gleich etwas besser, die Atmosphäre verfehlte auch diesmal nicht ihre Wirkung auf sie. Der Richterstuhl und die leere Geschworenenbank hatten nichts von ihrer gewohnten Symbolkraft und Majestät eingebüßt. Die schmucklosen dunklen Umrisse der Holzvertäfelungen und des Mobiliars thronten über der Handvoll Leute, die sich vor den Schranken des Gerichts versammelt hatten.

Linda Foster saß an der äußersten rechten Ecke des Anwaltspults, innerhalb der Balustrade, die den eigentlichen Verhandlungsbereich von den Zuschauerbänken trennte. Sie brütete über ihren Notizen und wirkte in ihrem dunklen Kostüm wie ein zusammengekauerter schwarzer Vogel. Ein korpulenter Gerichtsdiener, der Kate vage bekannt vorkam, saß an seinem Tisch und blätterte in einem Notizbuch. Rechts neben der

Richterbank arbeitete ein glatzköpfiger Justizbeamter mit gesenktem Kopf in seinem abgetrennten Kabäuschen. Der Gerichtsstenograph, ein Latino, wartete in Hab-Acht-Stellung vor seiner Maschine.

In dem Gang zwischen den Zuschauerbänken standen drei Zeugen der Staatsanwaltschaft und tauschten geflüsterte Höflichkeiten aus: der Pathologe Brian Whitson und die Streifenbeamten Jim Foley und Nancy Simmons. Ohne die drei auch nur eines Blickes zu würdigen, bahnte sich Kenneth Pritchard seinen Weg durch die Pforte zum inneren Gericht und stellte seinen Aktenkoffer auf der linken Seite des Anwaltspultes ab.

Kate nickte den Zeugen zu, nahm dann hinten im Gerichtssaal neben zwei anderen Zeugen der Staatsanwaltschaft Platz. Sie lächelte ihnen aufmunternd zu: »Hallo, Francisco. Hallo, Gloria. Wie geht es Ihnen?«

»Es geht so«, antwortete Gloria für beide und sah Kate mit ernsten dunklen Augen an.

Sie trug ein marineblaues Kleid mit einem viereckigen Halsausschnitt. Ihr schulterlanges dunkles Haar war zu einem Pferdeschwanz hochgebürstet. Sie saß kerzengerade auf der Bank, ihre kleinen Hände im Schoß ineinander verkrampft. Francisco Caldera trug ein übergroßes graues Jackett, das aussah, als würde es ihm jeden Moment von den Schultern rutschen. Er brachte ein mühsames Lächeln zustande. Die beiden sahen aus wie verängstigte kleine Kinder, denen man eingebleut hatte, sich ordentlich und dem Anlaß entsprechend zu benehmen. Kate sagte tröstend: »Keine Angst, das hier ist reine Routine. Es wird nicht lange dauern.«

»Jetzt werde ich ihn also endlich ... sehen«, sagte Gloria Gomez.

»Am besten, Sie bringen es so schnell wie möglich hinter sich«, sagte Kate.

Das Telefon des Gerichtsdieners läutete. Er sprach leise und kurz ins Telefon und sagte dann zu Kenneth Pritchard: »Sie bringen jetzt den Angeklagten herein.« Er schloß die Tür neben seinem Kabäuschen auf und kam kurz darauf mit Kyle Jensen zurück.

Francisco Caldera stöhnte leise auf. Gloria Gomez gab keinen Laut von sich. Kyle Jensen trug eine blaue Gefängniskluft, aber Kate bemerkte, daß man ihn für das Gericht ordentlich zurechtgemacht hatte, obwohl noch keine vereidigte Jury zugegen war. Er war rasiert, sein Schnurrbart gestutzt, das Haar geschnitten. Seine Hände waren nicht mehr bandagiert — aber seit der Verhaftung waren auch schon zehn Tage vergangen. Er setzte sich schnell neben Pritchard und vergrub die Hände in den Taschen seines Overalls.

»Bitte Ruhe im Gerichtssaal«, verkündigte der Gerichtsdiener. »Die Verhandlung ist eröffnet.«

Aus einer Tür neben dem Verschlag des Gerichtsdieners kam Richter Michael Torgeson gemächlich in den Gerichtssaal geschlendert, mehrere Aktenordner unter dem Arm. Er setzte sich auf die Richterbank und schlug den obersten Ordner auf. »Das Volk gegen Jensen«, hob er an. Er sah hoch, überflog den Gerichtssaal. »Aktenzeichen A 9471341.«

Michael Torgeson konstatierte die Anwesenheit der Anklage- und Verteidigungsvertreter und stellte die restlichen Präliminarien für den Protokollführer fest. Kate kannte diesen schlanken Richter mit dem asketischen Gesicht. Sie wußte, daß er die Verhandlung gewissenhaft und routiniert führen würde — wie ein erfahrener Automechaniker, der zum x-ten Mal eine defekte Bremse repariert. Michael Torgeson würde in dieser Anhörung lediglich darüber entscheiden, ob ausreichende Verdachtsmomente vorlagen, um den Fall vor Gericht zu bringen. Den Vorsitz in der Hauptverhandlung würde ein anderer Richter übernehmen.

Die Anhörung war sehr nützlich für die Verteidigung, die die Zeugen der Staatsanwaltschaft kennenlernte und sich ein Bild von der Anklagestrategie machen konnte. Deshalb würde Linda Foster heute auch nur die wichtigsten Zeugen präsentieren. Und die Verteidigung gar keine.

»Die Staatsanwaltschaft ruft Francisco Caldera in den Zeugenstand«, sagte Linda Foster mit klarer, fester Stimme.

Francisco seufzte erneut, und es klang fast wie ein Schluchzen. »Sie brauchen keine Angst haben«, sagte Kate sanft, als er an ihr vorbeiging.

Mit zitternder Stimme antwortete er auf Linda Fosters einleitende Frage nach seinen Personalien und seiner Adresse. Er schien dabei vor dem Mikrophon zurückzuweichen und immer weiter in seinem Stuhl zusammenzuschrumpfen. Doch der nüchterne, sachliche Ton, in dem Foster ihn nach den Ereignissen befragte, die sich am Morgen des 4. Februars zugetragen hatten, beruhigten ihn allmählich — bis Foster zu der Entdeckung von Teddie Crawfords Leiche kam. Sie händigte ihm ein Schwarzweißfoto vom Tatort aus. »Ist dies die Person, die Sie gefunden haben?«

Er sank in seinem Stuhl zusammen. Er nickte, und man sah, daß er heftig schluckte.

Foster sagte sanft: »Bitte identifizieren Sie die Person für das Protokoll, Mr. Caldera.«

»Es ist Teddie«, flüsterte er. »Teddie Crawford.«

»Für das Protokoll — der Zeuge identifiziert das Opfer als Edward Ashwell Crawford, auch bekannt unter dem Namen Teddie Crawford.« Foster gab das Foto dem Richter. »Beweisstück Nummer 1 der Staatsanwaltschaft«, sagte sie. »Ich habe keine weiteren Fragen.«

»Mr. Pritchard?« fragte der Richter.

»Keine Fragen«, sagte Kenneth Pritchard.

Blaß und zitternd verließ Francisco Caldera den Zeugenstand. Kate hatte bemerkt, daß er nicht ein einziges Mal zu Kyle Jensen gesehen hatte.

»Die Staatsanwaltschaft ruft Dr. Brian Whitson in den Zeugenstand«, sagte Linda Foster.

Kate starrte verächtlich auf Whitson, einen stämmigen jungen Mann, der Sporthosen und eine Windjacke über einem roten Sweatshirt trug. Er kam durch die Doppeltür, die vom

Gerichtsdiener offengehalten wurde, und betrat den Zeugenstand.

Vor drei Tagen war sie wütend zu Taylor gestürzt und hatte ihm den Obduktionsbericht unter die Nase gehalten. »Wer zum Teufel ist dieser Whitson?«

»Ein Neuer. Scheint ganz in Ordnung zu sein.«

»*In Ordnung*? Er hat die Wunden nicht untersucht.«

»Und?«

»Er *muß* die Wunden untersuchen. Er ist dazu *verpflichtet*, den Umfang von Stichwunden nachzumessen.« Sie kochte vor Wut. Wenn sie an Taylors Stelle bei der Obduktion gewesen wäre, hätte sie Whitson auf der Stelle dazu aufgefordert, seine Arbeit pflichtgemäß auszuführen.

»Mein Gott, Kate. Wen interessiert das schon? Es gab genug Organschäden für eine Todesursache. Warum soll er in einem Typ herumstochern, der möglicherweise AIDS hat?«

Sie hatte ihm den Rücken zugekehrt und sofort bei Geoff Mitchell vom USC Medical Center angerufen, um in Erfahrung zu bringen, bei welchen offiziellen Stellen sie sich über Whitsons Pflichtversäumnis beschweren konnte.

»Ich nehme es niemandem übel, wenn er Angst hat«, hatte sie Mitchell gegenüber getobt. »Aber es gibt genügend Sicherheitsvorkehrungen, Schutzmaßnahmen — es ist sein *Job* —«

»Sie haben recht, Kate«, hatte Mitchell erwidert. »Es tut mir leid, daß es für diesen Fall zu spät ist, aber auch abgesehen von der offiziellen Beschwerde, hat er sich selbst ein Bein gestellt. Ein guter Verteidiger liest die früheren Obduktionsberichte eines Pathologen. Die unvollständige Autopsie, die er sich bei Ihrem Mann geleistet hat, wird ihn zukünftig als forensischen Sachverständigen disqualifizieren.«

»... insgesamt neununddreißig Stichwunden«, antwortete Whitson gerade teilnahmslos auf Linda Fosters Fragen. »Dreiundzwanzig im Rücken, zwölf in der Brust und an den Armen, außerdem Schnittwunden an beiden Händen und an den Fingern sowie Abschürfungen und Prellungen im Gesicht und am übrigen Kopf.«

Kate warf einen Blick auf Kyle Jensen. Er saß mit lässig ausgestreckten Beinen auf seinem Stuhl und starrte zu Boden.

»Todesursache waren drei Stichwunden im Rücken, die den rechten Lungenflügel durchbohrten, und zwei Stichwunden in der Brust, die in den linken Lungenflügel eindrangen und schwere innere und äußere Blutungen auslösten, begleitet von einem fast vollständigen Zusammenbruch der Lungenfunktion.«

»Können Sie die Verletzungen an den Händen näher beschreiben?« fragte Linda Foster.

»Am Ansatz des vierten Fingers der rechten Hand befindet sich ein tiefer Schnitt, der die Sehnen durchtrennte und zur Ausrenkung des Gelenks führte. Beide Handflächen weisen tiefe Schnittwunden auf, die sich von der Handwurzel nach oben ziehen. Bei den Verletzungen an den Händen handelt es sich wahrscheinlich um sogenannte Abwehrwunden.«

»Ich danke Ihnen«, sagte Linda Foster. »Keine weiteren Fragen.«

»Mr. Pritchard«, sagte Richter Torgeson.

Kate sah zu Kenneth Pritchard, der sich so gelassen und selbstsicher erhob, wie man es von einem Mann erwarten durfte, der, wie Anne einmal erzählt hatte, zu den zehn Besten seines Jahrgangs in Georgetown gezählt hatte. Kyle Jensen, die Augen auf den Seidenanzug seines Pflichtverteidigers gerichtet, mußte mit dieser glücklichen Fügung des Schicksals überaus zufrieden sein. Trotzdem war es ein Vorurteil, dachte Kate bei sich, daß ein privater Verteidiger automatisch besser war als ein staatlicher Pflichtverteidiger. Die Pflichtverteidiger an den Gerichten waren chronisch überlastet, aber Kate kannte viele äußerst fähige, erfahrene, hoch motivierte Verfahrensanwälte, die über unschätzbare Erfahrungen mit Gerichts- und Prozeßordnungen verfügten, einfach weil sie dauernd damit zu tun hatten. Pritchard war in diesem Fall eine unbekannte Größe. Es war unmöglich, genau einzuschätzen, wie gut er war.

»Danke, Euer Ehren«, sagte Pritchard. »Doktor Whitson, wie steht es mit Drogen- und Alkoholwerten?«

»Der Blutalkoholspiegel betrug 0,3 Promille. Die toxikologischen Untersuchungen sind noch nicht abgeschlossen — sie werden in etwa einer Woche vorliegen.«

»Eine Frage zu den Verletzungen an den Händen des Verstorbenen: Sie haben sie als sogenannte Abwehrwunden bezeichnet. 'Sogenannte', weil es eine andere Erklärung für sie geben könnte?«

»Nein. Sogenannte Abwehrwunden, weil es sich dabei nicht um einen medizinischen Fachbegriff handelt. Es sind klassische Abwehrwunden, aber natürlich kann es immer eine andere Erklärung geben.«

»Keine weiteren Fragen.«

Es überraschte Kate nicht, daß Pritchard den unvollständigen Autopsiebericht ignoriert hatte. Es war unstrittig, daß Teddie Crawford durch Kyle Jensens Hände den Tod gefunden hatte. Vom Standpunkt der Verteidigung gesehen konnte es nur von Vorteil sein, daß Linda Foster, die den Zeugen bei der Hauptverhandlung über jede Einzelheit des Todeskampfes des Opfers befragen würde, so nicht die Möglichkeit hatte, auf die Tiefe und die Ausmaße der tödlichen Verletzungen einzugehen.

Sie beobachtete Kenneth Pritchard, während der Streifenpolizist Jim Foley tonlos seine Entdeckung des Tatorts beschrieb. Er sagte aus, er hätte keine Anzeichen eines gewaltsamen Eindringens bemerkt und keine Spur einer Waffe gesehen. Die Streifenpolizistin Nancy Simmons, eine drahtige junge Frau in einer sorgfältig gebügelten Uniform, die den Durchsuchungsbefehl ausgeführt hatte, machte eine Aussage darüber, was für Gegenstände im Gepäckkoffer von Kyle Jensens Motorrad gefunden worden waren, unter anderem ein blutbeflecktes Messer. Pritchard machte sich eifrig Notizen. Er hatte keine Fragen an die Zeugen.

»Die Staatsanwaltschaft ruft Gloria Gomez in den Zeugenstand.«

Die junge Frau erhob sich steif von ihrem Platz neben Kate und marschierte zum Zeugenstand, als trüge sie Stiefel anstatt hoher Absätze.

Foster stellte Gomez die routinemäßigen Eröffnungsfragen, dann bat sie sie, die Gegenstände zu identifizieren, die im Gepäckkoffer von Jensens Motorrad gefunden worden waren, und zu bestätigen, daß sie Teddie Crawford gehört hatten. Die ganze Zeit ließ Gomez Jensen nicht aus den Augen. Jensen sah entweder auf seine Schuhe oder auf seinen Anwalt.

»Erkennen Sie diese Armbanduhr, Ms. Gomez?«

»Ja, das ist Teddies Seiko«, sagte sie heftig und grimmig. »Teddies blutüberströmte Seiko.«

»Einspruch. Beantrage Streichung«, sagte Pritchard, ohne von seinem Notizblock aufzusehen.

»Streichen Sie das«, sagte der Richter zum Protokollführer. »Ms. Gomez, bitte beantworten Sie nur die Ihnen gestellte Frage.«

Kate sah mit tiefer Sympathie und Mitgefühl, wie Gloria Gomez Kyle Jensen in ungläubigem und hilflosem Haß anstarrte. Das Leid, das ein Mord mit sich brachte, war nie mit der Tat selbst zu Ende.

Gloria Gomez wurde noch zu zwei weiteren Beweisstücken der Staatsanwaltschaft befragt — Teddie Crawfords Ring und Brieftasche — und dann als Zeugin entlassen. Als sie an der Anklagebank vorbeikam, zischte sie klar vernehmlich: »Du widerwärtiges Stück Scheiße.«

Kyle Jensen sprang auf. Pritchard packte ihn an der Schulter und zog ihn auf den Sitz zurück. Der Gerichtsdiener erhob sich von seinem Platz. Der Richter ließ seinen Hammer niederschnellen. »Ms. Gomez, noch ein Wort von Ihnen, und ich belange Sie wegen Mißachtung des Gerichts. Noch ein einziges beleidigendes Wort von Ihnen, und Sie sitzen im Gefängnis. Haben Sie mich verstanden?«

»Ja, Sir«, sagte sie mit kaum verhülltem Trotz. »Ich habe nichts mehr zu sagen.«

Linda Foster sagte schnell: »Die Staatsanwaltschaft ruft Detective Kate Delafield in den Zeugenstand.«

Kate fühlte den gewohnten Moment der Anspannung, als sie zum Zeugenstand ging und sich auf den Stuhl hinter das Mikrophon setzte. Aber sie entspannte sich, während Linda Foster ihre Fragen gekonnt auf einige relevante Punkte beschränkte: den Zeitpunkt, zu dem Kyle Jensen auf seine verfassungsmäßigen Rechte hingewiesen worden war, auf den Inhalt des maschinenschriftlichen Geständnisses, das er unterschrieben hatte, und auf die einzelnen Punkte der Anklageschrift. Jedes Wort, das Kate hier sagte, würde auf die Goldwaage gelegt und dazu benutzt werden, ihre Glaubwürdigkeit zu untergraben. Alle unwesentlichen Fragen nach dem Tatort oder nach Details, die nicht in der Anklageschrift auftauchten, würden dazu führen, daß Pritchard bei der Hauptverhandlung eine wahre Pandorabüchse von Kreuzverhörfragen über ihrem Haupt ausschütten würde, um ihre Aussagen in Zweifel zu ziehen.

»Detectice Delafield, ist der Mann namens Kyle Jensen, den Sie verhört und anschließend verhaftet haben, in diesem Gerichtssaal anwesend?«

»Ja, er ist hier«, Kate deutete auf Kyle Jensen. »Er sitzt links neben dem Verteidiger.« Jensen blickte hoch, aber seine rhombenförmigen blauen Augen sahen durch sie hindurch, als wäre der Zeugenstand leer.

»Für das Protokoll — die Zeugin hat den Angeklagten identifiziert«, sagte Linda Foster. »Keine weiteren Fragen.«

Kate spürte, wie sie sich vor Anspannung verkrampfte, als Kenneth Pritchard auf den Zeugenstand zukam. Sie lehnte sich in ihrem Stuhl zurück, um einen gegenteiligen Eindruck zu erwecken.

Kenneth Pritchard sah sie so gleichgültig an, als hätte er sie noch nie zuvor gesehen. Kate verstand, daß alle Freundlichkeiten zwischen ihnen der Vergangenheit angehörten. Jetzt war sie der Feind. »Detective Delafield, mit wem außer dem Angeklagten haben Sie im Hollywood Presbyterian Hospital gesprochen?«

»Ich habe mit dem Empfangsangestellten, dem behandelnden Arzt Dr. Henry Mercer und mit dem Streifenbeamten Dale Morrissey gesprochen.«

»Wußten Sie, daß der Angeklagte unter Medikamenteneinfluß stand?«

Sie konzentrierte sich darauf, nur auf die Fragen zu antworten. »Ja, das wußte ich.«

»Woher wußten Sie das?«

»Von Dr. Henry Mercer.«

»Was hat er Ihnen gesagt?«

»Einspruch, Hörensagen«, protestierte Linda Foster.

»Abgelehnt. Ms. Foster, dies ist eine Vorverhandlung. Detective, beantworten Sie die Frage.«

Kate sagte: »Dr. Mercer unterrichtete uns über die verabreichten Medikamente und erklärte, daß aus ärztlicher Sicht nichts gegen eine Befragung des Angeklagten einzuwenden sei.«

»Hat der Angeklagte im Krankenhaus über Schmerzen geklagt?«

»Ja. Ich habe daraufhin die Befragung abgebrochen.«

»Als Sie den Angeklagten in seinem Krankenhauszimmer befragten, haben Sie ihn da auf die Mirandarechte hingewiesen?«

Vorsichtig sagte sie: »Dazu bestand keine Veranlassung.«

Pritchard lächelte. »Wann haben Sie Kyle Jensen verhaftet?«

»Um zehn Uhr siebenundzwanzig am selben Abend.«

»Wo haben Sie ihn verhaftet?«

»Im Verhörraum des Wilshire Reviers.«

»Wie kam es, daß Mr. Jensen sich in diesem Verhörraum aufhielt?«

»Er kam freiwillig aufs Revier.«

»Sie meinen, er ist einfach so von der Straße hereinspaziert, Detective?«

»Er erklärte sich damit einverstanden, mit einem Streifenwagen vom Hollywood Presbyterian Hospital abgeholt zu werden.«

»Tatsächlich. Hat er während des Verhörs über Schmerzen geklagt?«

»Ja.«

»Stand er unter Medikamenteneinfluß?«

»Ja.«

»Wann hat er diese Medikamente bekommen?«

»Als er darum bat, und zwar, nachdem er die Einzelheiten des Mordes gestanden und erfahren hatte, daß er sie wiederholen sollte.«

»Danke, Detective.« Pritchard lächelte zuversichtlich.

Foster hatte recht gehabt, dachte Kate, als sie zu ihrem Platz zurückging. Pritchards Fragen waren darauf angelegt, Jensens Geständnis für ungültig zu erklären. Und darauf, sie einzuschüchtern.

»Euer Ehren«, sagte Linda Foster. »Die Staatsanwaltschaft hat keine weiteren Zeugen. Wir beantragen, das Verfahren gegen den Angeklagten zu eröffnen.«

»Euer Ehren«, sagte Kenneth Pritchard. »Die Verteidigung beantragt, das Verfahren einzustellen, weil die Staatsanwaltschaft den Nachweis für die in der Anklageschrift vorgetragenen Punkte schuldig geblieben ist.«

»Ihr Antrag wird zur Kenntnis genommen und abgelehnt, Mr. Pritchard«, sagte Richter Torgeson. »Aufgrund der von der Anklage vorgetragenen Verdachtsmomente halte ich es für wahrscheinlich, daß ein Verbrechen begangen wurde, und daß dieses Verbrechen vom Angeklagten verübt wurde. Der Angeklagte wird an das Schwurgericht überstellt, der Termin des Gerichtsverfahrens —«

»Euer Ehren«, sagte Kenneth Pritchard. »In Anbetracht der Tatsache, daß mein Mandant nicht in der Lage ist, Kaution zu stellen, und angesichts der Beweislage zu seinen Gunsten, beantragt die Verteidigung ein schnelles Verfahren.«

»Ein schnelles Verfahren«, murmelte der Richter. »Sie haben Ideen.«

Unter dem leisen Gelächter des Publikums konsultierte er einen Terminkalender. »Richterin Alicia Hawkins hatte gerade drei Wochen Feuerpause gehabt. Beginn 8. Mai. Höre ich irgendwelche Einwände?«

Einige Minuten später war der Termin festgesetzt. Das Gericht zog sich zurück. Die Verhandlung war beendet.

»Es lief gut«, sagte Linda Foster im Gang vor dem Gerichtssaal.

Kate nickte. Ein Gerichtssaal war wie ein Schlachtfeld, wie eine Bühne für ein brutales Feuergefecht, das nach den Regeln eines hochzivilisierten Schachspiels ausgetragen wurde. Einige Züge erfolgten automatisch, wie das Vorverfahren, um den eigentlichen Kampf vorzubereiten.

»Es gab eine Überraschung«, sagte Kate. »Es ist derselbe Kenneth Pritchard, den ich von früher kenne. Er hat zum Strafrecht gewechselt.«

Linda Foster zuckte die Achseln. »Ja, und?«

9

Am Samstag, zwei Wochen vor der Gerichtsverhandlung gegen Kyle Jensen, saß Kate um Viertel vor zwei morgens in ihrem Nova vor dem *Tradition*. Sie trug Jeans und Turnschuhe, dazu ein graues Polizei-Sweatshirt und nippte an einem Pappbecher Kaffee, den sie sich im 7-Eleven an der Ecke geholt hatte. Nachdenklich betrachtete sie das geschlossene Restaurant und die benachbarten Geschäfte, deren dunkle Fenster von hochziehbaren Eisengittern geschützt waren. Ihr Wagen war der einzige, der in der menschenleeren Straße parkte. Nur ab und zu fuhr ein Auto vorbei.

Sechs Tage nach dem Mord an Teddie Crawford war sie das letzte Mal hier gewesen. Bei einer nochmaligen Befragung hatte Francisco Caldera ihr anvertraut, daß er nicht mehr in das Restaurant gehen mochte, weil die Küche noch immer mit Teddies Blut getränkt sei. Er konnte sich einfach nicht überwinden, es aufzuwischen oder jemand anders darum zu bitten. »Haben Sie einen Scheuerlappen im Restaurant?« hatte sie gefragt. Noch am selben Abend war sie ins Lokal gegangen, hatte den schwarzverkrusteten Fußboden aufgewischt, die blutbespritzten Schränke und Wände gereinigt, bis die Küche wieder weiß und makellos war. Es war nicht das erste Mal, daß sie so etwas nach einem Mordfall getan hatte.

Am Montag würde sie sich mit Linda Foster treffen, um mit ihr die Vorgehensweise bei der Verhandlung zu besprechen. Die toxikologischen Berichte lagen jetzt vor. Charlotte Mead hatte ihre Blutspurenanalyse abgeschlossen. Linda Foster hatte diese Berichte ebenso bekommen wie Kenneth Pritchard. Es war das übliche Verfahren, ein Teil des Offenlegungsprozesses, der von der Staatsanwaltschaft und der Verteidigung verlangte, sich gegenseitig alle prozeßrelevanten Unterlagen zur Verfügung zu stellen. Die Verteidigung hatte wie gewöhnlich erklärt, über keinerlei relevantes Schriftmaterial zu verfügen.

Was das lückenlose Zusammenfügen der Beweiskette anging, unterschied sich diese Ermittlung in keiner Weise von anderen Ermittlungen — außer daß Kate diesmal selbst Aufgaben übernommen hatte, die sie sonst gemeinsam mit Taylor ausgeführt oder an andere Mitarbeiter delegiert hätte. Sie führte noch immer Befragungen durch und versuchte, weitere Einzelheiten in Erfahrung zu bringen. Und es gab ein weiteres Element, das diesen Fall von anderen unterschied. Sie hatte den unwiderstehlichen Drang gehabt, zu dieser Uhrzeit, an diesem Wochentag hier zu sein — in der Todesstunde, am Todestag von Teddie Crawford.

Da sie die Ermittlungen in diesem Mordfall leitete, war Teddie ihr praktisch schutzlos ausgeliefert, in einer unheimlichen Intimität, vor der es kein Entrinnen gab. Sie hatte seinen nackten Körper einer kritischen Betrachtung unterzogen. Sein Heim und sein Leben waren zum Gegenstand ihrer Nachforschungen geworden. Da sie seine Familie, seine Freunde, seine Liebhaber, seine Sachen gründlich untersucht hatte, wußte sie inzwischen, daß Teddie nichts von Heimlichkeiten und Versteckspielen gehalten hatte. Sie kannte die ebenso liebenswürdige wie chaotische Kraft seiner Persönlichkeit, die Extravaganz seines Lebensstils, seine Vorliebe für auffällige Kleidung, seinen scharfen Verstand. Sie hatte erfahren, daß er romantisch, großzügig und bestechend optimistisch gewesen war.

Um mit absoluter Gewißheit vor Linda Foster und — was noch wichtiger war — vor die Geschworenen treten zu können, mußte sie ein letztes Steinchen in das Mosaik einfügen. Sie mußte mit eigenen Augen sehen — verstehen — was in der Küche des *Tradition* geschehen war. Es mit jeder Faser ihres Körpers verstehen.

Sie fuhr in die dunkle Gasse hinter dem *Tradition* und stieg aus dem Auto. Die Restaurantschlüssel in der Hand, schloß sie für einen kurzen Moment die Augen. »Ich bin Teddie Crawford«, flüsterte sie.

Sie steigt vom Rücksitz des Motorrads, mit dem Kyle Jensen sie hergefahren hat. Geht vor Kyle her zur Hintertür ihres Restaurants, schließt auf. Schaltet das Licht an und sieht voll Stolz auf ihre makellose Küche. Kann es kaum erwarten, Kyle das übrige Lokal zu zeigen, das sie und Francisco so liebevoll eingerichtet haben.

Kyle möchte erst ein bißchen Koks schnupfen. Auch gut. Ich genieße den Anblick dieses gutaussehenden Mannes, schaue ihm zu, wie er die Lederjacke von den breiten Schultern streift. Betrachte seinen Körper, während er einige Lines vorbereitet. Okay, ich werde auch ein bißchen probieren, um ihm Gesellschaft zu leisten. Ich will kein Spielverderber sein.

Aber jetzt kann ich ihm endlich mein Restaurant zeigen. In dem schwachen Licht, das durch die Küchentür fällt, sieht es wunderschön aus, voll märchenhafter Schatten, still und romantisch — aber ich will doch das Licht anmachen, damit Kyle alles gut erkennen kann. Kyle, ich habe dir ja erzählt, wie Francisco und ich dieses Lokal entdeckt haben ... Es hat so viel Spaß gemacht, es einzurichten, die Tische auszusuchen, die Stühle, Stoffe ... Bei einer Versteigerung habe ich hundert Servietten gekauft, spottbillig, nur zehn Cent das Stück. Fühl mal den Stoff, ist er nicht wundervoll? Die Gäste sind ganz vernarrt in diese impressionistischen Bilder, findest du nicht auch, daß sie dem Lokal ein ganz besonderes Flair geben?

Laß mich das Licht wieder ausmachen. Setz dich mit mir an einen Tisch, Kyle, genieß die Atmosphäre, die Romantik hier drin ... Schau, die Fenster, wie die hauchdünnen Vorhänge das einfallende Licht der Straßenlampen dämpfen. Nimm meine Hand, Kyle ...

Komm schon, Mann, spar dir deine Hetero-Nummer. Darauf hab' ich keinen Bock. Komm zur Sache. Wem willst du was vormachen? Du wolltest Koks und du wolltest mich. Also tu nicht so, als wärst du nicht schwul. Du bist schwul, Mann, so schwul wie ich.

Warte mal, wo zum Teufel gehst du hin? Was willst du in meiner Küche? Verschwinde da. Verschwinde aus meinem Restaurant.

Ein schrecklicher Irrtum. Ich muß ihn hier irgendwie rauskriegen, mein Gott, er ist zweimal so groß wie ich.

Laß mich in Ruhe. Oh Gott, diese winzige Küche ... Ich sitze in der Falle. In der Falle. *Warte, nein ... Nimm, was du willst, nur laß mich ... bitte nicht ... nein ...*

Sie kauerte sich auf den kalten Fliesenboden der klaustrophobischen Küche, den Rücken gegen die Wand, sah den Mann sich verzweifelt auf dem Boden hin und her winden, mit dem Kopf gegen die Wand schlagen, während er sich in der kleinen Küche hin- und herwälzt und versucht, sein Gesicht und seinen Oberkörper vor dem zustechenden Messer zu schützen. Kyle Jensen wirft sich auf ihn, setzt sich rittlings auf seinen Körper und drückt sein Gesicht auf den Boden, während er das Messer wieder und wieder in den zuckenden Leib unter sich stößt, bis ...

Jensen hat aufgehört, er steht auf, seine Jeans blutrot verfärbt, naß und warm vor Blut. Stöhnen, der Mann am Boden rollt sich auf den Rücken, versucht, seine schwachen Hände auf die Wunden zu pressen ...

Sie starrte zur Decke. Die weiße Helligkeit – das letzte Bild vor den verlöschenden Augen von Teddie Crawford.

Kate erhob sich, schaltete das Licht aus, kauerte sich wieder auf den Boden und saß mit dem Rücken gegen die Wand, in absolute Dunkelheit gehüllt.

Sie fühlte seine Angst. Sein Entsetzen, als sein Leben langsam verebbte. Die visuelle Wahrnehmung ausgeschaltet, hörte sie auf das, was das Haus ihr erzählte. Versuchte zu hören, was Teddie Crawford in den letzten Sekunden seines Lebens gehört hatte – das Knarren von Holz, das Summen des Kühlschranks, den gedämpften Lärm der Stadt. Vertraute Geräusche für den Mann, der hierher gehört hatte, hierher an diesen Ort, an dem er sich sicher gefühlt hatte, wo er Bestätigung gefunden hatte, wo er selbstbewußt und stolz gewesen war. Bis ein blutrünstiger Fremder kam.

Sie stand auf und drehte das Licht an. Dann zog sie einige Fotos aus einem Umschlag in ihrer Umhängetasche und breitete sie auf dem Tisch aus. Fotos von Teddie Crawfords Leiche, inmitten von riesigen Blutlachen. Obduktionsfotos von Teddie Crawfords nacktem Körper, dessen fahler Torso mit dunkelroten Malen übersät war. Kriminaltechnische Fotografien des Messers, das man in Jensens Motorrad gefunden hatte, blutig von der Klingenspitze bis zum Griff. Ein weiteres Laborfoto von Jensens Jeans, so blutgetränkt, daß selbst die weißen Shorts, Gegenstand einer anderen einzelnen Fotografie, sich hellrot verfärbt hatten.

Sie wußte jetzt mit absoluter Gewißheit, daß Teddie Crawford das Messer nie in der Hand gehalten hatte. Es niemals auch nur angerührt hatte, weder um Jensen zu bedrohen, noch um sich zu verteidigen. Es lag nicht in seiner Natur. Es war Kyle Jensen, der Teddie Crawford angegriffen hatte, in unmißverständlicher Absicht. Kyle Jensen, der rittlings auf einem Männerkörper gesessen und mit einem Messer wieder und wieder in diesen Körper gestoßen hatte, bis seine aufgestaute Lust sich erschöpft hatte.

»Teddie«, flüsterte sie und nahm eine vergrößerte Aufnahme des schönen Gesichts hoch. »Was um alles in der Welt ist geschehen, als Kyle Jensen *das erste Mal* mit dem Messer auf dich losging? Wie kam es zu den Verletzungen an seinen Händen?« Aber die Antwort lag für immer hinter den blinden, dunklen Augen verborgen, die leblos zur Decke starrten.

Sie sammelte die Fotos ein und steckte sie wieder in den Umschlag. Sie war darauf vorbereitet, Linda Foster gegenüberzutreten – abgesehen von dieser einen entscheidenden Frage. Da Jensen das Messer als erster in der Hand gehabt hatte und nicht Teddie, waren die Abwehrwunden an Teddies Händen problemlos zu erklären. Aber wie war Jensen zu seinen schweren Verletzungen gekommen?

»Sie sind heute mein einziger Gast, deshalb habe ich auf das Affenkostüm verzichtet«, sagte Linda Foster. Sie klappte den Deckel der Kaffemaschine zu und schaltete sie ein.

Kate stellte einen Aktenordner auf die Schreibtischkante und dachte, daß Linda Foster auch in ihren taubenblauen Hosen und dem weißen Kashmir-Pullover mit V-Ausschnitt stahlhart und unbeugsam wirkte. Sie zuckte die Achseln unter ihrer Kordjacke und sagte: »Ich werd's mir auch bequem machen.«

»Tun Sie das«, sagte Foster abwesend, ihre Augen auf die

dicke Fallakte geheftet, die aufgeschlagen vor ihr auf dem Schreibtisch lag. Ihre schlanken Finger fuhren über das Inhaltsverzeichnis.

»So. Ich habe alles Wort für Wort studiert. Ich denke, das Wichtigste ist, daß wir es irgendwie schaffen, Mr. und Mrs. Amerika auf der Geschworenenbank davon zu überzeugen, daß Teddie Crawford ein stinknormaler Bürger war, meinen Sie nicht?«

Kate, die auf dem Stuhl gegenüber von Linda Foster Platz genommen hatte, setzte sich kerzengerade: »Sie meinen, wir sollten die Tatsache, daß er schwul war, herunterspielen?«

Ihr Tonfall ließ Linda Foster aufsehen. »Kate, worauf es vor allem ankommt, ist, daß es uns gelingt, die Geschworenen zu erreichen. Man braucht nicht viel Phantasie, um sich Pritchards Strategie vorzustellen. Der heterosexuelle Angeklagte als anständiger Junge. Der perverse Homosexuelle, der kriegt, was er verdient hat.«

»Also die klassische Verteidigungsstrategie — Panikreaktion auf Homosexuelle«, sagte Kate mit gelassener Stimme und zwang sich zur Ruhe.

»Nun ... nicht ganz. Die reine Affekt- oder Panikreaktion gegenüber Homosexuellen würde einen klinischen Nachweis erfordern. Eine belegte Psychose, einen Beweis, daß jemand einen inneren Panikzustand mit einer gewalttätigen Reaktion abzuwehren versucht — was sehr schwer zu beweisen ist. Man braucht einen nachweisbar psychisch gestörten Mandanten.«

Kate rückte ihr Pistolenhalfter zurecht und lehnte sich erleichtert in ihrem Stuhl zurück. Diese Frau hatte einige Nachforschungen angestellt und wußte, wovon sie sprach. »Letztes Jahr gab es so einen Fall«, sagte Kate. »Der Mörder wurde wegen Totschlags verurteilt, aber der Richter sagte, daß das homosexuelle Opfer aufgrund seiner verabscheuungswürdigen sexuellen Annäherungsversuche für seinen Tod selbst verantwortlich sei.« Kate hatte von dem Fall im *Advocate* gelesen. Sie beschloß, die betrübliche Tatsache unerwähnt zu lassen, daß diese Äußerungen von einem Richter in San Francisco stammten.

»Ich kenne den Fall«, sagte Foster. »Und einen weiteren wirklich unglaublichen Fall aus Kalamazoo, wo die Geschworenen mit »Nicht schuldig« zurückkamen, obwohl der Angeklagte sein Opfer zuerst halb tot geschlagen hatte, dann zurückkam und ihm mit einem Vorschlaghammer den Rest gab.« Sie deutete auf einen Stapel Fotokopien auf ihrem Schreibtisch. »Es gibt eine ganze Reihe solcher Fälle, Kate, und ich muß Ihnen sagen, daß der Vorwurf eines homosexuellen Annäherungsversuchs häufig sogar ohne jeden Beweis vorgebracht wird. Die Mistkerle denken es sich aus, nachdem sie jemanden umgebracht haben. Und die Verteidiger glauben es und lassen es mit einfließen, in der Hoffnung, daß irgendein Spießer in der Jury es ihnen abkauft und sie ein milderes Urteil und ein niedrigeres Strafmaß rausschlagen.«

Kate fragte in beiläufigem Ton: »Würden Sie so was auch verwenden?«

»Ich?« Foster grinste. »Nur bei schwulen Männern, die schöner sind als ich. Mir reicht der weibliche Konkurrenzkampf. Ich muß sagen, daß ich diese Art von Verteidigungsstrategie wirklich bedenklich finde, obwohl ich normalerweise keine moralischen Skrupel habe, wenn ein Anwalt keine handfesten Beweise vorbringen kann. Aber Mord ist eine etwas übertriebene Reaktion auf ein sexuelles Angebot. Mal im Ernst. Laß ihn aufgebracht sein, meinetwegen angeekelt. Aber jemanden deswegen umbringen? Ich würde das keinem Mandanten abkaufen, da müßte er sich schon jemand anderen suchen.«

Kate lehnte sich vor. »Linda, warum glauben Sie, daß wir nicht auch der Jury klar machen können, was Sie gerade gesagt haben?«

»Weil ich nicht Gregory Peck bin.«

Kate sah sie an.

»*Wer die Nachtigall stört* — Gregory Peck, der eine weiße

Jury von der Unschuld eines Schwarzen überzeugen will, erinnern Sie sich? Für Mr. und Mrs. Amerika sind Homosexuelle eine andere Spezies. Ganz zu schweigen von AIDS. Wenn Pritchard mit seiner Strategie durchkommt, wird die Jury überzeugt sein, daß Jensen einen von *denen* umgebracht hat, nicht einen von *uns* — und daß es Schlimmeres gibt.«

»Ihre Argumente sind sehr überzeugend, Linda«, sagte Kate ruhig. »Aber ich muß Ihnen sagen, daß ich es für einen Fehler halte, wenn Sie versuchen, Teddie als jemanden zu rechtfertigen, der für eine weiße Jury akzeptabel ist.«

Foster stand auf, goß Kaffee ein. »Ich höre.«

»Wissen Sie, was die Bezeichnung *Tunte* unter Homosexuellen bedeutet?«

»Männer in Frauenkleidern, richtig?«

»Manchmal, aber nicht immer. Meistens sind es Männer, die ihre femininen Eigenschaften herausstellen, Männer, die sich offen zu ihrer Homosexualität bekennen. Linda — Teddie Crawford war eine Tunte.«

»Ist das eine gute Nachricht?« Foster reichte Kate einen Becher mit dampfendem Kaffee hinüber.

Kate lächelte. »Ja, eigentlich schon. Wenn Teddie keinen Hehl aus seiner Homosexualität machte, warum sollte Jensen so schockiert gewesen sein, als Teddie ihm Avancen machte — *wenn* er es tat? Ich denke, wir *müssen* von Anfang an darlegen, daß Teddie schwul war. Ganz offen schwul, demonstrativ schwul. Nur so können wir beweisen, daß Jensen genau wußte, was Teddie war, und ihn sich bewußt als Opfer ausgesucht hat.«

»Selbst wenn uns das gelingen würde, Kate — wir hätten noch immer eine Jury, die möglicherweise leicht davon zu überzeugen ist, daß der Mann einfach die Kontrolle verloren hat, als es zum konkreten Sexualakt kommen sollte. Geschworene, die denken könnten, daß es ihnen unter solchen Umständen genauso ergangen wäre.«

»Sie wollen Teddie zu einem normalen Durchschnittsbürger

machen?« forderte Kate sie heraus. »Dann tun Sie das. Teddie war ein ganz normaler Bürger, und wie viele normale Bürger hat er einen erwachsenen Menschen in einer Bar kennengelernt. Er mußte glauben, daß der Mann, den er dort traf, dasselbe Interesse hatte wir er. Er verließ die Bar in Begleitung dieses Mannes, in der Erwartung, einen netten Abend zu verleben. Als Kyle Jensen einwilligte, mit ihm ins *Tradition* zu kommen, durfte Teddie zu Recht annehmen, daß Jensens Erwartungen in dieselbe Richtung gingen wie seine eigenen. *Weil* Teddie Crawford ein normaler Bürger war. Ein normaler schwuler Bürger.«

»Hört sich für mich ziemlich wacklig an.« Foster grinste sie an. »Aber Pritchard wird sicher nicht damit rechnen. Wir haben aber noch immer das Problem von Jensens Abwehrwunden.«

Kate war zufrieden mit Fosters bisheriger Reaktion und akzeptierte den Themenwechsel, auch wenn sie wußte, daß die Strategiediskussion noch nicht beendet war. Sie nahm den Ordner vom Schreibtisch und schlug ihn auf.

»Da ist etwas Merkwürdiges mit den Verletzungen, Linda. Ich habe Doktor Mercer gebeten, die Schnittwunden aufzuzeichnen. Es sind nicht die Wunden, die man erwarten würde, wenn zwei Leute um ein Messer kämpfen und die Waffe dabei immer wieder abrutscht. Es sind einige sehr tiefe und schwere Schnitte.«

Kate reichte Linda Foster die Zeichnungen. »Ich habe hin und her überlegt, was es mit diesen Verletzungen auf sich hat. Sie machen einfach keinen Sinn als Abwehrwunden. Warum ist da ein Schnitt zwischen Daumen und Zeigefinger der rechten Hand und nicht an der Handfläche? Warum sollte ein Mann, der so stark und kräftig ist wie Jensen, Teddie das Messer erst entwinden können, nachdem er ihm fast den Daumen abgetrennt hat? Ganz zu schweigen von den anderen Verletzungen?«

»Während eines Messerkampfes kann es zu allen möglichen Verletzungen kommen«, sagte Foster. »Und vielleicht hat die

Angst Teddie mehr Kräfte verliehen als seine Statur ahnen läßt. Sie wissen, daß das oft geschieht.«

»Wie konnte er sich an der Außenseite der Handfläche verletzen?« beharrte Kate. »Wie konnte er —«

»Schauen Sie, ich glaube auch, daß das wichtig sein könnte. Mein, ähm —« Sie sah Kate an. »Wie nennen *Sie* den Menschen, mit dem Sie zusammenleben? Ich hasse das Wort Geliebter, es ist zu persönlich. Und von den geläufigen Alternativen wird mir regelrecht schlecht.«

»Begleiter oder Partner«, sagte Kate grinsend.

»Begleiter sind etwas für alte Damen. Mein Partner schnitzt in seiner Freizeit. Er könnte uns ein Duplikat von dem Messer machen, aus Sperrholz oder sowas. Vielleicht können wir den Tathergang nachstellen, ein plausibles Szenario entwerfen, wie Jensen sich diese Verletzungen geholt hat, um es der Jury zu erklären.«

»Ich habe so was ähnliches in einem anderen Mordfall gemacht, bei dem es auch um ein Messer ging«, sagte Kate und erinnerte sich an eine Mordermittlung, die sie vor einigen Jahren in einem Wolkenkratzer in Wilshire durchgeführt hatte.

»Hat es geholfen?«

»Nein.«

»Das ist beruhigend.«

Kate sagte grinsend: »Aber ich habe den Mörder erwischt.«

»Daran habe ich keine Sekunde gezweifelt«, murmelte Linda Foster, nippte an ihrem Kaffee und musterte Kate über den Rand ihrer Brille hinweg.

10

In der Nightwood Bar waren um neun Uhr abends ungefähr zwanzig Stammgäste versammelt, die meisten davon vertraute Gesichter für Kate. Am hinteren Ende der Theke spielten vier Frauen eine Partie Scrabble. Drei andere hatten es sich vor dem Bücherregal bequem gemacht und schmökerten. Zwei weitere waren mit einem Videospiel beschäftigt. Der Rest saß entspannt oder ins Gespräch vertieft an den Tischen. Aus der Musikbox klagte Patsy Cline: *I Fall to Pieces.*

Kate bahnte sich unauffällig ihren Weg durch den Raum, erwiderte lächelnd den Gruß einiger Frauen und schwang sich auf einen Barhocker. Sie grinste Maggie Schaeffer an, die breitbeinig hinter der Theke stand. Sie trug Nike-Turnschuhe, hatte die Arme verschränkt und warf Kate einen kritischen Blick aus ihren tiefliegenden dunklen Augen zu. Die silbernen Buchstaben auf ihrem lavendelfarbenen Sweatshirt — DYKE POWER — hatten dieselbe Farbe wie das kurzgeschorene Silber ihres Haars. Von einer Zigarette, die hinter ihr in einem Aschenbecher lag, kringelte sich träge Rauch empor.

»Das Übliche?« fragte Maggies sanfte Stimme, die so gar nicht zu der burschikosen, selbstsicher wirkenden Besitzerin zu passen schien.

Kate knöpfte ihr Jackett auf und streckte ihre schmerzenden Schultern. »Heute bitte einen doppelten.«

Eine junge Frau mit Schirmmütze schwang sich auf den Barhocker neben Kate. Trotz des kühlen Maiabends trug sie ein ärmelloses T-Shirt, das in einer abgeschnittenen Jeans steckte. »Ein doppelter *ist* das Übliche bei dir«, sagte sie.

Kate gab einen hörbar übertriebenen Seufzer von sich und sagte: »Hallo, Patton.« An Maggie gewandt fuhr sie fort: »Unter diesen Umständen bitte ich um eine Verdopplung meines üblichen doppelten.«

Maggie goß bereits freizügig Cutty Sark in ein mit Eiswürfeln gefülltes Glas. »Verzieh dich, Patton. Unsere Lieblingspolizistin hatte offenbar einen schlechten Tag.«

Eine stämmige Latina in Weste und Lederhosen setzte sich auf den Barhocker links neben Kate. »Ein Bulle? Diese Frau ist tatsächlich ein Bulle? Was für Kroppzeug läßt du in unsere Bar, Maggie?«

»Ich laß sogar Lesben rein, Tora«, sagte Maggie, legte eine Serviette vor Kate auf die Bar und stellte den Drink darauf.

Grinsend wandte sich Kate an Tora und schlug in die zum Gruß ausgestreckte Hand ein.

»Dieses Lokal ist völlig verkommen«, sagte Raney, eine der zwei Schwarzen, die hinter Kate aufgetaucht waren. »Maggie hat sogar *uns* reingelassen.« Audie, die andere Schwarze, schlang einen pummeligen Arm um Kate und drückte sie kurz zur Begrüßung.

Kate saß seitlich auf ihrem Barhocker und sah lächelnd in die Gesichter der fünf Frauen, die sie umringten. Nach einer langen Sitzung mit Linda Foster war sie ganz spontan zu Maggies Bar gefahren, irgendwie war ihr Bedürfnis, hier zu sein, stärker gewesen als die Aussicht auf die speziellen Tröstungen Aimees. Diese strahlenden Gesichter, diese Wärme und Verbundenheit waren genau das, was sie hier zu finden gehofft hatte.

»Warum die doppelte Giftdosis?« fragte Patton. »Sind die Mordgeschäfte in der Flaute?«

»Nie.« Sie spürte das vertraute Brennen des Scotch in ihrer Kehle, die sich wohlig ausbreitende Wärme in ihrem Körper. Heute spürte sie die Wirkung sogar noch schneller als sonst: sie hatte den Tag über kaum etwas gegessen. »Der Teddie Crawford Fall«, sagte sie.

Die fünf Frauen verstummten schlagartig und sahen sie erwartungsvoll an. Sie alle verfolgten gespannt jede Phase des Falles, wie die ganze Schwulen- und Lesbengemeinschaft. Die *Los Angeles Times* hatte überraschenderweise einen Artikel über den bevorstehenden Prozeß veröffentlicht, und einige schwule Reporter aus der Umgebung von Los Angeles hatten bei Kate angerufen und sie um ihren Kommentar gebeten. Außer der Erklärung, daß der Fall mit allen zur Gebote stehenden Mitteln verfolgt würde, hatte sie nichts sagen können.

Kate sagte mit belegter Stimme: »Wir haben heute die Auswahl der Geschworenen abgeschlossen.«

»Aha«, sagte Maggie.

»Auswahl der Geschworenen«, schnaubte Patton verächtlich. »Du meinst, ihr habt die Leute für das Femegericht gewählt, oder um es anders auszudrücken, die Böcke zu Gärtnern gemacht?«

Kate schwenkte die Eiswürfel in ihrem Whiskeyglas und schloß einen Moment lang die Augen, um den Duft des frischgekochten Kaffees einzuatmen, der von Maggies Kaffeemaschine zu ihr herüberzog. Sie bemerkte, daß Raney einen Hauch von Aramis verströmte — sie kannte das Parfüm von einem Polizeibeamten, der öfter darin zu baden schien. Die Musikbox spielte Whitney Houston *All At Once*.

Patton rieb mit den Händen über ihre nackten Schenkel. »Hab' ich das richtig erfaßt? Die Femeleute können einfach nicht verstehen, warum man wegen eines toten Schwuli-Schweins einen Prozeß veranstalten sollte.«

»Patton, halt ein einziges Mal deinen Mund«, sagte Maggie mit einem Blick auf Kate. »Die Frau ist todmüde und erschöpft. Sie hat uns schon gesagt, daß sie nichts zu dem Fall sagen darf.«

»Die Wahl der Geschworenen ist öffentlich, Maggie.« Sie würde das Angebot nicht nutzen. »Ich kann darüber reden.«

Kate heftete ihre Augen auf die goldene Flüssigkeit in ihrem Glas. »Die Staatsanwältin hat jedem potentiellen Geschworenen eine grundsätzliche Frage gestellt: Glauben Sie, daß ein Homosexueller genauso viel wert ist wie jeder andere Mensch?«

»Blöde Frage«, kommentierte Tora und stemmte die Hände in die Hüften. »Wo doch jeder weiß, daß wir nichts als Abschaum sind.«

Kate lächelte nicht. Sie sah noch immer die Gesichter der Geschworenen vor sich, Gesichter, in denen sich kein Haß, sondern tiefes Unbehagen und angestrengte Toleranz gespiegelt hatten. »Vier Leute meinten, wir wären psychisch krank. Vier weitere sagten, wir würden keine Probleme haben, wenn wir nicht länger darauf beharren würden, normal zu sein und uns einfach ganz still verhielten.« Kate nahm einen großen Schluck von ihrem Scotch und sah wieder Linda Foster vor sich, wie sie mit stoischem Gleichmut einen potentiellen Geschworenen nach dem anderen befragte und ablehnte.

»Na logisch«, erklärte Patton. »Sogar dieser reizende Papst sagt, es sei okay, wenn wir uns lieben, solange wir uns nicht *anfassen*.«

Audie strich mit einer flüchtigen Bewegung über Raneys stoppeligen Grace-Jones-Haarschnitt. »Das klingt vernünftig, findest du nicht, Liebes? Wir wollen uns niemals anfassen, einverstanden?«

Raneys bühnenreifes Stöhnen entlockte Kate ein Lächeln. Sie fuhr fort: »Eine Frau konnte einfach nicht begreifen, daß wir uns das Leben so schwer machen, wo wir doch ganz einfach losgehen und uns kurieren lassen könnten.«

Audie nickte salbungsvoll mit dem Kopf. »Sag einfach nein. Hörst du, Raney-Maus?«

Raney stöhnte erneut. »Audie«, sagte Kate grinsend, »was sagst du zu dem Skandal, daß die Homos in den Schulen den kleinen Kindern das Schwulsein beibringen?«

»Klar, das ist so«, entgegnete Audie, die als Kindergärtnerin arbeitete. »Schwulfach 101 — Handarbeit und Werken.«

»Hör zu«, sagte Patton in das Gelächter hinein. »Laßt uns ein Femegericht für Kate zusammenstellen und diese blöde Verhandlung hinter uns bringen.« Während Diana Ross zu *Where Did Our Love Go* ansetzte, sprang Patton von ihrem Barhocker und fing an zu tanzen. »Okay, jetzt alle — wer soll die Schleimtasche von einem Richter sein?«

»Jesse Helms«, klang es im Chor.

»Yeah, yeah, yeah«, krähte Patton. »In der Jury ha'm wir ganz gewiß noch Danne-meyer, Dor-nan, A-ni-ta Bry-ant.« Sie schnippte mit den Fingern den Takt, während sie tanzend ihren Sprechgesang intonierte.

»William F. Buckley«, sagte Kate lachend, während sie sich im ansteckenden Rhythmus der Musik wiegte. »Für den Typ, der Buckleys Ansicht zustimmte, daß man uns alle tätowieren sollte.«

»Vier, wir haben jetzt vier«, trällerte Patton und zählte an ihren Fingern ab, während sie sich drehte.

»Patrick J. Buchanan«, schlug Tora vor und schloß sich Pattons Tanztruppe an.

»Yeah, yeah — das sind fünf«, Patton ging in die Knie und ließ die Hüften kreisen. »Und dieser Kardinal von der Ostküste — wie heißt er gleich? Sechs. Hey, wir müssen unbedingt noch Phyllis Schlafly und ihr sagenumwobenes Haarspray dabeihaben. Sieben!« grölte sie. »Höre ich irgendwo acht?«

»Eddie Murphy und Andrew Dice Clay«, sagte Raney und legte einen fetzigen Steptanz aufs Parkett.

»Neun. Drei brauchen wir noch — und zwei Ersatzleute«, sagte Kate, während sie mit den Händen den Takt schlug.

»Leicht«, sagte Maggie, die ihren eigenen steifbeinigen Boogie hinter der Bar vollführte. »Die Supremes.«

»Unsere Diana Ross?« schrie Raney empört, hörte auf zu tanzen und deutete vorwurfsvoll auf die Musikbox. »Das geht nun doch zu weit.«

»Nein, du Torfkopf«, sagte Tora freundlich und stampfte energisch mit ihren Cowboystiefeln zu den ausklingenden Takten des Liedes. »Diese fünf Schwachköpfe vom Supreme Court, die sagen, daß wir nicht zählen.«

»Yeah, genau. Siehst du, Kate«, Patton ließ sich wieder auf den Barhocker fallen und rieb sich befriedigt die Hände. »Schon hast du einen Richter und eine Jury, die alles über unser Leben wissen. Perfekt.«

Als das Lied zu Ende war, belohnten die anderen Frauen in

der Bar den Stegreiftanz mit stürmischem Applaus und pfiffen und johlten um die Wette.

Kate, die mit ihnen applaudierte, sagte: »Vielen Dank euch allen, die ihr euch darum bemüht habt.«

Audie schlang einen Arm um Raney. »So ... Und was für eine Jury haben wir jetzt tatsächlich gekriegt?« Ihre dunklen Augen fügten hinzu: »*Und was hältst du von dieser Jury?*«

»Sechs Männer, sechs Frauen«, sagte Kate, schnell ernüchtert, und rief sich die Gesichter auf der Geschworenenbank in Erinnerung, die sie so eingehend studiert hatte. »Zwei Frauen als Ersatzgeschworene.«

»Mehr Frauen direkt in der Jury wären wohl besser, oder?« fragte Maggie leise.

Kate nickte. »Das hat die Verteidigung wohl auch gedacht.« Kenneth Pritchard hatte ebenso geschickt taktiert wie Linda Foster. »Von den zwölf sind zwei Männer und zwei Frauen Schwarze, eine Latina, ein Chinese.« Sie fügte hinzu: »Große städtische Jurys bestehen meistens aus älteren Leuten, weil sie oft mehr Zeit haben. Aber in unserer Jury sind drei Männer und eine Frau unter vierzig, und zwei Männer so zwischen zwanzig und dreißig.«

»Das klingt gut«, sagte Raney. »Meinst du nicht?«

»Spießer kriegst du in allen Geschmacksrichtungen«, sagte Patton.

»Da hat Patton recht«, bestätigte Kate.

Aber dachte sie, die Alterszusammensetzung der Jury war ein Gebiet, auf dem Linda Foster eindeutig weiter gedacht hatte als Kenneth Pritchard. Foster hatte ältere Frauen und jüngere Männer ausgewählt, ganz im Sinne von Gloria Steinems Regel, daß Männer mit wachsendem Alter immer konservativer wurden, während Frauen, nachdem ihre Kinder aus dem Haus und selbständig waren, die Welt mit anderen Augen sahen und zu Radikalen wurden. Und die jüngeren Männer in der Jury würden vielleicht für ein gewisses Gleichgewicht sorgen, was die Einschätzung des Kokains anging.

»Die Zusammensetzung der Jury scheint mir repräsentativ zu sein«, kommentierte Maggie.

»Repräsentativ für *was*?« Pattons Stimme hallte durch die Bar. Jede Frau im Raum sah zu ihnen hinüber. Sie zeigte mit dem ausgestreckten Finger auf Kate. »Frag diese Frau — frag diese Frau, wieviele Schwule und Lesben in der Jury sitzen!«

»Patton, ich habe keine Ahnung«, sagte Kate ruhig. »Die Frage wurde nicht gestellt.«

Allerdings hatte Kenneth Pritchard die ihm zur Verfügung stehenden Kontermöglichkeiten — jede Seite durfte eine bestimmte Anzahl von Geschworenen ohne Angabe von Gründen ablehnen — sehr vorsichtig gehandhabt. Gegen Ende des langwierigen Auswahlprozesses hatte Kenneth Pritchard zwei von Linda Foster akzeptierte Geschworene abgelehnt. Er hatte sie abgelehnt — da war Kate sich absolut sicher — weil sie dem homosexuellen Stereotyp entsprachen: die Frau hatte kurzes Haar und trug Männerhosen, und der Mann hatte eine hohe Stimme.

Eine schlanke Latina in einem kastanienbraunen Trainingsanzug gesellte sich zu ihnen und legte einen Arm um Tora. »Na, Kate. Ihr amüsiert euch ja großartig.«

Tora zwinkerte Kate zu und wandte sich an ihre Partnerin. »Ich hab' eine Frage an dich, Ash. Glaubst du, daß Homosexuelle genausoviel wert sind wie andere Menschen?«

»Tja ...« Ash rieb sich grübelnd das Kinn. »Jedenfalls möchte ich nicht, daß meine Tochter so einen heiratet.«

Lachend verstreute die Gruppe sich in der Bar. »Ich weiß, du brauchst deinen Schönheitsschlaf«, sagte Patton zu Kate. »Sonst würde ich dich beim Billard satt machen.«

»Nächstes Mal, Patton«, entgegnete Kate. »Und wir werden sehen, wer wen satt macht.«

Patton schlenderte davon, während Patsy Cline die einleitenden Noten von *Sweet Dreams* trillerte. Maggie meinte: »Wo wir gerade bei süßen Träumen sind — wie geht's Candice Taylor?«

Kate grinste über Maggies Spitznamen für Aimee, eine Zusammensetzung aus Candice Bergen und Elizabeth Taylor — Maggies Einschätzung von Aimees Äußerem. »Für die Dauer des Prozesses kannst du Candice Taylor als Witwe Taylor bezeichnen. Sie ist noch dabei, sich an das Zusammenleben mit einer Kommissarin der Mordkommission zu gewöhnen.«

Maggie fing einen Blick aus der Bar auf, nickte und nahm zwei Biertulpen aus einer Plastikwanne. Während sie die Gläser unter den Zapfhahn hielt, meinte sie: »Kate, sie wird sich solange anpassen, bis du sie an deiner Arbeit teilhaben läßt.«

Seufzend nahm Kate einen weiteren Schluck Scotch. »Schau, Maggie, sie ist wunderschön, weil sie so jung, so neugierig, so naiv ist. Ich erzähle ihr einige Dinge, aber ich werde nicht abends nach Hause kommen und alles Häßliche über ihr ausschütten. Ende der Diskussion.«

Maggies warme, schwielige Hand legte sich auf Kates. »Katie, es tut dir gut, jemanden zu lieben. Das sehe ich. Aber so wie du mit dieser jungen Frau umgehst — dich abschottest — du bist immer noch einsam.«

Kate seufzte erneut und antwortete nicht. Sie hatten dieses Thema schon öfter diskutiert. »Ich muß jetzt zu ihr nach Hause, Maggie. Morgen ist ein wichtiger Tag.«

Maggie stellte das frisch gezapfte Bier auf ein Tablett und lehnte sich über die Bar. Leise sagte sie: »Kate, was diese Geschworenen angeht. Sag mir ehrlich, was du denkst. Haben wir eine Chance?«

Kate leerte ihr Glas, schwenkte die Eiswürfel und sann über die Frage nach. »Ehrlich gesagt — ich weiß es nicht, es gibt keine Möglichkeit, eine Jury wirklich einzuschätzen. Aber ...« Sie dachte an die gelassenen grauen Augen der älteren Dame mit dem energischen Gesichtsausdruck. Sie hoffte, daß diese Frau die Obfrau werden würde. »Vielleicht haben wir Grund zur Hoffnung ... vielleicht ist es eine faire Jury.«

»Fair«, wiederholte Maggie und nahm ihr Tablett hoch. »Ist Fairneß nicht alles, was wir je verlangt haben?«

Zweiter Teil

II

»Ich bitte um Ruhe. Die Sitzung ist eröffnet.«

Im Gerichtssaal Nr.113 im fünfzehnten Stock des über der City von L.A. aufragenden Strafgerichtsgebäudes erstarb auf den Befehl des Gerichtsdieners hin das Gemurmel zahlreicher Unterhaltungen, es wurde still.

Kate, die in der ersten Reihe hinter der Absperrung saß, direkt hinter dem Tisch der Staatsanwaltschaft, sah zu, wie Richterin Alicia Hawkins, einen Stapel Akten unter dem Arm, eintrat und zur Richterbank ging. Ohne einen Blick auf ihr respektvoll schweigendes Publikum zu werfen, nahm sie unter dem gewaltigen Goldemblem des Großen Siegels von Kalifornien Platz. Sie saß genau zwischen der Fahne der Vereinigten Staaten und der Fahne Kaliforniens. Die hohe Rückenlehne ihres Sessels ragte mehrere Zentimeter über ihre dunklen Haare hinaus. Richterin Hawkins griff nach ihrer Lesebrille, die an einer Kette um den Nacken befestigt war, setzte sie auf die Nase und blickte stirnrunzelnd auf ihre Akten.

Kate hatte schon öfter als Zeugin bei Fällen ausgesagt, die vor Richterin Hawkins verhandelt worden waren, und sie wußte, daß Richterin Hawkins eine Frau von rascher, wenn auch ungeduldiger Intelligenz war, die in ihrem Gerichtssaal strikt auf Ordnung hielt. Kate gefiel die Formalität ihrer Verhandlungen. Sie fand, daß die Zwanglosigkeit, die Laxheit mancher Gerichtsverhandlungen die Hoheit der Gesetze abwertete, mit denen die Gesellschaft ihren Code zivilisierten Verhaltens durchsetzte.

Dankbar erinnerte Kate sich an das Verhalten der Richterin bei der Voruntersuchung. Pritchard hatte beantragt, Kyle Jensens Geständnis für nichtig zu erklären und es bei der Hauptverhandlung nicht zu erwähnen. Kate hatte damals drei Stunden lang ausgesagt. Für die Verteidigung war diese Voruntersuchung von entscheidender Wichtigkeit gewesen. Es stand viel auf dem Spiel, denn es bestand die Möglichkeit, daß Kyle Jensens Geständnis bei der Hauptverhandlung nicht als Beweis zugelassen wurde.

Vornehm und überaus höflich war Kenneth Pritchard Kate an die Gurgel gegangen, hatte sie mit hartnäckigen, punktgenauen Fragen nach jedem einzelnen Zusammentreffen mit Jensen überschwemmt. Eine erschöpfende Prozedur, die darauf ausgerichtet gewesen war, ihre Konzentration zu brechen und eine Antwort aus ihr herauszulocken, die einer früheren Aussage widersprach. Richterin Hawkins hatte dem ersten Einspruch von Linda Foster, daß Pritchard seine Fragen wiederhole, stattgegeben. Und von da an hatte Richterin Hawkins ihre eigene Begabung für punktgenaue Details bewiesen. Sie erinnerte sich sogar an Fragen, die Pritchard vor über einer Stunde gestellt hatte, und untersagte jede Wiederholung. Und am Ende der Voruntersuchung hatte sie Pritchards Antrag abgelehnt.

»*Das Volk gegen Jensen*«, sagte Richterin Hawkins knapp. »Aktenzeichen A 9471341. Ist die Verteidigung bereit?«

Kate beobachtete mit steigender Anspannung, wie der untadelig gekleidete Pritchard sich erhob. »Ja, Euer Ehren.« Seine tiefe Stimme hallte in dem stillen Raum nach.

»Ist die Staatsanwaltschaft bereit?«

Linda Foster stand nicht auf. Hastig schrieb sie eine Notiz auf einem gelben Notizblock zu Ende, sah auf und antwortete ruhig: »Ja, Euer Ehren.«

Die Richterin wandte sich dem Gerichtsprotokollführer zu, der unter ihr an seinem Schreibtisch saß, das Gesicht ausdruckslos, die Hände in Bereitschaft über seiner Maschine. Seine Finger tanzten zu ihren Worten: »Gestern haben wir die Berufung und Belehrung der Geschworenen beendet.« Ihr Blick umfaßte die Geschworenenbank. »Guten Morgen, meine Damen und Herren.« Ein kurzes, leuchtendes Lächeln glitt über ihr schmales, dunkles Gesicht. Über die zögernd gemurmelten Antworten der Geschworenen hinweg fuhr sie fort: »Heute hören wir die Eröffnungsplädoyers. Ist die Staatsanwaltschaft bereit?«

»Ja, Euer Ehren.«

Foster zog den gelben Notizzettel von ihrem Block ab, schob ihn unter einen Stapel Notizen in einer schwarzen Ledermappe, ergriff die Mappe und ging zu dem kleinen Rednerpult gegenüber der Geschworenenbank hinüber.

Kate musterte prüfend Fosters konservativ geschnittene, kragenlose marineblaue Jacke, die ihr bis über die Hüften reichte, die weiße Seidenbluse, das Halstuch, den knielangen Rock und die marineblauen Pumps mit den mittelhohen Absätzen. Fosters streng konventionelle Kleidung und ihr leicht geschminktes Gesicht machten ihr gestyltes, krauses Haar und die riesige, rosenfarbene Brille mehr als wett. Und die Geschworenen würden nicht erfahren, daß sie eine Anfängerin war, eine stellvertretende Bezirksstaatsanwältin, die zum erstenmal die Anklagevertretung in einem Mordfall übernommen hatte.

Foster legte ihre Notizen auf das Rednerpult. Mit ungekünstelter Anmut rückten ihre schmalen Finger die Seiten gerade. Gelassen musterte sie die sechs Frauen und sechs Männer vor ihr, die ernsthaft zurückstarrten. Schließlich legte sie beide Hände über ihre Notizen und beugte sich vor. Auch Kate beugte sich vor. Ihr Puls beschleunigte sich.

»Guten Morgen, meine Damen und Herren.« Foster lächelte und behielt das Lächeln bei, als die Geschworenen im Chor antworteten. »In den nächsten Tagen werden Sie von einem jungen Mann namens Teddie Crawford hören. Ein intelligenter, talentierter, vielgeliebter junger Mann. Ein junger Mann auf der Schwelle seines Lebens. Sie werden detailliert erfahren, wie dieser junge Mann starb. Und Sie werden erfahren, warum *dieser* Mann —« Sie brach ab. Ohne den Kopf zu wenden, deutete sie hinter sich.

Kates Blick richtete sich auf Kyle Jensen, ebenso wie die Blicke der Geschworenen. Er trug dunkle Hosen, ein blaues

Hemd und einen dunkelblauen Pullover, und lümmelte sich mit lässiger, sportlicher Anmut auf seinem Stuhl neben Kenneth Pritchard, die Arme gekreuzt, die Beine gerade vorgestreckt. Er starrte auf einen Punkt des Fußbodens vor der Geschworenenbank. Linda Foster fuhr ruhig fort: »Sie werden erfahren, warum dieser Mann, Kyle Jensen, ihn getötet hat.«

Foster blickte auf ihre Notizen. »Wir werden überzeugende Beweise dafür vorlegen, daß es sich dabei um vorsätzlichen Mord gehandelt hat. Aber zuerst ...« Sie klappte das Notizbuch zu und verbarg ihre Notizen unter seinem schwarzen Deckel. »Zuvor möchte ich Ihnen direkt und offen etwas sagen.«

Sie beugte sich vor, die Hände auf dem Rednerpult lose verschränkt. »Teddy Crawford war schwul.« Kurz sah sie einen Geschworenen nach dem anderen an. »Was immer Sie davon halten mögen, er hätte nicht gewollt, daß diese Tatsache hier bei der Verhandlung heruntergespielt wird. Denn Teddie Crawford hatte sein Schwulsein akzeptiert. Er hat nie vorgegeben, etwas anderes zu sein. Er hat sein Leben — sein kurzes Leben — offen als homosexueller Mann gelebt. Die Verteidigung wird Ihnen erzählen, daß der Angeklagte nicht wußte, daß Teddie Crawford schwul war, daß er es erst kurz vor der Tat erfuhr. Wir werden beweisen, daß diese Behauptung unmöglich wahr sein kann. Wir werden beweisen, daß dieser Angeklagte —«, wieder wies sie hinter sich, »— am vierten Februar in den frühen Morgenstunden einen vorsätzlichen Mord begangen hat. Der Angeklagte wußte, daß Teddie Crawford schwul war. Der Angeklagte wußte ganz genau, wen er tötete und warum er ihn tötete.«

Linda Foster lehnte sich zurück und klappte ihr Notizbuch auf. »Und jetzt werde ich Ihnen ganz genau sagen, was in dieser Nacht geschah.«

Im Gerichtssaal war ein kollektiver Seufzer zu hören, ein Nachlassen der Spannung zu spüren. Kate selbst hatte vergessen zu atmen. Sie fühlte sich wie berauscht, fast schwindelig von dem schieren Drama dessen, was sie eben miterlebt hatte. Ihrer Einschätzung nach hatte sich die Anfängerin Linda Foster perfekt gehalten. Die Eröffnung ihres ersten Mordprozesses war perfekt gewesen.

Kate hatte gewußt, daß Foster ihren Ratschlag annehmen würde, Teddie Crawfords sexuelle Identität offen anzusprechen — aber ihr war nicht klargewesen, mit welcher Entschlossenheit und Unerschrockenheit sie das tun würde. Und jetzt, wo es raus war ...

»... begegnete Teddie Crawford im *Malone's* «, sagte Foster gerade, »ein Lokal, das der Angeklagte oft besuchte. Teddie Crawford lud ihn in sein Restaurant ein. Und der Angeklagte, obwohl alles darauf hinwies, meine Damen und Herren, daß Teddie Crawford schwul war, nahm ihn auf seinem Motorrad dorthin mit ...«

Die Geschworenen saßen unbeweglich da. Die jüngste der sechs Frauen, eine Brillenträgerin mit glatten, blonden Haaren, erregte Kates Aufmerksamkeit. Sie saß zusammengesunken da, und ihr Kopf hing so tief herunter, daß sie den Schriftzug auf ihrem blauen Pullover anzuschauen schien. PARIS stand auf dem Pullover.

Als Linda Foster zu der großen Skizze des Tatortes hinüberging, deren Gebrauch bei den Eröffnungsplädoyers vereinbart worden war, ging Kate die Liste der Geschworenen durch. Nummer vier hieß Judy Harrow. Achtunddreißig, Telefonistin, verheiratet mit einem Fernmeldetechniker, keine Kinder. Während Kate sie beobachtete, hob die Geschworene Nummer vier den Kopf, warf einen kurzen Blick auf die Tatortskizze und widmete sich wieder der Betrachtung ihres Pullovers. Kate entschied, daß Nummer vier wahrscheinlich in Ordnung war, sie hatte einfach ihre eigene Art, zuzuhören und Informationen aufzunehmen.

»... und hier in der winzigen Küche des Restaurants überwältigte der Angeklagte, der einszweiundachtzig mißt und sechsundvierzig Pfund schwerer ist als Teddie Crawford, den einsdreiundsiebzig großen Teddie Crawford und stach wiederholt auf ihn ein. Er erstach ihn. Und danach, als Teddie Crawford blutend und sterbend auf dem Boden lag, mitten in dem unbeschreiblichen Blutbad dieses Mordes, versuchte der Angeklagte, sich am Abwaschbecken von Teddie Crawfords Restaurant zu säubern. Er nahm dem verstümmelten Körper des sterbenden Mannes die Uhr, den Ring und die Brieftasche ab. Von Kopf bis Fuß mit Blut beschmiert, ging er nach Hause ...«

Die Geschworene Nummer acht, die ältere Frau, die nach Kates Ansicht gut die Obfrau der Geschworenen werden könnte, knöpfte den grauen Blazer auf, den sie über ihrem marineblauen Kostüm trug. Sie begann, eilends die Skizze des Tatorts in ihren College-Block zu übertragen.

»... der Angeklagte selbst hat sein Verbrechen gestanden. Dieser Angeklagte ist des heimtückischen und vorsätzlichen Mordes schuldig, und das werden wir beweisen. Wir werden seine Schuld über jeden vernünftigen Zweifel hinaus beweisen.«

Foster trat von der Skizze zurück, die an der Tafel des Gerichtssaals befestigt war, ging selbstsicher zurück zum Rednerpult und sammelte ihre Notizen ein. »Meine Damen und Herren, ich danke Ihnen für Ihre Aufmerksamkeit.«

Ob wir nun gewinnen oder verlieren, frohlockte Kate, Linda Foster hatte ihre Deckung verlassen und kämpfte für Teddie Crawford.

Richterin Hawkins schrieb ihre Notiz zu Ende. »Mr. Pritchard«, sagte sie.

»Vielen Dank, Euer Ehren.« Pritchard klappte seine lederne Aktenmappe zu, ergriff die Akte und warf sie dann zurück auf den Tisch. Mit leeren Händen strebte er mit großen Schritten auf das Rednerpult zu.

Groß und schlank in seinem dunkelgrauen Anzug und der grau-blau gestreiften Krawatte stand er da und sah ernst auf die Geschworenen, als würde er jedes Gesicht abwägen und sich für immer einprägen. Und alle Geschworenen sahen unter seinem Blick angespannt und befangen aus, wie Kate bemerkte, auch Nummer vier, die ihre Aufmerksamkeit von ihrem PARIS-Pullover gelöst hatte.

»Meine Damen und Herren«, begann Pritchard, so leise, daß die Geschworenen sich vorbeugten. »Heute morgen hat uns die Bezirksstaatsanwaltschaft hier in diesem Raum jede Menge Drama geboten.« Seine Stimme gewann an Stärke. »So viel Drama, daß ich mich an einen dieser alten Filme erinnert fühle, die in schottischen Mooren spielen, an eine dieser Szenen, in der der für die Spezialeffekte zuständige Mann —«, Pritchard begann, mit den Händen Wolken um sich herum zu formen, »— Nebel um die Füße der Schauspieler herum aufwallen läßt, um eine feuchte, neblige, graue Atmosphäre zu schaffen. Die Staatsanwaltschaft benutzt die gleichen Spezialeffekte. Sie pumpt Nebelschwaden um etwas, das, wenn in diesem Gerichtssaal schließlich alles gesagt und getan sein wird, eine sehr traurige und sehr einfache Geschichte ist.«

Pritchards elegante, geschmeidige Hände umfaßten die Seiten des Rednerpults. »Die Staatsanwaltschaft hat diesen Fall zu einem Fall von vorsätzlichem Mord erklärt. Die Staatsanwaltschaft hat sich ein nebelerfülltes Szenario zurechtgezaubert, um diese Behauptung zu dramatisieren.« Er machte eine Pause. Dann dröhnte seine Stimme durch den stillen Gerichtssaal. »Die einzige *Tatsache* unter all diesen Nebelwolken ist, daß tragischerweise ein junger Mann starb.« Er stieß die Worte geradezu heraus: »*Warum* er gestorben ist, das ist hier die Frage. *Warum* er gestorben ist, darüber haben Sie Zwölf zu entscheiden.«

Seine Stimme wurde sanfter. »Wenn Sie den Zeugen der Anklage und der Version zuhören, die die Staatsanwaltschaft von den Ereignissen hat, lassen Sie sich auch nicht einen Augenblick von dieser zentralen Frage ablenken: *Warum* ist dieser junge Mann gestorben? Denken Sie daran, daß die Staatsanwaltschaft, die so nach einer Verurteilung wegen vorsätzlichem

Mord dürstet, die Beweislast trägt. Sie muß *beweisen*, daß der junge Mann, der hier auf der Anklagebank sitzt, des vorsätzlichen Mordes schuldig ist — über jeden vernünftigen Zweifel hinaus und mit moralischer Gewißheit.«

Er schwieg, während sein Blick wieder von Geschworenem zu Geschworenem wanderte. »Wir alle tragen die Verantwortung für unsere Taten«, fuhr er fort, wieder so leise, daß die Geschworenen sich vorbeugten, um besser hören zu können. »Auch mein Mandant Kyle Jensen. Und, meine Damen und Herren, auch der Tote selbst, der junge Mann, dessen tragischer Tod uns heute hierher gebracht hat.«

Wieder machte er eine Pause. »Wenn die Staatsanwaltschaft mit ihren dramatischen Posen fertig ist, wenn sie damit fertig ist, diesen Gerichtssaal mit Nebelschwaden zu erfüllen —«, wieder schufen seine Hände wogende Nebelwolken, »— werden Sie die Wahrheit über das erfahren, was am vierten Februar geschehen ist. In der Zwischenzeit bitte ich Sie nur darum, vorurteilslos zuzuhören. Meine Damen und Herren, ich danke Ihnen für Ihre Aufmerksamkeit.«

Kate sah düster auf die ernsten Gesichter der Geschworenen. Falls Pritchard von Linda Fosters Entscheidung, Teddie Crawfords Homosexualität nicht herunterzuspielen, und von ihrem aggressiven Angriff auf Kyle Jensen überrascht worden war, hatte er sich schnell von seiner Überraschung erholt.

Richterin Hawkins, die sich eine Notiz gemacht hatte, sah auf. »Ms. Foster, haben Sie noch etwas?«

»Nein, Euer Ehren«, sagte Linda Foster ruhig.

»Ist die Staatsanwaltschaft bereit, fortzufahren?«

»Ich bin bereit, Euer Ehren.«

»Rufen Sie Ihren ersten Zeugen auf.«

12

Als der ernst dreinblickende Francisco Caldera den Zeugenstand verließ, begann Richterin Hawkins eine leise Konferenz mit ihrem Gerichtsdiener. Kate sah auf die Uhr. Gloria Gomez, die als nächste dran war, würde wahrscheinlich ihre Aussage abschließen können, bevor das Gericht sich zur Mittagspause zurückzog.

Caldera, der eine weite schwarze Hose und dasselbe graue Jackett trug, das er bei der Vorverhandlung angehabt hatte, setzte sich neben Gloria Gomez. Sie nahm seine Hand und tätschelte sie, und dann starrte sie weiter auf Kyle Jensen. Gomez hatte erklärt, daß sie keinen einzigen Augenblick der Gerichtsverhandlung versäumen würde, hatte aber auch fest versprochen, sich zurückzuhalten. Pritchard hatte nicht darauf bestanden, die Zeugen aus dem Gerichtssaal auszuschließen; Kate hatte den Verdacht, daß er den Geschworenen zeigen wollte, was für ein sozial benachteiligter Mensch sein Mandant war. Einen Gerichtssaal voller Unterstützer für Teddie Crawford wollte er, um deutlich zu machen, daß es buchstäblich keine Unterstützung für Kyle Jensen gab.

Caldera hatte die Aussage wiederholt, die er schon bei der Vorverhandlung gemacht hatte, aber er war ruhiger gewesen. In den vier Monaten, die seit Teddies Tod vergangen waren, war er noch dünner geworden. Seine Augen waren überschattet und fern, als hätte er gelernt, seinen Schmerz stoisch zu erdulden. Wie Kate gehört hatte, lief das Restaurant nicht besonders gut. Besucher aus der Nachbarschaft mieden das Restaurant, und auch die schwule Szene wollte nicht an den Schauplatz eines Alptraums gehen.

Hinter Kate rutschte Burt Dayton auf der unbequemen Holzbank hin und her. Das grell-neonblaue Hemd spannte sich über seinem Bodybuilder-Torso. Dayton besuchte Jensen tagtäglich im Gefängnis, wie Kate erfahren hatte. Er hatte ihm auch die Kleidung gebracht, die er bei der Verhandlung trug.

Joe und Margaret Crawford waren nicht anwesend. Kate war erleichtert, daß sie beschlossen hatten, nicht Zeugen einer Verhandlung zu werden, die sie durch wiederholte grausige Beschreibungen von Teddies Tod martern würde. Aber Carl Jacoby, Teddies Ex-Freund, war da, eine dunkle, finster blickende, zornige Präsenz in der Reihe hinter Burt Dayton. Jacoby hatte sich geweigert, mit Linda Foster zusammenzuarbeiten oder mit Kate zu sprechen. Er hatte lediglich den Polizisten Mark Parks, der ihn befragt hatte, als »Nazi-Schwulenhasser« bezeichnet. Kate hatte ihn gedrängt, Beschwerde einzureichen, aber er hatte sie und ihren Rat geringschätzig abgelehnt.

Niemand, überlegte Kate, konnte jemals wirklich begreifen, welche Höllenqualen die Angehörigen eines Mordopfers durchmachten. Die Freunde und Bekannten, die sich zunächst alle einfanden, ihr Entsetzen beteuerten und voll Eifer ihre Hilfe anboten, nahmen bald ihr eigenes Leben wieder auf. Und die Hinterbliebenen bleiben allein zurück, um ein endloses Spießrutenlaufen durchzustehen. Die Todesqualen des geliebten Menschen wurden gefühllos in allen Einzelheiten analysiert, während sich der Fall durch ein labyrinthartiges Gerichtssystem schleppte, das eher grausam und willkürlich als gerecht zu sein schien.

Kenneth Pritchard hatte keine Fragen an Caldera gehabt. Kate bezweifelte, daß er irgendeinen dieser ersten Zeugen ins Kreuzverhör nehmen würde. Die Fakten von Teddie Crawfords Tod waren unstrittig, und Pritchards Verteidigungsstrategie war nicht nur durch sein Eröffnungsplädoyer klar geworden. Auch sein eher gleichgültiges Angebot, daß sein Mandant sich der fahrlässigen Tötung schuldig bekennen würde, verriet einiges. Offensichtlich schätzte er die Lage so ein, daß die Geschworenen zu keinem härteren Urteil gelangen würden — seinen Mandanten vielleicht sogar freisprechen würden.

Wenn die Verhandlung so lief, wie sie in der Strategiebesprechung mit Linda Foster geplant worden war, würden jetzt die

Streifenpolizisten, die zuerst am Tatort gewesen waren, aussagen, und dann Brian Whitson, der Pathologe, der die Autopsie vorgenommen hatte. Wie erzählt wurde, hatte er mittlerweile das gerichtsmedizinische Institut verlassen und eine Privatpraxis in Palm Desert aufgemacht.

In den nächsten Tagen würden Burt Dayton aussagen, Napoleon Carter und seine Labortechniker und Charlotte Mead. Und dann Stacey Conlin, eine Zeugin der Anklage, die eine unangenehme Überraschung für Kenneth Pritchard sein würde. Die Beweisführung der Anklage würde mit ihrer stärksten Zeugin abschließen — Kate selbst.

Dann war Pritchard an der Reihe. Nach seinen Vorladungen zu urteilen, hatte er einen »Sachverständigen« für die Wirkung von Kokain aufgeboten, außerdem Kyle Jensens Mutter, die plante, von Pittsburgh aus einzufliegen. Zweifellos würde sie beteuern, was für ein guter Junge ihr Kyle in Wirklichkeit war. Das war die Vorbereitung auf Pritchards Hauptzeugen: Kyle Jensen.

Und dann war da Kate selbst. Sie war sicher, daß Pritchard vorhatte, ihre Objektivität als Leiterin der Ermittlungen in Zweifel zu ziehen. In der unfehlbaren Höflichkeit und Herzlichkeit, die er ihr gegenüber an den Tag legte, war eine leichte Selbstgefälligkeit zu spüren, eine schmierige Zuversicht. Wann und wie würde er zum Angriff übergehen?

Kate hatte Linda Foster mit voller Absicht nicht ins Bild gesetzt — weder über Pritchards Kenntnis ihres Privatlebens noch über ihre Gewißheit, daß er versuchen würde, es im Zeugenstand zu enthüllen. Sie würde es Linda sagen, natürlich, aber zum jetzigen Zeitpunkt würde das die junge Staatsanwältin nur vom Aufbau des Grundgerüstes ihrer Anklage ablenken. Und Kate grübelte selbst immer noch über die Probleme nach, die sich daraus ergeben würden.

In den vergangenen vier Monaten war ihre Besorgnis immer größer geworden. Aimee hatte gespürt, daß sie beunruhigt war, aber Kate war allen Diskussionen aus dem Weg gegangen. Ich will Aimee nicht beunruhigen, hatte sie sich selbst erzählt.

Aber sie wußte, daß sie schlicht und einfach Aimees Meinung nicht hören wollte. Ganz gleich, wie sehr sie Aimee liebte, ganz gleich, wie intelligent und logisch Aimees Meinung auch sein mochte – es war die Meinung einer Sechsundzwanzigjährigen, die nicht die Lebenserfahrung besaß, um wirklich begreifen zu können, was auf dem Spiel stand. Sie würde es Aimee erzählen, wenn es vorbei war.

Ihre enge Vertraute Maggie Schaeffer hatte mehr als genügend Lebenserfahrung, aber ihr Rat würde nicht ein Jota von dem abweichen, was sie die ganze Zeit über gesagt hatte: *Das muß einmal ein Ende haben. Wenn ihr euch alle in eurem Schrank versteckt, wird es nie besser werden. Du mußt die Wahrheit sagen, Kate. Du mußt offen zugeben, daß du lesbisch bist. Wie lange kannst du noch so leben? Wie lange kannst du es tolerieren, daß die Polizei von Los Angeles sich verhält, als würde mit dir etwas nicht stimmen?*

Sie mußte allein mit der Sache fertigwerden. Keine ihrer Freundinnen konnte ihr helfen. Zu wissen, wie eine andere Frau die Situation einschätzte, würde sie nur ablenken, genau wie das Wissen um Pritchards drohenden Hinterhalt Linda Foster ablenken würde.

Aber als sie sich im Gerichtssaal umsah, wurde ihr wieder schmerzlich bewußt, was sie verlieren könnte.

Sie liebte diesen majestätischen Raum. Sie liebte ihren Beruf. Sie liebte es, immer wieder die seelische Stärke in sich zu finden, die unermüdliche Entschlußkraft, die es brauchte, um zu schützen und zu kämpfen. Sie liebte die Intensität eines Berufes, in dem sie mit der grausamsten Härte des Lebens konfrontiert wurde. Sie brauchte das Wissen, daß sie ihre Arbeit gut machte, daß es einen Bereich in ihrem Leben gab, in dem sie sicher und kompetent handeln konnte, in dem sie manchmal helfen und manchmal etwas bewirken konnte.

Natürlich war ihr klar, daß bei der Polizei von Los Angeles

Vermutungen über ihre sexuelle Orientierung im Umlauf waren. Aber Vermutungen waren eine Sache, deren Bestätigung eine andere. Daß der frühere Sergeant Mitch Grobeson die Polizei von Los Angeles wegen Diskriminierung verklagt hatte, war der beste Beweis dafür, was sogar mit einem außergewöhnlich guten Polizisten und einer außergewöhnlich vielversprechenden Laufbahn passieren konnte.

Es bestand die Gefahr, daß sie das verlor, was sie am besten kannte, was sie vor allem anderen liebte. Was in aller Welt sollte sie mit ihrem Leben anfangen, wenn sie keine Polizistin mehr sein konnte?

Aus einem Gefühl grenzenloser Dunkelheit heraus sah sie Kenneth Pritchard an. Sie war wütend auf Anne. Wie war es nur möglich, daß Anne je mit diesem Mann befreundet gewesen war?

13

»Die Staatsanwaltschaft ruft Charlotte Mead in den Zeugenstand.«

Kate, wieder auf ihrem Platz in der ersten Reihe hinter der Anklagevertretung, setzte sich gerader hin. Sie hatte die Laborberichte gelesen und die detaillierte Zeugenaussage Napoleon Carters und seiner Labortechniker gehört, aber jetzt kam endlich die unparteiische Analyse, die die Anklage gegen Kyle Jensen stärken würde — oder entscheidend schwächen. Jensen, in seinem täglichen Aufzug von Hose, Hemd und Pullover mit rundem Halsausschnitt, saß in seiner gewohnten Haltung — die Arme vor der Brust gekreuzt, die Beine ausgestreckt — neben Kenneth Pritchard.

Mead, die ein schlichtes, marineblaues Kleid mit V-Ausschnitt trug, ohne Schal oder Schmuck, hatte einen geordneten Stapel Papiere unter den Arm geklemmt. Sie betrat den inneren Gerichtssaal durch die Pforte, die ihr der Gerichtsdiener aufhielt, und stapfte in ihren bequemen Pumps mit den breiten Absätzen auf den Zeugenstand zu.

Linda Foster, unauffällig in einem einfachen grauen Anzug mit weinrotem Schal, zog die Standardfragen durch, die Charlotte Meads wissenschaftliche und berufliche Qualifikation als Sachverständige deutlich machten. Dann sagte sie: »Ms. Mead, könnten Sie bitte den Geschworenen erklären, wie Sie am fraglichen Tatort vorgegangen sind.«

»Sicher.« Charlotte Mead schwang den Stuhl herum, stellte mit geübter Mühelosigkeit das Mikrophon ein und richtete ihre blaßblauen Augen auf die Geschworenen. »Meine Aufgabe ist es, Blutspuren zu suchen und zu analysieren, die als Beweismittel vor Gericht verwendet werden können. Wie gewöhnlich ging ich den Tatort mit Hilfe eines Fotografen und eines Assistenten durch.«

Kate lächelte. In Meads Stimme war keine Spur der Gereiztheit zu hören, die sie bei der Arbeit an den Tag legte. Ihr Ton war so lebendig und ihr Blick so scharf, daß sogar Geschworene Nummer vier sich veranlaßt fühlte, ihr Gesicht zu heben und von der versunkenen Betrachtung ihres PARIS-Pullovers abzulassen, den sie seit Prozeßbeginn trug.

»Der Tatort war relativ intakt, da die Polizei sehr vorsichtig gewesen und der Körper des Verstorbenen nicht bewegt worden war. Zunächst habe ich mir einen Überblick verschafft, mir alles angesehen und festgestellt, ob etwas ungewöhnlich war. Dann ließ ich das Gebiet kritisch fotografieren.«

Linda Foster wußte von Kate, wie Charlotte Mead sich im Zeugenstand zu verhalten pflegte, und so spielte sie ihre eigene selbstbewußte Präsenz herunter. Sie stand neben dem Zeugenstand, das Notizbuch in der Hand, und ermöglichte ihrer Zeugin eine ungehinderte Kommunikation mit den Geschworenen. »Würden Sie uns erklären, was ungewöhnlich war und warum?«

»Nun, am Tatort war sehr viel Blut«, sagte Mead und setzte sich bequemer in ihrem Stuhl zurecht. »Der Fußboden war eine einzige riesige Blutlache. In dem Blut waren überall Rutschspuren und Fußabdrücke zu finden, und an der Wand befanden sich deutliche Schleuderspuren.«

»Wir werden gleich näher auf die einzelnen Punkte eingehen«, sagte Foster gelassen. »Was meinen Sie damit, wenn Sie sagen, daß sie den Tatort kritisch fotografiert haben?«

Charlotte Mead neigte den Kopf zur Seite, um die Frage besser zu hören. Sie wandte den Blick nicht von den Geschworenen. Im Gesprächston sagte sie: »Wir untersuchen den gesamten Tatort, aber wir machen Belegfotografien, damit wir später genau sehen können, wie es am Tatort aussah. Wir haben nacheinander den gesamten Fußboden, die Fußabdrücke auf dem Boden und die Blutspritzer an der Wand fotografiert. Dann haben wir skizziert, ausgemessen und dokumentiert.« Sie fuhr mit ihren großen, derben Händen durch die Luft. »Wir haben die Spritzspuren ausgemessen, um festzustellen, aus welcher Höhe und Entfernung das Blut an die Wand gespritzt ist. Und natürlich haben wir Proben von allen vorhandenen Blutspuren genommen, vom Boden und von den Wänden.«

»Was sagten Ihnen die Proben über die Herkunft des Blutes?«

»In einem ersten Schritt stellen wir fest, ob es sich überhaupt um Blut handelt, und ob es Menschen- oder Tierblut ist«, teilte Mead den aufmerksamen Geschworenen mit. Drei Geschworene machten sich Notizen. »Die Tests bestätigten, daß es sich bei allen entnommenen Proben um Blut handelte, und zwar um menschliches Blut. Wir nahmen dem Verstorbenen und dem Angeklagten Blutproben ab und stellten fest, welche Blutgruppe sie hatten. Am Tatort waren zwei verschiedene Blutgruppen zu finden — die Blutgruppe 0 positiv des Angeklagten, und die Blutgruppe AB des Verstorbenen. Die Hauptmenge des am Tatort vergossenen Blutes stammte vom Verstorbenen mit der Blutgruppe AB. Aber alle am Tatort entnommenen Proben waren entweder mit dem Blut des Angeklagten oder dem des Verstorbenen identisch.«

Foster machte sich eine Notiz. Kate wußte, daß sie diese Pause machte, damit die Geschworenen sich über die volle Bedeutung von Charlotte Meads Worten klarwerden konnten. Foster fragte: »Zu welchen Ergebnissen sind Sie hinsichtlich der im Blut gefundenen Fußabdrücke gekommen?«

»Alle Fußspuren stimmten mit dem Profil der Schuhe des Verdächtigen überein, die als Beweismittel beschlagnahmt worden waren.«

»Es gab keine Fußabdrücke von anderen Schuhen?«

»Nein, keine.«

Foster wandte sich an Richterin Hawkins und ließ für das Protokoll festhalten, daß Kyle Jensens Puma-Tennisschuhe, die als Beweismittel ausgestellt waren, mit diesen Schuhen identisch waren. Sie sagte zu Charlotte Mead: »Sie haben die ermittelnden Kriminalbeamten schon am Tatort darüber informiert, daß der Täter Schnittwunden davongetragen haben mußte. Auf welcher Basis sind Sie zu diesem Urteil gelangt?«

»Auf der Küchenzeile fanden wir beim Spülbecken einen einzelnen Blutstropfen. Hier haben wir die riesige Blutlache auf dem Fußboden —«, Mead verdeutlichte den Geschworenen mit Gesten, was sie meinte, »— und hier haben wir diesen einen, vereinzelten Blutstropfen. Er konnte unmöglich vom Verstorbenen stammen. Und wir fanden Blutspuren an einem der Wasserhähne und auf einem Stück Seife — die üblichen Hinweise darauf, daß der Täter versucht hat, sich zu säubern. Außerdem waren da die Schleuderspuren an der Wand ... ein weiterer Hinweis auf eine Verletzung des Täters.«

»Bevor wir zu diesen Schleuderspuren kommen — was haben die Tests der am Spülbecken entnommenen Blutproben ergeben?«

»Alle beim Spülbecken gefundenen Blutspuren waren Blutgruppe 0 positiv, also das Blut des Angeklagten, auch das Blut, das wir im Abfluß gefunden haben. Im diesem Bereich waren keinerlei Spuren vom Blut des Verstorbenen zu finden.«

»Ms. Mead, könnten Sie uns jetzt erklären, was Sie mit Schleuderspuren meinen?«

»Schleuderspuren entstehen, wenn ein Individuum ein blutiges Objekt in der Hand hält und eine heftige Körperbewegung macht.« Sie demonstrierte es. »Im vorliegenden Fall stellten wir fest, daß das Blut der Schleuderspuren sich ausschließlich aus Blutgruppe 0 positiv zusammensetzte, der Blutgruppe des Angeklagten, und daß das Blut von der eigenen, stark blutenden Hand des Angeklagten abgeschleudert worden sein mußte.«

»Einspruch«, sagte Pritchard. »Das fällt nicht ins Fachgebiet der sachverständigen Zeugin — sie ist keine Ärztin.«

Foster entgegnete in ungläubigem Ton: »Euer Ehren, sie ist Sachverständige für Blutspritzer.«

»Einspruch abgewiesen«, sagte Richterin Hawkins unbewegt.

Foster fragte Mead: »Woher wußten Sie, daß der Täter stark blutete?«

»Wegen der Größe der abgeschleuderten Blutstropfen, gesehen im Verhältnis zur Höhe, in der sie sich befanden — und der Lage der Leiche des Verstorbenen.«

Mead zog die Notizen zu Rate, die sie auf dem Schoß liegen hatte. Als sie den Geschworenen präzise Angaben über ihre Arbeitsergebnisse machte, sah Foster mit einer Befriedigung zu, die Kate teilte. Meads Zeugenaussage war beeindruckend, und sie kamen sehr gut voran. Foster fragte: »Sie haben auch Blut an der Wand gefunden, das nicht das Muster von Schleuderspuren zeigte, ist das zutreffend?«

»Ja.«

»Was können Sie uns darüber sagen?«

»Es waren Spritzspuren, deren Form und Lage wichtig ist für die Beurteilung der Position des Opfers zum Zeitpunkt der Tat. Wir haben die entscheidenden Blutstropfen vermessen. Der niedrigste Blutstropfen, der nach oben zeigt, sagt einem, daß alles unterhalb dieses Blutstropfens stattgefunden haben muß.«

»Ms. Mead, könnten Sie uns das etwas genauer erläutern?«

»Das läuft so.« Wieder verdeutlichte Charlotte Mead ihre Worte mit ihren großen, kantigen Händen. »Wenn Blut an eine Wand spritzt, spritzt es entweder von unten hoch oder läuft von oben herunter. Wenn das Blut hochspritzt, muß sich das Opfer zum Zeitpunkt des Verbrechens unterhalb der niedrigsten Blutspritzer befunden haben.« Mead faßte den Geschworenen Nummer sieben, einen jungen Mann in einer grauen Fliegerjacke, genauer ins Auge und sagte: »Lassen Sie mich Ihnen das nochmal erklären.« Als sie das getan hatte, nickte sie, als wäre sie zufrieden, daß auch er sie verstanden hatte.

»Danke«, sagte Foster. »Wir haben Zeugenaussagen gehört, die bestätigen, daß das Opfer Verletzungen an den Händen aufwies. Die Handflächen waren aufgeschlitzt, und der kleine Finger der rechten Hand fast abgetrennt. Haben Sie Schleuderspuren gefunden, die von dem Opfer stammen?«

»Nein.«

»Gab es Hinweise darauf, daß das Opfer das Messer je in der Hand hatte?«

»Einspruch«, sagte Pritchard ruhig. »Mutmaßung.«

»Stattgegeben.«

Foster fuhr fort: »Ms. Mead, wenn wir mal von den Schleuderspuren absehen, die, wie wir geklärt haben, vom Angeklagten stammen — von wem stammen die Spritzspuren an der Wand?«

»Ausschließlich vom Opfer.«

»Und in welcher Höhe befand sich der oberste Blutstropfen der Spritzspur?«

»Vierundneunzig Zentimeter über dem Fußboden.«

»Welche Schlüsse können Sie mit vernünftiger wissenschaftlicher Sicherheit daraus ziehen?«

»Die beiden Beteiligten müssen sich während der gesamten Dauer des Vorfalls auf dem Fußboden befunden haben.«

Pritchard machte Anstalten, sich zu erheben, blieb dann aber sitzen.

»Ms. Mead«, sagte Foster. »Ich möchte Sie jetzt bitten, sich die Beweismittel Nummer 23 und Nummer 29 der Staatsanwaltschaft anzusehen.«

Wieder sah Kate, wie Pritchard sich versteifte. Vor Beginn der Verhandlung hatte er den Antrag gestellt, diese Fotos, Teil einer fotografischen Dokumentation der Kleidungsstücke, die in dem Plastiksack in Kyle Jensens Wohnung sichergestellt worden waren, nicht als Beweismittel zuzulassen, weil sie aufhetzend seien. Der Antrag war abgewiesen worden. Nummer 23 war ein Foto von Jensens blutigen Jeans. Nummer 29 ein Foto von Teddie Crawfords zerschnittenem Hemd, das sogar noch mehr voller Blut war.

Foster reichte Mead das Foto der über und über blutgetränkten Jeans. »Diese Jeans gehören zu den Kleidungsstücken, die der Angeklagte in der Nacht, in der Teddie Crawford starb, trug. Sie haben sie untersucht. Welche Schlüsse können Sie mit vernünftiger wissenschaftlicher Sicherheit ziehen?«

»Wir haben das Blut an den Jeans gründlich untersucht. Es ist menschlichen Ursprungs, und zwar ausschließlich das Blut des Opfers.« Charlotte Mead wies auf das Foto. »Der starke Verschmutzungsgrad in der Leistengegend weist darauf hin, daß der Angeklagte rittlings auf dem Opfer gesessen haben muß.«

Foster reichte das Foto den Geschworenen, die es hastig von Hand zu Hand weiterreichten. Foster zeigte das zweite Foto vor. »Sie haben auch das Hemd des Opfers untersucht. Welche Schlüsse können Sie mit vernünftiger wissenschaftlicher Sicherheit ziehen?«

»Wir haben das ganze Hemd gründlich untersucht. Alles Blut ist menschlichen Ursprungs, und zwar ebenfalls ausschließlich das Blut des Opfers.«

Foster gab das Bild an die Geschworenen weiter und fragte: »Was können Sie uns zu den vertikalen Blutspuren sagen, die sich unten an der Wand befinden?«

»Die Spuren stammen von den blutigen Haaren des Opfers. Er rutschte am Boden in seinem eigenen Blut herum, als er sich wehrte. Seine Haare waren blutgetränkt, und dann schlug er mit dem Kopf gegen die Wand.«

»Danke, Ms. Mead«, sagte Linda Foster befriedigt. »Keine weiteren Fragen.«

Kenneth Pritchard schrieb ohne Eile eine Notiz zu Ende, blätterte sein Notizbuch eine Seite zurück, stand auf und ging langsam auf den Zeugenstand zu. Er stellte sich genau vor Charlotte Mead.

»Ms. Mead, wieviel vom Tatort haben Sie untersucht?«

Charlotte Mead sah ihn nicht an, sie wandte sich weiterhin direkt an die Geschworenen. »Ich bin Expertin für Blut und Blutspritzer. Ich nahm überall dort Proben, wo jemand geblutet hatte. Vom Fußboden, den Wänden, dem Spülbecken, der Küchenzeile um das Spülbecken, und natürlich vom Opfer.«

»Sie haben lediglich die Küche untersucht, nicht das Restaurant?«

»Ja«, sagte Mead zu den Geschworenen.

Pritchard kam offensichtlich zu dem Schluß, daß Mead ihn nur ansehen würde, wenn er sich direkt vor ihr aufbaute und den Geschworenen den Rücken zuwandte. Er ging zur linken Seite des Zeugenstandes hinüber und lehnte sich entspannt dagegen. »Sie haben lediglich in der Küche Proben entnommen, sonst nirgendwo. Ist das richtig?«

»Das ist richtig.«

»Sie haben mehrere Male erwähnt, daß sich auf dem Fußboden eine riesige Blutlache befand. Und Sie haben gesagt, daß die identifizierbaren Fußspuren ausschließlich die von Mr. Jensen waren. Wie erklären Sie sich, daß Sie keine Fußabdrücke von Francisco Caldera gefunden haben, der die Leiche entdeckt hat?«

»Das könnte eine Reihe von Gründen haben. Vielleicht lag es an seinen Schuhen — sie könnten glatte Sohlen gehabt haben. Es ist möglich, daß er in dem Blut gerutscht ist und lediglich verwischte Spuren hinterlassen hat. Oder er hat sich mehr Mühe gegeben als der Angeklagte, sich in der Nähe des Toten vorsichtig zu verhalten.«

»Ich beantrage Streichung der letzten Äußerung«, sagte Pritchard zu Richterin Hawkins. »Mutmaßung.«

»Antrag abgewiesen, Mr. Pritchard. Sie haben die Sachverständige gebeten, Mutmaßungen anzustellen.«

Pritchards entspannter Gesichtsausdruck änderte sich nicht. »Nochmal zu den Verletzungen an Mr. Crawfords Händen. Sie haben ausgesagt, daß es keine Schleuderspuren gibt, die von Mr. Crawford stammen, ist das richtig?«

»Das ist richtig.«

»Aber die Schleuderspuren, die Ihrer Behauptung nach von meinem Mandanten stammen — kommen die nicht von den Verletzungen an seinen eigenen Händen?«

»Das ist richtig.«

Kate stöhnte innerlich. Charlotte Mead, die Neutralität in Person, würde Pritchards Fragen exakt beantworten, ohne darauf zu achten, was er mit seinen Fragen andeutete, so unwahr diese Andeutungen auch sein mochten.

»Sie sagten, daß die Schleuderspuren auf eine sehr starke Blutung schließen lassen. Bedeutet das nicht, daß die Verletzungen meines Mandanten ziemlich schwer gewesen sein müssen?«

Charlotte Mead nickte. »Bei so viel Blut müssen die Hände des Angeklagten richtiggehend zerfetzt worden sein.«

Zerfetzt worden, dachte Kate. Der Arzt in der Notaufnahme hatte genau dieselben Worte gebraucht ... Es mußte eine Erklärung für Jensens Verletzungen geben, es mußte etwas geben, das sie noch nicht herausgefunden hatten ...

»Ms. Mead, wo genau haben Sie Blut von meinem Mandanten gefunden?«

Sie zog ihre Notizen zu Rate. »Auf der Küchenzeile. Auf den Wasserhähnen. Im Abfluß. Auf der Mordwaffe. Auf seiner

Kleidung. Und in dem Schleuderspuren-Muster an der Wand.«

»Sonst nirgends?«

»Sonst nirgends.«

»Ms. Mead, Sie selbst haben den Tatort als riesige Blutlache beschrieben. Ist es nicht vorstellbar, daß Spuren von anderem Blut in diesen enormen Blutmengen schlicht untergegangen sind?«

Sie nickte. »Ja, aber ...« Sie zögerte, als wollte sie noch etwas hinzufügen, sagte dann aber lediglich: »Ja, möglich ist es.«

Pritchard war dabei, Fosters Erfolg gründlich zu untergraben, dachte Kate düster.

»Ms. Mead«, sagte Pritchard, »würden Sie noch einmal wiederholen, was es Ihrer Meinung nach bedeutet, daß sich der höchste Blutstropfen der Spritzspuren vierundneunzig Zentimeter über dem Fußboden befand?«

»Aufgrund der Höhe der Blutspritzer und der großen Menge Blut am Tatort ist nur der Schluß möglich, daß sich das Opfer und der Angeklagte während des gesamten Vorfalls am Boden befunden haben müssen.«

»Ist es nicht möglich, daß sie auch im Stehen gekämpft haben, ohne daß dabei Blut an die Wand gespritzt ist?«

»Kampf ist irgendwie das falsche Wort«, sagte Mead.

»Bitte beantworten Sie nur meine Frage. Wäre das möglich, ja oder nein?«

»Ja.«

»Sie haben Blutspuren an der Wand gefunden, die von Haaren stammen. Haben Sie auch Haare gefunden, die als die von Mr. Crawford identifiziert werden konnten?«

»Nein, Sir, wir haben keine Haare gefunden. Aber das Opfer —«

»Könnten diese Blutspuren nicht ebensogut von Mr. Jensen stammen?«

»Kaum, nur wenn —«

»Ja oder nein.«

»Mr. Pritchard«, sagte Richterin Hawkins, »bitte lassen Sie die Sachverständige Ihre Fragen beantworten.«

»Ja«, sagte Charlotte Mead nur. Richterin Hawkins lächelte.

Kenneth Pritchard auch. »Keine weiteren Fragen.«

Kate starrte Linda Foster an. Würde es ihr gelingen, wieder geradezurücken, was Pritchard verbogen hatte?

Foster erhob sich, ging aber nicht zum Zeugenstand. »Ms. Mead, Sie haben die Blutspuren in der Küche untersucht. Gab es sonst irgendwo im Restaurant Blutspuren?«

»Nein.«

»War das Hemd des Opfers gleichmäßig von seinem Blut durchtränkt?«

»Nein. Nicht gleichmäßig. Auf der Vorderseite war sehr viel weniger Blut. Vom ursprünglichen Weiß war nirgendwo mehr etwas zu sehen, aber an der Oberseite des Hemdes gab es Stellen, die rosa waren und nicht tiefrot.«

»Haben Sie die Vorderseite des Hemdes genauso gründlich untersucht wie die Rückseite?«

»Ich habe das ganze Hemd untersucht.«

»Haben Sie irgendwo Spuren vom Blut des Angeklagten auf dem Hemd gefunden?«

»Nein. Nirgends.«

»Auf der Vorderseite des Hemdes des Opfers befand sich kein Blut von dem Angeklagten, ist das richtig?«

»Das ist richtig.«

»Was die Schleifspuren unten an der Wand angeht — können Sie mit wissenschaftlicher Sicherheit sagen, daß sie ausschließlich von den Haaren des Opfers stammen?«

»Ja.«

»Mit welcher Begründung?«

»Es gibt drei Gründe. Das Haar des Opfers war von Blut durchtränkt. Die Blutspuren waren nur in einer Höhe von weniger als zehn Zentimetern über dem Fußboden zu finden. Und auf der Rückseite des T-Shirts des Angeklagten befanden sich nur wenige Blutspuren. Das heißt, wenn diese Blutspuren vom Angeklagten stammen, hätte er sich dazu auf die Knie niederlassen und nach vorn beugen müssen.«

Linda Foster lächelte, ebenso Kate. »Ms. Mead«, sagte Foster. »Ich möchte Ihre Meinung als Sachverständige hören. Wo befand sich das Opfer während des tödlichen Angriffs auf ihn?«

»Auf dem Fußboden. Nach den Blutspuren auf dem Fußboden und an der Wand und nach der Größe der Blutlache zu urteilen, hat er auf dem Fußboden um sein Leben gekämpft. Er ist nie vom Fußboden hochgekommen.«

»Keine weiteren Fragen«, sagte Linda Foster.

»Mr. Pritchard?« erkundigte sich Richterin Hawkins.

»Ich habe nichts Weiteres, Euer Ehren.«

»Die Staatsanwaltschaft ruft Stacey Conlin in den Zeugenstand.«

Im Gerichtssaal entstand interessierte Unruhe. Richterin Hawkins setzte ihre Brille auf und betrachtete die dünne, blonde junge Frau in schwarzen Leggings und schwarzem Minirock, rosa Top und schwarzer Eisenhower-Lederjacke, die auf Absätzen zum Zeugenstand schwankte, die nach Kates Schätzung mindestens zehn Zentimeter hoch waren.

Kenneth Pritchard erhob sich. »Einspruch, Euer Ehren. Diese Person steht nicht auf der Liste der Zeugen.«

»Euer Ehren«, sagte Linda Foster, »die Bedeutung dieser Zeugin ist erst nach Prozeßbeginn ans Licht gekommen.«

Richterin Hawkins nickte. »Nun gut. Sie können fortfahren.«

Pritchard setzte sich wieder und verschränkte die Arme vor der Brust. Wahrscheinlich war er überzeugt, daß die Erscheinung dieser Zeugin ihre Glaubwürdigkeit von selbst untergraben würde.

Kyle Jensen hatte Stacey Conlin erwähnt — wenn auch nicht mit Namen — als er berichtet hatte, wie er in der Nacht von Teddie Crawfords Tod zum Restaurant *Tradition* gekommen war. Aber Kate, die unter großem Druck stand, weil sie den Fall ohne Hilfe von Taylor bearbeiten mußte, hatte der Vernehmung dieser Zeugin kein allzu großes Gewicht beigemessen. Nie hätte sie sich träumen lassen, daß Conlins Erinnerungen an diese Nacht belastendes Beweismaterial ergeben würden.

Conlin legte den Eid ab und nannte ihren Namen. Linda Foster fragte: »Was sind Sie von Beruf, Ms. Conlin?«

Conlin strich sich eine lockige Haarsträhne aus dem Gesicht und beugte sich zum Mikrophon vor, wobei sie unsicher und etwas schüchtern die Geschworenen ansah. »Ich bin ... na ja, Verkäuferin.«

Foster nickte ermutigend. »Und wo arbeiten Sie?«

Conlins Stimme war leise, aber klar. »Beim 7-Eleven an der Ecke Third und Sweetzer.«

»Welche Schicht hatten Sie am vierten Februar dieses Jahres?«

»Die Friedhofsschicht.«

Richterin Hawkins ignorierte das leise Kichern im Gerichtssaal. Linda Foster fragte: »Die von elf bis sieben?«

»Ja.«

»Sehen Sie hier im Gerichtssaal irgend jemanden, der damals zu Ihnen in den Laden kam?«

»Ja. Ihn.« Sie zeigte mit einem rosa lackierten, ellenlangen Fingernagel auf Kyle Jensen. »Er kam mit Teddie. Teddie Crawford.«

»Für das Gerichtsprotokoll: Die Zeugin hat auf den Angeklagten gezeigt«, sagte Foster. »Um welche Zeit war das, Ms. Conlin?«

»Fünf nach zwei.«

»Woher wissen Sie so genau, wie spät es war?«

»Teddie meinte, meine Uhr wär' echt schick. Also hab' ich draufgeguckt. Wie man das halt so tut, wenn einer das sagt.«

Kate grinste, als Conlin den Ärmel ihrer Lederjacke hochschob und eine rote Plastikuhr enthüllte, deren Zifferblatt ungefähr so groß war wie eine Untertasse.

Auch Foster lächelte. »Kannten Sie Teddie Crawford gut?«

»Ja, er kam ständig.«

»Hat Teddie Crawford in der fraglichen Nacht noch mehr zu Ihnen gesagt?«

»Ja. Er kaufte Zigaretten für den Typen da —«

»Sie meinen den Angeklagten?«

»Ja.«

»Teddie kaufte die Zigaretten?«

»Ja.«

»Sind Sie da ganz sicher?«

»Ja. Er gab mir einen Fünfzig-Dollar-Schein, und ich hab' ihn deswegen ein bißchen verkohlt.« Wieder zeigte sie mit ihrem rosa Fingernagel. »Er wollte vor diesem Typen da angeben.«

»Einspruch!« sagte Pritchard heftig. »Mutmaßung. Ich beantrage Streichung.«

»Stattgegeben. Streichen Sie die letzte Bemerkung«, instruierte Richterin Hawkins den Gerichtsschreiber. »Die Geschworenen werden diese Äußerung außer acht lassen.«

Foster sagte: »Erzählen Sie uns, was passierte — was zwischen Ihnen und Teddie gesagt wurde, so gut, wie Sie sich erinnern können.«

»Gut. Also, er kam mit diesem Typen rein —«

»Einspruch«, beschwerte sich Pritchard. »Ich erhebe Einspruch gegen die Art, wie die Zeugin meinen Mandanten beschreibt.«

»Ms. Conlin«, meinte Richterin Hawkins freundlich, »Sie können Mr. Jensen beim Namen nennen oder ihn als den Angeklagten bezeichnen.«

Stacey Conlin hob ihre rosalackierten Hände. »Echt, ich sag' zu allen Typ, nix für ungut. Jedenfalls, sie kamen rein und Jensen sagt, er will Kent Lights, und Teddie knallt einen Fünfziger hin. Ich zwinker' ihm zu und sag', jemand muß gestorben sein und dir diesen großen Schein vermacht haben. Er zwinkert zurück und sagt, nee, ich will nur testen, wie gut du wechseln kannst. Ich geb' ihm das Wechselgeld, und er stopft es einfach in die Brieftasche, ohne hinzugucken, und dann sagt er, meine Uhr wär' echt schick. Ich guck' auf die Uhr und sag', von 'ner Tunte wie dir ist das echt ein Kompliment. Er lacht und die beiden gehen. Das war's.«

»Eine Tunte«, wiederholte Linda Foster langsam und betont. »Sie nannten Teddie eine Tunte?«

»Ja.«

»Was meinten Sie damit?«

Conlin zappelte auf dem Stuhl hin und her. »Na ja, Sie wissen schon, ein tuntiger Schwuler. Ein Schwuler mit ... Stil. Sie wissen schon, eine *Tunte.*«

Unter Gekicher im Saal sagte Foster: »Und er lachte, haben Sie gesagt.«

»Ja.«

»Sie fanden es in Ordnung, Teddie Tunte zu nennen?«

»Na klar«, sagte sie. »Er nannte sich selbst so. Er hatte keine Probleme damit, schwul zu sein.«

»Und der Angeklagte?« fragte Foster. »Wo war der Angeklagte, während dieses Gespräch zwischen Ihnen und Teddie stattfand?«

»Er stand da. Direkt neben Teddie.«

»Die ganze Zeit?«

»Ja. Die ganze Zeit.«

»Vielen Dank, Ms. Conlin. Keine weiteren Fragen.«

Kenneth Pritchard stand nicht auf. »Ms. ... Conlin«, sagte er, so als hätte er Zweifel, ob das wirklich ihr Name sei. »Sie sagten, Mr. Jensen habe Zigaretten verlangt und Mr. Crawford habe einen Fünfziger hingeknallt. Hatte Mr. Jensen Gelegenheit, die Zigaretten selbst zu bezahlen?«

»Er hat es nich' mal versucht.«

»Euer Ehren«, sagte Pritchard scharf. »Bitte weisen Sie die Zeugin an, wie Sie die Frage zu beantworten hat.«

»Beantworten Sie die Frage nach bestem Wissen und Gewissen mit ja oder nein, Ms. Conlin.«

»Äh, nein.«

Pritchard fragte: »Haben Sie sich in irgendeiner Weise mit Mr. Jensen unterhalten?«

»Er verlangte die Kents, das war alles.«

»Was tat mein Mandant, während Sie Ihr witziges Gespräch mit Mr. Crawford hatten?«

Stacey Conlin nahm die Schultern zurück, so daß sich ihre winzigen Brüste unter dem Top abzeichneten. »Was meinen Sie damit, was tat er? Er stand da.«

»Sah er sich im Geschäft um, sah er Sie an? Was tat er?«

»Wie ich sagte, er stand die ganze Zeit da, als ich mich mit Teddie unterhielt.«

»Er beteiligte sich nicht am Gespräch?«

»Sagte keinen Pieps.«

»Woher wollen Sie dann wissen, daß er Ihnen zuhörte?«

»Weil er da *stand.*«

»Können Sie mit absoluter Gewißheit sagen, daß er auf das achtete, was Sie taten?« Seine Stimme wurde lauter. »Daß er überhaupt *zuhörte?*«

»Ich habe gesagt, wie es war«, sagte sie mit Würde. »Und das ist alles, was ich zu sagen habe.«

»Keine weiteren Fragen«, sagte Pritchard.

»Ich habe nichts weiteres«, sagte Linda Foster.

»Die Zeugin kann den Zeugenstand verlassen.« Richterin Hawkins beehrte Stacey Conlin mit einem Lächeln. Auch den Geschworenen, das sah Kate, hatte diese Zeugin gefallen.

Richterin Hawkins vertagte die Sitzung auf den nächsten Tag.

14

»Kate, kommen Sie doch herein.« Lieutenant Mike Bodwin, der an seinem Schreibtisch saß, winkte ihr ein energisches Willkommen zu und wies auf einen Stuhl.

Kate schloß die Tür und setzte sich ihm gegenüber hin. Der Raum war von einer behaglichen Unordnung und roch angenehm nach Pfeifentabak. Wie in all den kleinen, abgeteilten Büros der Kriminalpolizei gab es kein Fenster zur Außenwelt. Das Büro des Lieutenants war mit dunklem Holz getäfelt, aber gut ausgeleuchtet. Die Wände waren geschmückt mit Auszeichnungen, die die Polizei von Los Angeles irgendwann erhalten hatte. Papiere, Aktenordner und Notizbücher lagen in wilden Stapeln auf dem Schreibtisch und dem Aktenschrank, zusammen mit Familienfotos und einer stattlichen Menge von Golfpokalen.

Bodwin beugte sich zu ihr hinüber, die breiten Schultern in der Anzugjacke hochgezogen. »Sie sehen müde aus, Kate.«

»Ich bin auch müde«, gab sie zu.

An diesem späten Nachmittag des vierten Verhandlungstages fühlte sich ihr grauer Hosenanzug schmuddelig an. Und sie hatte noch ein Treffen mit Linda Foster vor sich, bevor sie diesen Tag endlich hinter sich gebracht hatte. Sie rutschte auf dem harten Plastikstuhl hin und her und ärgerte sich noch mehr als sonst über den höflichen Smalltalk, der nötig war, bevor sie ihr Anliegen vorbringen konnte. Sie sagte: »Jedesmal, wenn ich ein Tötungsdelikt vor Gericht bringe, wünsche ich mir, daß ich einen besseren Weg wüßte, mich vorzubereiten und den Berg von Details im Griff zu behalten.«

Er rieb sich mit zwei Fingern das Kinn, das mit leichten Aknenarben bedeckt war, und sah sie mit zusammengekniffenen, dunklen Augen prüfend an. »Hm. Ein böser Fall, Kate.«

»Wir sind trotz allem gut vorbereitet«, versicherte sie ihm. Sie fühlte sich unbehaglich unter seinem prüfenden Blick. Wieviel wußte er von dem Konflikt zwischen ihr und Taylor?

Sie kannte Mike Bodwin nicht sehr gut, hatte aber nichts gegen diesen etwas gewichtigen Mann mit dem knorrigen Gesicht, einen der zahlreichen Vorgesetzten, unter denen sie während ihrer Polizeilaufbahn gearbeitet hatte. In seinem ersten Jahr im Wilshire-Revier hatte er, was sie anging, die Mitarbeiterführung auf ein Minimum beschränkt. Ob er als Vorgesetzter unsicher war oder ob er die wohldurchdachte Entscheidung getroffen hatte, ihre Leistungen für sich selbst sprechen zu lassen, wußte sie nicht, und bis jetzt hatte es sie auch nicht interessiert.

Sie sagte: »Wir sind gut auf die Verhandlung vorbereitet, Lieutenant. Aber bei diesem Fall war meine Arbeit nicht so gut, wie sie hätte sein sollen.« Sie setzte sich gerader hin, als bei der Erinnerung an Stacey Conlins Zeugenaussage wieder der Zorn in ihr hochstieg. Daß eine Schlüsselzeugin buchstäblich in letzter Minute gefunden wurde, mochte sich im Fernsehen gut machen, aber es war verdammt schlechte Polizeiarbeit.

Bodwin meinte trocken: »Vielleicht hatte es etwas damit zu tun, daß Sie diesen Fall praktisch allein bearbeiten mußten.«

Sie sah ihn an. »Ed hat also mit Ihnen gesprochen.«

Er schüttelte den Kopf. »Die Akte hat gesprochen — all die Berichte, die nur von Ihnen unterzeichnet waren. Und ich bin nicht ganz so blöd, wie ich aussehe.« Er nahm seine kalte Pfeife aus dem Aschenbecher, klopfte die Asche aus und legte die Pfeife wieder hin. »Sie schmeißen ihren Laden selbst, kein Problem. Sie und Ed sind Profis.« Er griff nach einem goldenen Füllfederhalter. »Dann bearbeiten Sie einen wichtigen Fall ganz allein, bitten offiziell um einen Gesprächstermin, zum ersten Mal, seitdem ich hier im Revier bin, kommen rein und machen die Tür zu.« Er grinste. »Sieht verdammt ernst aus.«

Entwaffnet grinste sie zurück. »Ich habe Ihr Vertrauen in mich immer zu schätzen gewußt, Lieutenant. Und Sie haben recht — ich bin wegen des Teddie Crawford-Falls hier.«

Ernsthaft fuhr sie fort: »Ich möchte nicht noch einmal in einem schweren Tötungsdelikt im Alleingang ermitteln müssen. Das Risiko ist viel zu groß, daß es zu Irrtümern kommt. Aber jede Ermittlung, die Taylor und ich durchführen, könnte zu einem weiteren Teddie Crawford-Fall werden.«

»Hören Sie zu, Kate. Es ist nicht einfach.« Bedachtsam fuhr er fort: »Die Zeiten ändern sich, und es ist verdammt schwer, mit dem ganzen Scheiß zurechtzukommen, den wir tun müssen, um es allen recht zu machen. Aber ich erwarte von jedem, der die Dienstmarke trägt, daß er seinen Job verdammt nochmal so gut macht, wie er nur kann. Wenn einer Schwierigkeiten damit hat, sollte ich das wissen. Aber ich kann ein Problem nur lösen, wenn mir klar ist, worum es geht. Was wollen Sie mir über Ed und sich sagen?«

Sie holte tief Luft. »Nur, daß ich einen anderen Partner haben möchte.«

In Bodwins Gesicht regte sich nichts. Er klopfte mit dem Füllfederhalter gegen die Schreibtischunterlage. »Möchten Sie darüber reden?«

»Nein, Sir.«

Er drehte den Füllfederhalter in den Händen und schwieg. Kate wurde plötzlich klar, daß Bodwin sich entschieden hatte, in ihrer Gegenwart nicht zu rauchen. Sie war irritiert, weil das so absurd war und weil sie ihm nicht gut sagen konnte, er könne ruhig in seinem eigenen Büro rauchen.

Er sagte: »Sie und Ed haben sieben gute Jahre zusammengearbeitet. Läßt sich die Sache irgendwie kitten?«

»Ein neuer Partner wäre zu diesem Zeitpunkt wahrscheinlich gut für uns beide.«

Er grinste schwach. »Wenn Ed einen neuen Partner bekommt, müßte er arbeiten.«

Sie erwiderte nichts, unsicher, ob er Witze machte oder noch einmal nachhaken wollte.

»Wie ich schon sagte, Kate, ich bin nicht so blöd, wie ich aussehe. Ich weiß, was Ed so leistet. Wir wissen beide, daß er seine zwanzig Jahre voll hat, er kann jederzeit die Marke abgeben. Wenn wir ihm einen anderen Partner geben ...«

Er seufzte. »Ed gehört hier zum Inventar. Und Sie sind die beste Kommissarin der Mordkommission, die ich habe. Ich war oft in Versuchung — aber, na ja, Sie und Ed haben so gut zusammengearbeitet. Warum eine gute Sache kaputtmachen.«

Er legte den Füllfederhalter hin und legte die Finger ineinander. »Wollen Sie das wirklich tun, Kate?«

Sie erwiderte fest: »Ich muß.«

Er seufzte wieder. »Gut. Ich möchte, daß Sie sich erst einmal ganz auf diesen Fall konzentrieren, ihn zum Abschluß bringen. Wann werden Sie aussagen?«

»Morgen vormittag.«

Er warf einen Blick in seinen Terminkalender. »Ich werde dasein.« Er sah sie an und runzelte die Stirn. »Gibt es da ein Problem?«

»Nein, Sir.«

»Wie läuft der Prozeß?«

Sie brachte ein Lächeln zustande. »Sie wissen, wie das ist. Sogar wenn der Mord gefilmt worden wäre, wüßte man noch nicht, zu welchem Urteil die Geschworenen kommen. Aber die Staatsanwältin leistet hervorragende Arbeit.« Sie stand auf. Sie war jetzt mit dieser Staatsanwältin verabredet — eine letzte Schwierigkeit an diesem schwierigen Tag.

Bodwin sagte: »Ich werde mich bei Ihnen melden, Kate. Aber bitte lassen Sie sich die Sache noch mal durch den Kopf gehen.«

»Ja, Sir.«

Als sie sein Büro verließ und sich in den vertrauten, beengten Räumen der Kriminalpolizei umsah, fühlte sie sich desorientiert und verwirrt. Sie war mit ihrer Polizeikarriere in unerforschte Gewässer geraten.

Linda Foster saß an ihrem Schreibtisch, in eine Akte vertieft. Die Jacke ihres Hosenanzugs hatte sie über einen Aktenschrank geworfen, die Ärmel ihrer weißen Seidenbluse bis über die Ellbogen hochgeschoben. Sie warf einen Blick auf Kate und wies mit dem Kopf auf die Kaffeemaschine. »Machen Sie sich nützlich. Schenken Sie uns Kaffee ein.« Sie konzentrierte sich wieder auf die Akte, griff ohne hinzusehen nach ihrem Kaffeebecher und drückte ihn Kate in die Hand.

Kate tat wie ihr geheißen und setzte sich dann hin, Foster gegenüber. Die legte schließlich die Akte hin, nahm ihre Brille ab, warf sie auf die Akte und massierte sich die Schläfen. »Gott, ich bin fix und fertig.«

»Und ich erst«, sagte Kate.

Foster grinste. Ihre graugrünen Augen funkelten lebhaft. »Aber es läuft ganz gut. Wenn man bedenkt, daß der schwerste Teil noch vor uns liegt.«

»Ja. Wenn Jensen im Zeugenstand war, wissen wir mehr.«

»Der, ja.« Foster machte eine wegwerfende Handbewegung. »Ich dachte mehr an Ihre Zeugenaussage.«

Kate holte tief Luft. »Darüber muß ich mit Ihnen reden. Ich meine, es gibt noch etwas außer der Besprechung der Fragen, die Sie mir in der Verhandlung stellen werden.«

»Klar.« Foster, die ihren Kaffeebecher mit beiden Händen festhielt, sah Kate fragend an.

»Sie wollen keine Überraschungen. Also gibt es etwas, das ich Ihnen erzählen muß.«

Foster wollte etwas sagen. Sie sah in Kates Gesicht, nickte statt dessen und hielt ihren Becher sehr still.

Kate sagte: »Erinnern Sie sich, daß ich erzählt habe, daß ich Kenneth Pritchard von früher kenne? Ich kannte ihn nie besonders gut. Aber eine Frau, mit der ich ... zusammenlebte, war mit ihm befreundet. Sie ist vor sechs Jahren gestorben.« Den Blick fest auf Linda Foster gerichtet, fuhr Kate ruhig fort: »Pritchard kennt die persönlichen Umstände meines Lebens mit ihr.«

Foster sah zu Boden, drehte ihren Kaffeebecher in den Händen und betrachtete seinen Inhalt. »Gut. Bin ich blöd? Ich verstehe nicht, was das mit Ihrer Zeugenaussage morgen zu tun hat.«

Kate sagte ruhig: »Ich denke, daß er versuchen wird, mein Privatleben offenzulegen, wenn ich aussage. Um die Geschworenen davon zu überzeugen, daß ich bei der Ermittlung des Mordes an einem Schwulen befangen war.«

Foster schloß die Augen. »Scheiße.« Wieder sah sie in ihren Kaffeebecher. »Ja. Er ist so ein Schleimscheißer, er könnte das tun. Er sollte damit nicht durchkommen. Aber ...«

»Aber er könnte«, beendete Kate den Satz.

»Nein, ich denke wirklich nicht, daß er damit durchkommt. Ich werde Einspruch erheben, und dem Einspruch müßte stattgegeben werden. Aber die Geschworenen werden die Frage hören, und das ist alles, was Pritchard will.«

»Mein Lieutenant wird morgen im Gericht sein.«

»Doppelte Scheiße.« Foster setzte ihren Becher ab. »Kate, ich kann Pritchard nicht daran hindern, die Frage zu stellen.«

»Ich weiß. Sind Sie sicher, daß Richterin Hawkins die Frage nicht zulassen wird?«

»Ziemlich sicher. Sie *sollte* sie nicht zulassen. Aber ich kann es nicht garantieren.«

»Wenn sie die Frage zuläßt —«

»Schon gut. Sagen Sie nichts mehr.« Foster hielt die Hand hoch. »Ich weiß es zu schätzen, daß Sie es mir erzählt haben. Wenn der Blitz einen Teil von Hawkins Gehirn trifft und sie meinen Einspruch abweist, brauche ich nicht zu wissen, was Sie antworten werden.«

Kate nickte.

»Ich muß Ihnen noch etwas sagen, Kate. So wie ich die Sache einschätze, wie ich Pritchard einschätze — möglicherweise wartet er ab und stellt die Frage nicht beim Kreuzverhör. Vielleicht hat er vor, Sie jetzt nicht ins Kreuzverhör zu nehmen, sondern sein Recht geltend zu machen, Sie später zu befragen, und Sie dann als Zeugin der Verteidigung vorzuladen.«

Kate saß sehr still. »Dreifache Scheiße«, sagte sie.

Linda Foster lachte. Kurz darauf stimmte Kate mit ein. Ihr Gelächter erfüllte das Büro, sie brüllten vor Lachen.

»Dieser Prozeß«, japste Foster und wischte sich die Augen. »Dieser Fall ist wirklich verblüffend. Ich erzähl' Ihnen was Verrücktes, Kate. Ich habe festgestellt, daß ich mich wirklich in einen Fall reinknien kann.«

»Ich sag' Ihnen was, Linda — Sie sind wirklich sehr gut.«

Fosters Augen, noch naß von Lachtränen, trafen Kates. »Danke. Das bedeutet mir sehr viel.«

Es entstand ein plötzliches, verlegenes Schweigen. Kate war sich sehr deutlich bewußt, daß das, was sie enthüllt hatte, zwischen ihnen stand. Sie fühlte eine qualvolle Befangenheit. Noch nie hatte sie einer heterosexuellen Person gegenüber ihre sexuelle Identität bloßgelegt.

»Ich ...« Foster räusperte sich und tippte mit dem Finger gegen den Kalender, der auf dem Schreibtisch stand. »Diese Zeit des Jahres ist immer ziemlich hart für mich. Am 30. April wäre meine Tochter zehn geworden.«

»Es tut mir so leid«, sagte Kate völlig überrascht. »Was ...«

»Angie war die intelligenteste Zweijährige, die man sich vorstellen kann. Sie hat es geschafft, in die Garage zu kommen, und da fand sie eine Flasche Terpentin.«

»Oh, mein Gott, Linda«, stieß Kate hervor.

»Jack und ich haben uns sehr bemüht, uns nicht gegenseitig die Schuld zu geben. Aber es heißt, daß die meisten Ehen den Tod eines Kindes nicht überstehen. Unsere garantiert nicht. Ich werde nie wieder heiraten. Ich weiß, daß es keinen Ersatz für Angie gibt. Aber ich bin froh, den Partner zu haben, mit dem ich jetzt zusammenlebe. Ich bin froh, daß ich meinen siebenjährigen Sohn habe — David bedeutet mir sehr viel.«

»Das tut er ganz bestimmt.« Wie betäubt suchte Kate nach etwas, das sie sagen konnte. Sie war sich fast schmerzhaft bewußt, was zwischen ihr und dieser Frau vorgefallen war, der sie gerade offen gesagt hatte, daß sie lesbisch war. Einer

Frau, die dafür das schmerzlichste Leid ihres Lebens offenbart hatte.

»Gut, jetzt haben wir uns aber genug amüsiert«, sagte Foster energisch. »Holen wir uns noch etwas Kaffee, und gehen wir an die Arbeit.« Sie griff nach Kates Becher und sagte: »Eins sag' ich dir, meine Freundin. An einer Tatsache kann Pritchard nichts ändern. Sein Schweinehund von einem Mandanten ist *schuldig*. Und ich werde ihn ins Gefängnis bringen, und wenn es das letzte ist, was ich tue. Ich werde ihn einlochen, bis sein Arsch Schimmel ansetzt.«

15

»Die Staatsanwaltschaft ruft Detective Kate Delafield in den Zeugenstand.«

Kate legte beim Gerichtsdiener ihren Eid ab und setzte sich in den Zeugenstand vor das Mikrophon. Sie hatte ihre Kleidung sorgfältig ausgesucht: ihr grau-weißes Fischgrätenjackett, graue Hosen und eine weiße Stehkragenbluse — konservativ, nicht zu nüchtern, aber dem Ernst der Lage angemessen. Es waren hochwertige Sachen, die ihr standen und so gut saßen, daß sie keinen Gedanken daran würde verschwenden müssen, irgend etwas zurechtzurücken oder an sich herumzuzupfen.

Sie wandte sich leicht den Geschworenen zu und konzentrierte sich darauf, sich gerade zu halten, ohne steif zu wirken. Der Gerichtssaal war wie eine Arena, in der jeder Teil von ihr wie unter einem Mikroskop begutachtet und unwiderruflich beurteilt werden würde. Jedesmal, wenn sie etwas sagte, würden die Geschworenen ein Urteil über ihre Kompetenz und vor allem über ihre Glaubwürdigkeit fällen. Es kam darauf an, was sie sagte, wie sie es sagte und was für ein Gesicht sie dabei machte. All die Monate, die sie an diesem Mordfall gearbeitet hatte, würden in die nächsten intensiven Stunden ihrer

Zeugenaussage hineingepreßt werden, wenn sie haargenau wiedergeben würde, wie es zur Festnahme von Kyle Jensen und der Anklageerhebung gegen ihn gekommen war.

Lieutenant Bodwin war noch nicht da. Kate erwartete ihn am späten Vormittag, wenn der Routineteil ihrer Aussage abgeschlossen sein würde. Am Rand ihres Gesichtsfelds konnte sie Kyle Jensen sehen, der mit gekreuzten Armen dasaß und sie anstarrte. Kenneth Pritchard, adrett und ordentlich in seinem dunkelblauen Anzug, malte Männchen mit dem Füllfederhalter, mit dem er sich Notizen für sein Kreuzverhör machen würde.

Sein Kreuzverhör. Sie würde jetzt nicht an Kenneth Pritchard und seine Fragen denken. Das hätte keinen Sinn. Von dem Augenblick an, als sie den Tatort im Restaurant *Tradition* betreten hatte, waren Geschehnisse in Bewegung gesetzt worden, die ihr im Augenblick unausweichlich erschienen.

Tu für Teddie Crawford, was du nur kannst, dachte sie. Du bist alles, was er hat.

Du bist alles, was er hat. Sie würde diesen Satz als Mantra benutzen.

Linda Foster, tadellos gekleidet in ihrer langen, weinroten Jacke und einem schwarzen Rock, kam mit kaum unterdrücktem Eifer zu Kate herüber. Sie liebt das, dachte Kate. Die Zusammenstöße, den Kampf, das Risiko. Diese Frau ist eine geborene Spielerin.

Foster sagte mit fester Stimme zu Kate: »Würden Sie uns bitte Ihren Namen und Ihren Dienstgrad nennen und uns sagen, wo Sie arbeiten und wie lange Sie schon dort sind.«

Und so begann es.

Als Linda Foster eine Pause machte, um ihre Notizen zurückzublättern, vergrub die Geschworene Nummer vier ihr Gesicht fast in ihrem PARIS-Pullover. Bei Kates ersten zwei Stunden auf dem Zeugenstand war ihr Kopf ständig tief gesenkt gewesen. Kate hatte jedes Beweisstück beschrieben, hatte ausgesagt, wo und warum sie es als Beweismittel erkannt und gesichert hatte, wann es ins kriminaltechnische Labor geschickt worden war, welche Nummer es bei der Kripo und im Labor bekommen hatte. Aber die Geschworene Nummer vier hatte konzentriert zugehört, als Kate Jensens Aussagen beim Verhör wiedergab. Ihre Augen hinter den Brillengläsern hatten vor Konzentration leicht geschielt, und sie hatte mit dem Zeigefinger geistesabwesend ihr glattes, blondes Haar durchgekämmt. Und die drei notizenmachenden Geschworenen waren pausenlos beschäftigt gewesen, insbesondere die Geschworene Nummer acht, die ältere Frau, die nach Kates Ansicht wahrscheinlich Obfrau der Geschworenen werden würde.

»Detective Delafield«, sagte Foster, die gefunden hatte, was sie suchte. »Im Krankenhaus und später im Revier sagte der Angeklagte aus, daß er seine Hände an einer offenen Schinkendose geschnitten hätte, als er den Mülleimer im Hinterhof ausleeren wollte, ist das richtig?«

»Ja, das hat er mir erzählt«, sagte Kate.

»Wir haben die Fotos der Suche nach dieser Dose mit gekochtem Schinken als Beweismittel vorgelegt. Die Dose wurde nie gefunden, ist das richtig?«

»Das ist richtig.«

»Und im Hinterhof der Wohnung des Angeklagten waren keinerlei Blutspuren zu finden.«

»Nein.«

»Also hat der Angeklagte gelogen. Der Angeklagte, befragt, was er mit den Sachen gemacht hätte, die er von der Leiche des Opfers gestohlen hat, sagte aus, ich zitiere: 'Die hab' ich weggeschmissen. In irgendeine Gasse. Fragen Sie mich nicht wo.' Ist das richtig?«

»Das ist richtig.« Foster war dabei, dachte Kate, die ganzen langen Stunden von Kates Zeugenaussage zu einem gekonnten und effektiven Abschluß zu bringen ...

»Also hat der Angeklagte gelogen. Als Sie den Angeklagten

fragten, ob er je in einer Bar namens *Malone's* gewesen sei und ob er den Barkeeper kenne, hat er das abgeleugnet — ist das richtig?«

»Ja, das ist richtig.«

»Also hat der Angeklagte gelogen. Befragt, wo er in der Mordnacht gewesen wäre, sagte der Angeklagte aus, er sei mit Shirley Johnson zusammengewesen. Ist das richtig?«

»Das ist richtig.«

»Also hat der Angeklagte gelogen. Auf die Frage, wer ihm geholfen hätte, seine blutdurchtränkte Kleidung abzulegen, behauptete der Angeklagte, es sei Shirley Johnson gewesen, während es in Wirklichkeit Burt Dayton war. Ist das richtig?«

»Das ist richtig.«

»Also hat der Angeklagte gelogen. Der Angeklagte hat wieder und wieder gelogen. Alles, was dieser Angeklagte von sich gab, waren Lügen —«

»Einspruch!« bellte Kenneth Pritchard.

»Stattgegeben«, sagte Richterin Hawkins.

Foster sah Kate an und grinste ihr fast unmerklich zu. Kopf hoch, wollte sie damit sagen.

»Ich habe keine weiteren Fragen. Vielen Dank, Detective.« Foster strebte mit langen Schritten zurück an ihren Platz.

Kenneth Pritchard erhob sich lässig, ließ seinen Notizblock liegen und näherte sich dem Zeugenstand, Hände in den Hosentaschen. Kate spürte, wie sie sich anspannte, erinnerte sich an ihre Körpersprache und lehnte sich zurück.

»Detective Delafield.« So weich ausgesprochen, daß ihr Name einen fast musischen Klang bekam.

Kate gelang es nur mit Mühe, seinen Blick zu erwidern. Seine ungezwungene Selbstsicherheit ließ sie frösteln. Sie machte ein ausdrucksloses Gesicht.

»Detective Delafield, als Sie am Morgen des vierten Februars den Tatort betraten, haben Sie da irgendwo, außer in der Küche, Anzeichen von Unordung gesehen?«

»Nein, das habe ich nicht.« Sie ging über ein simples

»Nein« hinaus, um Pritchard und den Geschworenen zu zeigen, wie fest ihre Stimme klang.

»Haben Sie irgendwo Blut gesehen, außer in der Küche?«

»Nein.«

»Sie haben Gegenstände als Beweismittel vorgelegt, die mein Mandant Ihrer Behauptung nach dem Opfer entwendet hat – eine Uhr, einen Ring und eine Brieftasche. Ist das richtig?«

»Das ist richtig.«

»Sie haben Geld in Mr. Crawfords Brieftasche gefunden, als Sie sie als Beweismittel sicherstellten, einen Betrag von siebenundsechzig Dollar. Ist das richtig?«

»Das ist richtig.«

»Geld, das nicht von meinem Mandanten aus der Brieftasche entwendet worden war. Richtig?«

»Ja.«

»Befindet sich im Speiseraum des Restaurants *Tradition* eine Registrierkasse?«

»Ja.«

»War in irgendeiner Weise an dieser Registrierkasse manipuliert worden?«

»Nein.«

»War die Kasse geöffnet?«

»Nein.«

»Befand sich Blut an ihr?«

»Nein.«

»Detective, ist es nicht zutreffend, daß sich in dieser Registrierkasse Geld befand?«

»Ja.«

»Vielen Dank, Detective«, sagte er leise. Wieder lächelte er sie an. »Keine weiteren Fragen.«

Kate sackte vor Erleichterung zusammen, als ihre Anspannung nachließ. Sie warf einen kurzen Blick auf Linda Foster. Die starrte mit zusammengepreßten Lippen und bebenden Nasenflügeln wütend auf Pritchard, der zur Anklagebank zurückging.

Was hatte Pritchard vor? Warum hatte er die Frage nicht gestellt? Sie wußte ganz genau, daß er sie stellen würde. Warum hatte er sich nicht einmal das Recht ausbedungen, sie noch einmal als Zeugin aufzurufen? Und wie war sein mageres Kreuzverhör zu erklären, nach den vier Stunden, die sie ausgesagt hatte?

»Hat die Staatsanwaltschaft noch Fragen?« erkundigte sich Richterin Hawkins bei Linda Foster. Wenn Pritchards Verhalten die Richterin überrascht hatte, war in ihrem glatten, dunklen Gesicht jedenfalls nichts davon zu sehen.

»Ja, Euer Ehren.« Foster erhob sich mit beherrschtem Gesicht. »Detective, Sie haben eben ausgesagt, daß kein Geld aus der Brieftasche des Opfers oder der Registrierkasse entwendet worden war.«

»Das ist richtig«, sagte Kate gehorsam.

»Würde der Zustand der Hände des Angeklagten es ihm nicht unmögl...«

»Einspruch!« brüllte Kenneth Pritchard. »Mutmaßung.«

»Stattgegeben«, sagte Richterin Hawkins unbewegt. »Die Geschworenen werden die Frage nicht zur Kenntnis nehmen.«

»Keine weiteren Fragen«, sagte Linda Foster.

»Haben Sie noch Fragen an die Zeugin, Mr. Pritchard?« fragte Richterin Hawkins.

»Nein, Euer Ehren.«

»Die Zeugin kann den Zeugenstand verlassen.« Die Richterin sah fragend auf Linda Foster.

»Euer Ehren«, sagte Foster, »die Staatsanwaltschaft hat die Beweisführung abgeschlossen.«

Richterin Hawkins nickte und warf einen Blick auf die Uhr des Gerichtssaals. »Die Sitzung ist auf vierzehn Uhr vertagt.«

Erst dann dachte Kate daran, sich im Gerichtssaal umzusehen. Und begegnete dem warmen, lächelnden Blick Aimees. Überrascht und verdutzt brachte sie ein Lächeln zustande.

Aimee, die in der letzten Reihe saß, berührte mit dem Zeigefinger leicht ihre Lippen und warf Kate einen heimlichen

Kuß zu. Dann stand sie auf und verließ unauffällig den Gerichtssaal. Kate packte sich innerlich und schüttelte sich durch. Ihr wurde bewußt, daß sie so angespannt gewesen war und sich so sehr auf ihre Aussage konzentriert hatte, daß sie nicht gesehen hatte, wie Aimee hereingekommen war. Auch Lieutenant Bodwin, der in der ersten Reihe saß und Kenneth Pritchard verblüfft anstarrte, hatte sie nicht wahrgenommen.

Kate zog sich auf die Füße und verließ den Zeugenstand. Sie ging an der Anklagebank vorbei, ohne Kenneth Pritchard oder Kyle Jensen anzusehen.

»Gut gemacht«, begrüßte Bodwin sie. Er wies mit einem Ruck des Kopfes auf Pritchard, der gerade ein Dokument aus seiner Aktenmappe holte. »Sie hätten Ihr Gesicht sehen sollen, als er sagte, 'keine weiteren Fragen'.« Bodwin grinste. »Das war das merkwürdigste, armseligste Kreuzverhör, das ich je gehört habe.«

Sie zuckte die Achseln. »Wahrscheinlich hat er noch was in petto.«

»Wahrscheinlich«, sagte Bodwin gleichgültig. »Kate, wenn Sie Ihre Meinung nicht geändert haben, werde ich mit Ed reden. Über unser Gespräch gestern«, fügte er hinzu, als Linda Foster durch die Absperrung ging und zu ihnen herüberkam.

»Machen Sie das«, teilte sie ihm mit. »Lieutenant, darf ich Ihnen Linda Foster vorstellen. Linda, Lieutenant Bodwin.«

»Gute Arbeit, Frau Staatsanwältin«, sagte er und nickte ihr zu. »Den haben sie in der Tasche.«

»Noch nicht, Lieutenant«, antwortete Linda Foster. Ihr Gesicht war verschlossen und hart. »Aber Detective Delafield hat heute hervorragende Arbeit geleistet.«

»Da sind wir uns einig.« Er schüttelte ihr die Hand und ging.

Kate fragte leise: »Was zum Teufel hat Pritchard vor?«

»Verdammtes Theater«, zischte Foster. »Er wird —« Sie brach ab, als Pritchard die Pforte öffnete und auf sie zukam.

»Kate«, sagte er, »ich dachte, ich händige Ihnen das hier persönlich aus.« Lächelnd reichte er ihr das Dokument, das er eben aus seiner Aktenmappe genommen hatte, und schlenderte davon.

Sie hielt die offizielle Vorladung in der Hand, als Zeugin der Verteidigung vor Gericht zu erscheinen.

»Kostet es bis zum letzten aus«, schnaubte Linda Foster. »Schleimiges kleines Arschloch.«

16

Ferris Sweeney hatte im Zeugenstand entspannt gewirkt, nachdem Linda Foster sich erhoben hatte, um höflich zu versichern, daß die Staatsanwaltschaft seine Qualifikation als sachverständiger Zeuge auf dem Gebiet von Drogen und Alkoholismus nicht anzweifeln würde.

Er war ein Mann um die Fünfzig mit dünnem, gerade zurückgekämmtem Haar und einem dürftigen grauen Schnurrbart, der ein sportliches Tweedjackett mit Lederflicken auf den Ellbogen trug. Kenneth Pritchards Fragen hatte er mit ruhiger Autorität beantwortet.

»Also, Mr. Sweeney«, sagte Pritchard, der an den Zeugenstand gelehnt dastand, »Sie haben uns mitgeteilt, daß Sie seit Jahren mit Opfern des Drogenmißbrauchs arbeiten und dabei zu dem Ergebnis gekommen sind, daß bestimmte Verhaltensmuster häufig bei Menschen auftreten, die Kokain einnehmen.«

»Ja, das ist richtig.«

»Und Sie haben festgestellt, daß Kokaingenuß zu einer Beeinträchtigung des Urteilsvermögens führen kann.«

»Das ist ganz entschieden so.«

»Zu einer *schweren* Beeinträchtigung des Urteilsvermögens.«

»In der Tat«, sagte Sweeney bedauernd. »Das ist abhängig von der eingenommenen Menge und der Häufigkeit des Mißbrauchs.«

»Kann die Einnahme von Kokain zum Verlust der emotionalen Kontrolle führen?«

»Ja.«

»Kann die Einnahme von Kokain zu unkontrollierbarem Verhalten führen?«

»Ja.«

»Zu gewalttätigem Verhalten?«

»Ja.«

»Kann das bis zum Totschlag gehen?«

»Ja.«

»Vielen Dank«, sagte Pritchard. »Keine weiteren Fragen.«

Linda Foster erhob sich und ging zum Zeugenstand. »Mr. Sweeney«, sagte sie höflich, »auf welchen kontrollierten wissenschaftlichen Laboruntersuchungen gründen sich die Aussagen, die sie heute über Kokain, Mengen von Kokain, Beeinträchtigung des Urteilsvermögens durch Kokain und so weiter gemacht haben?«

Er sah aus, als wäre er enttäuscht von ihr. »Selbstverständlich sind meine Untersuchungen empirischer Natur«, entgegnete er. »Meine Ergebnisse sind begründet auf Jahren der Erfahrung in der Arbeit mit Alkohol- und Drogensüchtigen.«

Foster sah erstaunt aus. »Sie haben keinerlei wissenschaftliche Untersuchungsergebnisse vorzuweisen, auf die Sie Ihre Behauptungen stützen könnten?«

Sweeney fuhr zornig hoch. »Bei dem politischen Klima, das gegenwärtig in diesem Land herrscht, gibt es keine öffentlichen Gelder für wissenschaftliche Untersuchungen über Drogen und Drogenmißbrauch. Und das ist eine Schande.«

»Mr. Sweeney«, sagte Foster, »haben Sie selbst je kontrolliert Substanzen eingenommen oder mit ihnen experimentiert?«

»Nein. Nein, das habe ich nie getan.«

»Dann basieren Ihre Aussagen also ausschließlich auf den Erfahrungswerten, die Sie in Ihrer Arbeit mit chronisch Drogenabhängigen gewonnen haben. Ist das richtig?«

»Ja, das ist richtig.«

Foster zeigte auf die Geschworenen und sagte in ungläubigem Ton: »Also sind Sie heute vor die Geschworenen getreten, obwohl Ihr angebliches Wissen nicht auf wissenschaftlichen Untersuchungen beruht, sondern auf Äußerungen, die Drogenabhängige Ihnen gegenüber gemacht haben?«

Ferris wirkte noch enttäuschter von ihr. »Das ist eine grobe —«

Foster wandte sich an Richterin Hawkins und sagte abfällig: »Ich habe keine weiteren Fragen an diesen Zeugen.«

Kate grinste vor Entzücken, als sie beobachtete, wie die Geschworene Nummer vier die Arme vor ihrem PARIS-Pullover kreuzte und Ferris Sweeney verächtlich ansah.

Richterin Hawkins erkundigte sich unbewegt: »Haben Sie noch Fragen, Mr. Pritchard?«

Pritchard wirkte ungerührt. »Ich habe nichts weiteres.«

»Der Zeuge kann den Zeugenstand verlassen.«

»Euer Ehren, lassen Sie uns gleich zur Sache kommen«, sagte Pritchard. »Die Verteidigung ruft Kyle Jensen in den Zeugenstand.«

Kate erinnerte sich an Taylors Zusammenfassung von Kyle Jensens Chancen vor Gericht: »Er kommt vielleicht sogar ungeschoren davon. Die Geschworenen sehen diesen vitalen, normalen Typen und kommen zu dem Schluß, daß er halt ausgerastet, einfach durchgedreht ist.«

Jensens Schnurrbart war frisch gestutzt, die blonden Haare frisch geschnitten. Für sein Erscheinen im Zeugenstand hatte er einen weinroten Pullover mit V-Ausschnitt, eine marineblaue Hose und ein weißes Hemd mit einer blauen Krawatte angezogen. Rot, weiß und blau, so amerikanisch wie Apple Pie, dachte Kate sarkastisch, als sie die Gesichter der Geschworenen betrachtete. Sie konnte sehen, daß sie Jensen positiv einschätzten. Eben der typische blauäugige, einfache, gutaussehende amerikanische Junge von nebenan.

Pritchard hielt sein Notizbuch fest in einer Hand, die andere hatte er in die Jackentasche gesteckt. Er näherte sich dem Zeugenstand, eine lässig elegante Erscheinung in seinem dunkelblauen Anzug. Ohne jede Förmlichkeit fragte er: »Wie alt sind Sie, Kyle?«

»Siebenundzwanzig.«

»Was sind Sie von Beruf?«

»Vor all dem hier«, sagte Jensen fest, »hab' ich bei der Landschaftspflegefirma 'Grüne Oase' gearbeitet.«

»Und wo kommen Sie her?«

»Ich komme aus Pittsburgh. Seit ungefähr einem Jahr bin ich hier.«

Jensens hohe, heisere Stimme schien im Gerichtssaal gut zur Geltung zu kommen, dachte Kate. Männlichkeit war so oft eine Frage der Verpackung ... Sie erinnerte sich, wie sie eines Nachts vor dem Fernseher eingenickt war. Als sie aufwachte, hatte sie eine hohe männliche Stimme gehört und festgestellt, daß die Stimme Clark Gable gehörte.

Pritchard sagte: »Ihr Vater ist verstorben, ist das richtig?«

»Ja, das stimmt«, sagte Jensen. Augenblicklich verdunkelte sich sein Gesicht.

Eine effektive Eröffnung, das mußte Kate zugeben. Pritchard schlug Kapital aus Jensens Schwäche für seinen Vater, machte ihn den Geschworenen zugänglich, gewann ihm ihre Sympathie.

»Er hat im Koreakrieg gekämpft, nicht wahr?«

»Er ist im Koreakrieg ausgezeichnet worden«, korrigierte Jensen ihn.

»Er wurde schwer verwundet, nicht wahr?«

»Ja, er ist ziemlich zusammengeschossen worden.«

»Ihre Mutter lebt noch?«

»Ja, sie kann nicht herkommen, sie ist ziemlich krank.«

Sicher, dachte Kate, die sich an Jensens Verachtung für seine Mutter erinnerte. Pritchard leistete gute Arbeit, er fabrizierte ein echt amerikanisches Leumundszeugnis für Jensen.

»Haben Sie Geschwister?«

»Einspruch, Euer Ehren«, sagte Linda Foster kurz. »Diese Folge der *Waltons* ist hier irrelevant.«

Kenneth Pritchard sprach zornig in das Gelächter im Gerichtssaal hinein. »Euer Ehren, diese Aussagen sind von direkter Relevanz für den familiären Hintergrund und Charakter meines Mandanten.«

»Einspruch abgelehnt«, sagte Richterin Hawkins mißbilligend zu Foster. Kate sah begeistert das amüsierte Lächeln auf den Gesichtern der Geschworenen. Foster hatte die Stimmung im Saal platzen lassen.

»Haben Sie Geschwister?« wiederholte Pritchard.

»Nein, Sir.«

»Kyle, ich möchte jetzt zu dem übergehen, was am vierten Februar geschehen ist. An diesem Freitagabend waren Sie im *Malone's*.« Pritchard wartete.

»Ja, Sir.«

»Was wollten Sie dort?«

»Ein Bier trinken. Ich hab' nur auf einen Sprung reingeschaut.«

»Erzählen Sie uns, wie Sie Mr. Crawford begegnet sind.«

Jensen rutschte auf dem Zeugenstuhl hin und her. Er braucht eine Zigarette, dachte Kate.

»Ich saß an der Theke und trank mein Bier. Er kam mit dieser Frau und einem anderen Typ rein —«

»Wieso ist er Ihnen aufgefallen?«

»Ich saß mit dem Rücken zur Theke. Hab' mich umgesehen und geguckt, was so für Leute reinkommen. Dann war er an der Theke und bestellte 'ne Runde Bier ...«

Kate, die auf ihrem gewohnten Platz saß, das Notizbuch auf dem Schoß, hörte aufmerksam zu, wie Jensen seine Begegnung mit Teddie Crawford und ihre Unterhaltung schilderte. Sie und Linda würden vergleichen, was ihnen an Widersprüchen zwischen dem, was Jensen beim Verhör ausgesagt hatte, und dem, was er jetzt ruhig und ernsthaft den Geschworenen erzählte, aufgefallen war. Sie erinnerte sich, wie überzeugend er im Krankenhaus gewesen war — bis sie angefangen hatte, die Wahrheit herauszufinden.

»Wieviel Bier haben Sie im *Malone's* getrunken?«

»Vier.«

»Wer hat Ihr Bier bezahlt?«

»Ich. Ich hab' bezahlt.«

»Gut. Nun, sind Sie im Lokal mit Mr. Crawford irgendwohin gegangen?«

»Ja, auf's Klo. Zur Toilette.«

»Zu welchem Zweck?«

»Um ein bißchen Koks zu nehmen.«

»Wem gehörte das Kokain?«

»Wir hatten beide welches.«

Kate machte sich eine Notiz und malte einen Kreis darum. Jensen hatte zuvor immer behauptet, daß alles Kokain Teddie Crawford gehört hatte.

»Wieviel Lines Kokain haben Sie eingenommen?«

»Zwei.«

»Dann sind Sie zum Restaurant gefahren. Wieviel Lines Kokain haben Sie im Restaurant eingenommen?«

»Vier.«

»Wessen Kokain war das?«

»Gemischt. Ein bißchen gehörte ihm, ein bißchen hatte ich.«

»Kyle, warum haben Sie der Polizei erzählt, daß Mr. Crawford das Kokain hatte?«

»Weil ich sowieso schon tief genug in der Sch... Ich hatte schon Probleme genug, ohne wegen Besitz von Drogen oder Handel mit Drogen oder weiß der Geier was festgenommen zu werden.«

»Sehr schön. Sie sind also im Restaurant. Erzählen Sie uns, was dort geschah.«

»Ich schnupfte Koks. Ich war echt high. Er hat mir sein Restaurant gezeigt. Dann ...«

Jensen umklammerte mit gefalteten Händen das Gitter des

Zeugenstandes. Er braucht wirklich dringend eine Zigarette, dachte Kate.

»Was geschah dann, Kyle?«

Er warf einen kurzen Blick auf die Geschworenen. »Er fing an, mich zu begrabschen.«

Pritchard stellte sich direkt vor Jensen. »Beschreiben Sie genau, was er getan hat, Kyle«, sagte Pritchard behutsam und überredend, wie ein Priester im Beichtstuhl, der die Einzelheiten einer Sünde herauslocken will.

»Er fuhr mit der Hand über meine Brust. Ich trat einen Schritt zurück. Dann —«

»Wie war Ihre Reaktion darauf?« unterbrach Pritchard.

»Ich war völlig baff. Es war wie ein Schuß in den Rücken. Damit hätte ich verdammt nochmal nie gerechnet.«

»Hatten Sie vor diesem Zeitpunkt irgendeinen Verdacht, daß Mr. Crawford homosexuell sein könnte?«

»Nein, überhaupt nicht.«

Aus dem Gerichtssaal waren der schrille Kommentar »Oh, Maria, bitte« und verschiedene andere höhnische Ausrufe zu hören — Kate erkannte die Stimme von Gloria Gomez. Richterin Hawkins klopfte einmal scharf mit ihrem Hammer.

Ungerührt fuhr Pritchard fort: »Wir haben die Aussage der Angestellten des Ladens an der Ecke gehört. Sie sprach von einer Unterhaltung zwischen ihr und Mr. Crawford. Was wissen Sie noch von dieser Unterhaltung?«

Jensen erwiderte heftig: »Ich bin in den Laden gegangen, um Zigaretten zu kaufen. Er kam mit rein und bezahlte, bevor ich mein Geld rausholen konnte.« Noch heftiger fuhr er fort: »Ich erinnere mich, daß er mit dieser frechen Verkäuferin redete, aber ich hab' nicht zugehört. Was scherte es mich, was er dieser kleinen Verkäuferin zu sagen hatte?«

»Gut. Er hat Ihnen sein Restaurant gezeigt. Was hat er dann getan?«

Jensen sah Pritchard an. Er räusperte sich. »Er fuhr mir mit der Hand über den Schritt. Er sagte, ich ... er sagte, ihm gefiele, wie ich ausgestattet wär'.«

»Was meinte er damit?«

»Er meinte ... ihm gefiel ... was er zwischen meinen Beinen sah.«

»Wie haben Sie auf diese Bemerkung über Ihre Genitalien reagiert?«

Jensens Stimme wurde lauter. »Ich bin völlig ausgerastet. Ich hab' ihm sofort gesagt, daß ich nicht schwul bin. Ich mein', ich bin völlig ausgerastet.«

»Was hat Mr. Crawford erwidert, als Sie ihm sagten, daß Sie nicht schwul seien?«

»Er hat nur gelacht. Er hat gesagt, vielleicht müßte ich einfach noch etwas mehr Koks nehmen.«

Mit niedergedrücktem Triumph nahm Kate diese neue Information zur Kenntnis. Das Szenario war dem sehr ähnlich, das sie in der Nacht, als sie allein ins Restaurant *Tradition* gegangen war, um den Mord zu rekonstruieren, entworfen hatte.

Pritchard fragte: »Was empfanden Sie, als er das sagte?«

Jensen bewegte die Schultern und rückte die Krawatte im V-Ausschnitt seines Pullovers gerade. »Ich war wütend. Ich bin total ausgerastet.« Die rhombenförmigen Augen verengten sich und glitzerten. »Es machte mich wahnsinnig, daß er dachte, noch mehr Koks würde mich zu dem machen, was er war. Nie, keine *Sekunde*, könnte ich *so* sein wie *er*.«

»Gut, Kyle. Was haben Sie dann getan?«

Jensen umklammerte das Gitter des Zeugenstandes. »Ich bin cool geblieben. Ich habe ihm nochmal gesagt, daß ich nicht schwul bin. Er lachte und meinte, gut, wie du willst, komm mit in die Küche. Also bin ich mit ihm in die Küche gegangen.«

»Warum? Warum haben Sie getan, was er gesagt hat?«

»Die Eingangstür war verschlossen. Die Küchentür war offen. Außerdem war meine Lederjacke da drin.«

»Gut, eins nach dem anderen. Sie gehen also mit in die Küche. Haben Sie versucht, das Haus zu verlassen?«

»Ja. Ja, hab' ich, und er befummelte mich wieder, er sagte ...« Jensen zögerte, warf einen schnellen Blick auf die Geschworenen und dann auf Pritchard. »Er sagte, ich müßte nichts tun. Ich sollte ihn nur meinen Schwanz lutschen lassen.«

Pritchard sah einen langen Augenblick in seine Notizen, ließ die Worte im Raum hängen. Kate betrachtete forschend die ernsten Gesichter der Geschworenen. Dann notierte sie sich, daß Jensen das Koks nicht erwähnt hatte, das er seiner früheren Aussage zufolge noch in der Küche geschnupft hatte.

Pritchard fragte ruhig: »Was empfanden Sie, als er Ihnen diesen sexuellen Akt vorschlug?«

»Ich hätt' fast gekotzt.«

Kate notierte, daß Jensen beim Verhör genau die gleichen Worte gebraucht hatte. Aber damals hatte sich dieser Kommentar darauf bezogen, daß Teddie Crawford mit dem Messer vor ihm gestanden hatte, es war nicht um irgend etwas gegangen, das Teddie gesagt hatte.

»Wie haben Sie darauf reagiert, Kyle?«

»Ich hab' meine Jacke genommen und gesagt, ich würd' jetzt machen, daß ich wegkäme.«

»Was geschah dann?«

»Er zieht ein großes Messer aus einem Ständer und hält es hoch. Ich sag': 'Immer mit der Ruhe, immer mit der Ruhe.' Ich denk', er macht das, weil ich größer bin als er. Nur so kann dieser — dieser Typ mich dazu bringen, dazubleiben.«

Eine wichtige Hinzufügung zu seinem Geständnis, dachte Kate und unterstrich ihre Notiz.

»Was hat er dann gesagt, Kyle?« fragte Pritchard.

»Er hat gesagt, er wolle es mir machen, das sei alles, und es würde mir sehr gefallen.«

Kate warf einen kurzen Blick auf die Geschworenen, die so unbeweglich wie Statuen dasaßen. Die Gesichter der sechs Männer waren besonders steinern. Ein einziges Votum für

Freispruch konnte dazu führen, daß die Jury nicht entscheidungsfähig war ...

Pritchard fragte Jensen: »Was haben Sie daraufhin gesagt?«

»Nichts. Ich hab' mich umgedreht und meine Jacke wieder hingelegt. Ich wollte ihn dazu bringen, sich ein bißchen zu entspannen, damit ich ihm das Messer wegnehmen konnte. Dann greife ich blitzartig nach seinem Handgelenk.« Jensen demonstrierte den Geschworenen mit seiner rechten Hand, was er getan hatte. »Aber er holt aus, und ich hab' voll ins Messer gefaßt. Ich hab' dann versucht, ihm das Messer wegzunehmen, mir war klar, daß ich das jetzt sofort schaffen mußte, sonst wär's echt gefährlich geworden. Also griff ich mit der anderen Hand nach dem Messer —« Wieder demonstrierte er es den Geschworenen. »Ich hau' ihm das Knie rein, und wir gehen beide zu Boden. Er hatte immer noch das Messer, und er kämpft wie ein Tier — ganz plötzlich waren wir wie wild am Kämpfen ...«

Pritchard ließ die Stille anwachsen. »Und was dann, Kyle?«

Jensen starrte blicklos in den Gerichtssaal und schüttelte langsam den Kopf. »Ich weiß es nicht. Danach kann ich mich an nichts mehr erinnern. Ich hab's einfach vergessen, Mann. Ich hab's vergessen. Danach kann ich mich an nichts mehr erinnern.«

»In Ordnung, Kyle. Das letzte, an das Sie sich erinnern können, ist, daß Sie wie verrückt mit ihm kämpften. Was ist das *nächste*, an das Sie sich erinnern können?«

»Daß er aufhörte. Schließlich hat er aufgehört zu kämpfen. Überall war Blut. Ich war voller Blut, und meine Hände bluteten.«

»Und was dann?«

»Ich bin in Panik geraten. Ich wußte nur noch, daß ich da weg mußte. Ich griff nach Papierhandtüchern, sie waren sofort ganz voller Blut, ich hab' versucht, mich zu waschen und sah, wie schwer verletzt ich war. Also nahm ich ein paar

Geschirrhandtücher ...« Seine Stimme verlor sich. Er sah Pritchard unsicher an.

Pritchard wiederholte: »Sie sind in Panik geraten.«

»Ja. Ja, der Koks, wissen Sie, ich war völlig stoned.«

»Kyle.« Pritchard senkte die Stimme. »Kyle, warum haben Sie Mr. Crawfords Brieftasche und seinen Schmuck genommen?«

»Ich hatte panische Angst. Ich wußte, daß ich echt in Schwierigkeiten war, niemand würde mir glauben, was passiert war, ich dachte, jetzt komm' ich in die Gaskammer. Mir fielen meine Fingerabdrücke ein, ich warf alles, was ich angefaßt hatte, in einen Plastiksack. Ich hab' diese Sachen genommen, damit es wie ein Raubüberfall aussah.«

Mir kommt gleich alles hoch, dachte Kate.

Pritchard fragte: »Wenn Sie wollten, daß es wie ein Raubüberfall aussah, warum sind Sie dann nicht an die Kasse gegangen?«

»Ich hab' nicht daran gedacht. Ich konnte nicht klar denken —«

Pritchard wiederholte: »Sie konnten nicht klar denken.«

»Nein. Nein, es war wegen dem Koks, ich war völlig stoned.«

Schon das zweite Mal, daß Pritchard ihm diese Aussage vorsouffliert hat, dachte Kate.

»Und was dann, Kyle?«

»Ich bin da weg. Ich hab' die Hände in Küchenhandtücher gewickelt, so gut es ging, stieg aufs Motorrad und fuhr los.«

»Warum haben Sie der Polizei erzählt, daß Shirley Johnson Ihnen beim Ausziehen geholfen hat?«

»Wer hätte das nicht? Der Typ, mit dem ich aneinandergeraten war, war eine Schwuch..., war schwul, und ich wollte nicht, daß die Polizei auf die Idee kam, ich wär' auch schwul. Besonders da ich mit einem Typen zusammenwohne.«

Pritchard nickte. »Aber Shirley Johnson hat Sie ins Krankenhaus gebracht.«

»Ja. Ich wollte nicht hin, aber sie sagte was von Infektionen, sie meinte, ich wär' zu schwer verletzt, ich müßte ins Krankenhaus.«

»Warum haben Sie sich bereit erklärt, mit aufs Wilshire-Revier zu kommen und sich verhören zu lassen?«

Jensen entgegnete wütend: »Diese Polizistin hat mich reingelegt. Sie sagte, sie müßten einen Bericht machen, weil meine Verletzungen so schwer waren.«

Kate schaffte es gerade noch, ein Grinsen zu unterdrücken.

»Ich hab' ihr geglaubt«, sagte Jensen betrübt. »Ich wußte echt einen Scheißdreck über meine Rechte. Ich dachte, ich würd' wirklich in die Sch..., würd' echt in Schwierigkeiten geraten, wenn ich mich weigerte. Ich dachte, sie würden mich dann bestimmt verdächtigen. Ich hab' ihr echt geglaubt, ich dachte, ich geh' einfach hin und bring's hinter mich. Ich hatte Angst, ich konnte nicht klar denken.«

»Hatten Sie Medikamente eingenommen?«

»Ja.«

»Im Krankenhaus, wo Sie zuerst befragt wurden?«

»Ja.«

»Als Sie auf dem Polizeirevier waren?«

»Ja. Mein Kopf war nicht besonders klar.«

»Kyle, es ist eine Tatsache, daß am vierten Februar ein Mensch starb. Was für ein Gefühl haben Sie dabei?«

»Ich fühle mich schrecklich deswegen. Ich wünschte zu Gott, es wäre nicht geschehen.« Sein Gesicht, seine Stimme waren ernst. »Nie hätt' ich mir träumen lassen, daß sowas passieren könnte.« Er richtete seine blauen Augen auf die Geschworenen. »Ich hoffe nur, daß Sie mir glauben. Ich wollte nicht, daß das passiert.«

Du wolltest nicht geschnappt werden, dachte Kate und sah ihn voll kalter Verachtung an.

»Keine weiteren Fragen«, sagte Kenneth Pritchard.

Linda Foster erhob sich.

Richterin Hawkins sah auf die Uhr im Gerichtssaal. »In

Anbetracht der fortgeschrittenen Stunde, wollen wir morgen mit dem Kreuzverhör beginnen?«

Foster nickte. »Ich bin einverstanden, Euer Ehren.«

17

»Also, Jensens Geschichte – Widersprüche und Unstimmigkeiten bis dorthinaus.« Linda Foster klopfte auf ihr Notizbuch, als wäre es ein dickes Scheckbuch. »Pritchard weiß schon, daß das Kreuzverhör die Hölle sein wird. Und Jensen – wenn ich mit diesem Bastard fertig bin, wird er sich fühlen wie ein McDonalds-Hamburger.«

Kate grinste. Sie saßen entspannt in Linda Fosters Büro oben im Strafgerichtsgebäude und tranken Kaffee.

Foster sah Kate aufmerksam an. »Aber mir gehen diese Schnittwunden an Jensens Händen nicht aus dem Kopf. Ständig denke ich daran, wie du damals nachts ins Restaurant gefahren bist, um ein Gefühl für das zu bekommen, was geschehen war, um in den Knochen zu spüren, was mit Teddie passiert ist. Ich denke, es würde helfen, wenn ich das auch täte.«

Sie tut zuversichtlich, dachte Kate, aber sie ist besorgt. Sie schlug vor: »Warum gehen wir nicht beide hin?«

»Gut«, stimmte Foster eifrig zu. »Wollen wir uns gegen elf treffen? Paßt dir das?«

Kate befahl: »Wenn du zuerst da bist, bleib im Wagen und warte.«

Foster grinste sie an. »Ja, Officer.«

Kate schloß ihre Wohnungstür auf.

Aimee kam aus der Küche und umarmte sie. Dann trat sie schnell einen Schritt zurück, stopfte die Hände in die Taschen ihrer Shorts und sagte mit einem Hauch von Befangenheit: »Ich habe Spaghetti gemacht. Ich wußte nicht, wann du kommst.«

»Es riecht wunderbar.« Kate zog ihre Jacke aus. Sie genoß den Duft, der die Wohnung durchzog, ebenso wie den Anblick von Aimee in weißen Shorts und Pullunder. Sie nahm ihren Pistolengurt ab und legte ihn mit der Jacke über einen Stuhl. »In ein paar Stunden muß ich mich mit Linda treffen.« Sie wandte sich wieder Aimee zu und sagte warm: »Ich war so überrascht, als ich dich heute bei Gericht sah. Es war schön, daß du da warst.«

»Da bin ich froh.« Aimee fuhr hastig fort: »Heute morgen habe ich beschlossen, mich krankzumelden und dich zu sehen, ich wollte das schon tun, seit die Verhandlung angefangen hat. Ich wollte fragen, ob es dir recht wäre, aber du warst mit deinen Gedanken so ausschließlich bei diesem Fall, ich dachte, es würde dich vielleicht ärgern, wenn ich etwas sage —«

»Das verstehe ich«, sagte Kate zerknirscht. Die Wehrlosigkeit, die sie in Aimees Gesicht sah, schnitt ihr ins Herz. Ihr war längst klargeworden, daß sich hinter Aimees selbstbewußter Art eine tiefe Unsicherheit verbarg. »Wenn ein Mordfall vor Gericht kommt, nimmt mich die Verhandlung immer völlig in Anspruch.« Und diesmal erst recht, dachte sie. Sie erinnerte sich an Annes gutmütige Verärgerung über Kates körperliche und seelische Abwesenheit, wenn einer ihrer Fälle vor Gericht verhandelt wurde.

Aimee sagte: »Heute dachte ich mir, ich werfe nur mal kurz einen Blick in den Gerichtssaal, schaue mir diese Linda Foster an, sehe dich im Zeugenstand ... Aber irgendwas an der Art, wie du ausgesehen hast — ich mußte einfach dableiben, ich mußte bei dir bleiben.«

»Ich bin sehr froh, daß du da warst«, sagte Kate einfach.

»Ich war stolz auf dich.« Aimee legte kurz die Hände auf Kates Schultern. »Du machst deine Arbeit so gut. Die Geschworenen haben dir jedes Wort geglaubt.«

Kate griff nach Aimees Händen. »Ich hoffe, du hast recht. Ich weiß nicht, ob ich mich hätte konzentrieren können, wenn ich gewußt hätte, daß du da bist. Ich weiß nur, wie sehr ich mich gefreut habe, als ich dich sah.«

»Ich würde gern glauben ... daß du mich für irgend etwas brauchst.«

»Das tue ich«, sagte Kate überrascht. »Ich bin so glücklich mit dir —«

»Ich möchte dir mehr sein als das. Meistens habe ich das Gefühl ... nur irgendein kleines Mädchen zu sein, das irgendwie in dein Leben gestolpert ist.«

»Du bedeutest mir viel, viel mehr.« Das war die Wahrheit, begriff Kate erstaunt. Maggie hatte gesagt: *Aber so, wie du mit dieser jungen Frau umgehst – dich abschottest – bist du immer noch einsam.* Erst jetzt begriff sie, wie trostlos ihr einsames Leben der Selbstgenügsamkeit und Unabhängigkeit gewesen war.

Sie preßte Aimees Hände. »Morgen ist ... ein sehr harter Tag für mich.« Sie konnte Aimee jetzt nicht mehr erzählen. »Könntest du ... dich vielleicht wieder krankmelden?«

Aimee grinste. »Ich merke gerade, wie ich einen Rückfall bekomme.« Sie ging in die Küche. »Komm, iß was, bevor du losmußt, um diese andere Frau in deinem Leben zu treffen.«

Das *Tradition* war verschlossen, die Vordertür mit einem Vorhängeschloß versehen. Francisco Caldera hatte das Restaurant am Tag des Prozeßbeginns endgültig geschlossen. Kate führte Linda Foster von der schmalen Hintergasse aus in die Küche und schaltete das Licht ein. Der Raum war genauso, wie sie ihn in Erinnerung hatte; aber sie spürte eine undefinierbare, endgültige Veränderung der Atmosphäre. Mit Teddie Crawford war auch das *Tradition* gestorben, es war mit ihm verblutet. Sie sah sich mit tiefem Bedauern und voller Trauer um.

Foster legte ihre Aktentasche auf die Küchenzeile. Sie bat Kate mit einer Geste um Schweigen, ging langsam durch die Küche, die Arme über ihrem gestrickten Baumwollpullover gekreuzt, und sah grimmig auf den makellos reinen Fußboden und die makellos reinen Wände. Sie ging weiter ins Restaurant. Kate wußte, daß sie ihr nicht folgen durfte. So packte sie ihre Aktentasche aus, breitete Fotos und Skizzen auf dem Küchentisch aus.

Ein paar Minuten später kam Foster mit gesenktem Kopf in die Küche zurück, die Hände in die Taschen ihrer schwarzen Jeans geschoben. Wieder marschierte sie langsam auf und ab. Der einzige Laut, der zu hören war, war ein gelegentliches Quietschen ihrer Tennisschuhe auf dem gekachelten Boden.

Schließlich murmelte sie: »Verdammt, ich krieg' hier 'ne Gänsehaut.«

Kate griff nach dem Foto, das Gloria Gomez ihr gegeben hatte, das Foto eines lächelnden, dunkelhaarigen jungen Mannes im Dreiviertelprofil. Seine braunen Augen leuchteten vor Eifer. Sie hatte sich dieses Foto oft angesehen, aber jetzt sagte sie mit belegter Stimme, den Tränen nahe: »Teddie hatte so viel Leben in sich, so viel Courage ...«

»Besonders verglichen mit dem Schwein, das ihn umgebracht hat.« Foster riß ihre Aktentasche auf, schüttete den Inhalt auf den Tisch — Dokumente, ein Notizbuch, das Sperrholzmodell eines Messers — und sagte heftig, ungeduldig: »Also, du bist überzeugt, daß Teddie das Messer nie in der Hand hatte. Jensens Schnittwunden, die große Waffe der Verteidigung, sprechen dagegen. Laß uns gemeinsam nachdenken. Ich brauche ein Szenario, mit dem ich angreifen kann.«

Kate wies auf einen Satz Zeichnungen — die Skizzen, die der diensthabende Notarzt im Krankenhaus von den Wunden an Jensens Händen angefertigt hatte. »Jensen hat uns ja vorgemacht, wie Teddie angeblich das Messer gehalten hat. Damit werden wir anfangen. Wir werden sehen, ob es möglich ist, daß Jensen so zu seinen Schnittwunden gekommen ist.« Sie griff nach dem Holzmesser. »Ich werde Teddie sein ...«

Eine halbe Stunde später, nachdem sie die Rollen getauscht und jede Variante eines Messerkampfes ausprobiert hatten, die ihnen einfiel, sagte Foster frustriert: »Es gibt einfach keinen Sinn, Kate. Gut, Jensen hätte sich den Daumen und die Handflächen beider Hände aufschlitzen können — aber wie zum Teufel soll er dann gleichzeitig zu all diesen Schnittwunden an den Fingern gekommen sein? Es war keine zweischneidige Klinge. Wie ist er überhaupt zu diesen kleinen Schnittwunden *gekommen*? Wenn jemand mit dem Messer auf dich losgeht, greifst du mit der Hand danach, nicht mit den Fingern. Und wie zum Teufel hat er es geschafft, sich am *Handrücken* der rechten Hand schneiden zu lassen? Und so stark wie er ist, wie konnte er so *viele* Schnittwunden davontragen — und sich den Daumen bis zum Knochen durchschneiden lassen — bevor es ihm gelang, Teddie zu Boden zu zwingen und ihm das Messer wegzunehmen?«

»Das frage ich mich auch schon seit Monaten«, sagte Kate.

»Kate, das ist eine ernstgemeinte Frage. Glaubst du, daß er sich die Wunden selbst zugefügt hat?«

»Es ist eine Möglichkeit. Es würde die Schnittwunden an den Fingern erklären. Aber warum sollte er sich fast den Daumen amputieren? Warum sollte er sich den Handrücken zerschneiden?«

»Vielleicht hatte er so viel Koks intus, daß er nicht wußte, was für Verletzungen er sich beibrachte.«

»Glaubst du das?«

»Keine einzige verdammte Minute lang.« Foster warf das Sperrholzmesser hin und griff mit einer Grimasse nach der Fotografie der Mordwaffe. »Dieses Bild hier«, sagte sie, »kann ich am schwersten ertragen.«

»Geht mir genauso«, entgegnete Kate. »Weil es von oben bis unten mit getrocknetem Blut bedeckt ist. Es ...« Sie brach ab.

»Ja«, sagte Foster. »Es ist unmöglich, nicht zu sehen, was für eine blutige, glitschige Schweinerei es gewesen sein muß, als Jensen damit fertig war.«

»Linda.« Kate griff nach dem Bild. »Gib mir das Foto.«

Sie warf einen einzigen Blick darauf, fand sich bestätigt,

legte das Bild hin, griff nach dem Holzmesser und balancierte es in beiden Händen. »Jetzt ist mir alles klar«, flüsterte sie und starrte auf das Messer. »Ich weiß, wie er zu den Schnittwunden gekommen ist. Und warum. Die Blutspritzer an der Wand. Oh Gott, Linda, ich weiß, was er getan hat.«

18

»Mr. Jensen«, eröffnete Linda Foster ihr Kreuzverhör, »was machten Sie an einem Ort wie dem *Malone's*?« Ihr Ton war höflich, neugierig.

Er sah sie ausdruckslos an. »Ich trank Bier.«

»Ja, das haben wir verstanden. Aber warum tranken Sie Ihr Bier in einem Lokal, das von Schwulen besucht wird?«

»Einspruch«, sagte Kenneth Pritchard. »Es gibt keinerlei Grundlage für eine derartige Behauptung.«

»Einspruch stattgegeben«, sagte Richterin Hawkins.

Foster fuhr fort: »Mr. Jensen, es muß Dutzende von Kneipen zwischen Ihrer Wohnung und dem *Malone's* geben. Was zog Sie zu dieser bestimmten Kneipe?«

Kate war begeistert von der Aggressivität, mit der Foster ihr Kreuzverhör begonnen hatte. Sie beobachtete, wie Jensens Brustkorb sich leicht aufblähte, bevor er antwortete. Heute war er wieder gut angezogen; er hatte eine dunkelblaue Hose, ein weißes Hemd, eine graue Krawatte und eine graue Weste an. »Ich hab' die Kneipe entdeckt, das ist alles«, verkündete er. »Ich hab' in der Nähe was ausgeliefert. Es gefiel mir da. Wenn Schwuchteln — Homosexuelle sich da rumtrieben, wußte ich nichts davon.«

»Die Kneipe befindet sich in West Hollywood, Mr. Jensen. Und Sie sind nie auf die Idee gekommen, daß da Schwule verkehren könnten?«

Eine Welle der Belustigung lief durch den Gerichtssaal. Richterin Hawkins sorgte für Ruhe. Jensen entgegnete irritiert:

»Ich hatte keine Ahnung, wo die Kneipe war. Es war mir auch völlig schnuppe, wo diese Kneipe war.«

»Mr. Jensen, würden Sie sagen, daß Sie ein gutes Gedächtnis haben?« Fosters Ton war wieder höflich geworden.

»Hm ... ja.« Die neue Richtung, die die Befragung nahm, schien ihn zu beunruhigen. »Ja, ich habe ein gutes Gedächtnis«, fügte er mit Nachdruck hinzu.

»Wenn wir das voraussetzen, wäre es fair zu sagen, daß Sie sich heute weniger gut an Dinge erinnern können als kurz nach dem Ereignis?«

Jensen zögerte, dachte einen Augenblick darüber nach, worauf Foster hinauswollte. Kate sah die Geschworenen an. Niemand machte sich Notizen. Alle zwölf, auch PARIS, verfolgten gespannt den alles entscheidenden Kampf, der vor ihren Augen seinen Anfang nahm.

Schließlich kam er zu einem Schluß: »Ja. Ich muß zugeben, daß das fair ist.«

»Wäre es fair zu sagen, daß es Dinge gibt, an die Sie sich erinnern, kurz nachdem sie geschehen sind, an die Sie sich heute aber überhaupt nicht mehr erinnern?«

Wieder dachte er nach. »Vielleicht. Na ja, jeder vergißt ein paar Sachen.«

»Wäre es also fair zu sagen, daß Ihr Gedächtnis heute etwas getrübter ist als an dem Tag nach Mr. Crawfords Tod?«

Er sah sie mit grimmigem Argwohn an. »Weiß nicht. Vielleicht etwas.«

»Aber Sie würden zugeben, daß Sie sich unmittelbar nach seinem Tod besser erinnern konnten, als Sie es heute können.«

»Ja, ich muß sagen, das ist fair.«

»Gut. Ich habe ein paar Fragen zu dem, was Sie noch am Abend des Tages von Mr. Crawfords Tod der Polizei gegenüber ausgesagt haben.«

Treffer, dachte Kate. Foster hatte ihn in die Falle laufen lassen.

»Sie haben gestern ausgesagt, daß Sie im *Malone's* zwei Lines Kokain geschnupft haben. Wieviel Kokain hat Teddie Crawford eingenommen?«

Jensen zuckte die Achseln. »Ich hab' da nicht so drauf geachtet. Ich hab' mich um meinen eigenen Kram gekümmert.«

»Sie haben gestern ausgesagt, daß Sie im Restaurant *Tradition* vier Lines Kokain geschnupft haben. Wieviel Kokain hat Teddie Crawford eingenommen?«

»Ich hab' nicht darauf geachtet.«

»Wie merkwürdig, Mr. Jensen«, sagte Foster. Ohne Eile ging sie zum Tisch der Staatsanwaltschaft hinüber und griff nach einem Papierstapel. Die einzelnen Seiten waren mit farbigen Büroklammern gekennzeichnet. Sie zog ein Blatt mit einer orangefarbenen Büroklammer hervor. »Gegenüber der Polizei haben Sie ausgesagt, daß Mr. Crawford im *Malone's* zwei Lines Kokain und drei im Restaurant geschnupft hat. Sie sagten, er sei 'völlig stoned' gewesen.«

»Ich weiß nicht mehr, was ich gesagt habe. Ich hatte Angst vor den Bullen«, verkündete Jensen.

»Und jetzt haben Sie keine Angst?« erkundigte sich Foster mit einer Spur von Sarkasmus.

Jensen wies auf die Geschworenen. »Ich denke, da sitzen zwölf Leute, die fair sein werden.«

»Ich bin sicher, daß sie das sein werden. Mr. Jensen, Sie saßen hier im Gerichtssaal, als die Wissenschaftler des kriminaltechnischen Labors und der Pathologe übereinstimmend aussagten, daß die Blut- und Gewebeproben des Opfers nur Spuren von Alkohol und eine sehr geringe Menge Kokain aufwiesen. Könnte Ihre geänderte Aussage etwas damit zu tun haben?«

Kampflustig sagte Jensen: »Nein, es war so, wie ich sagte.«

»Gestern haben Sie zweimal ausgesagt, daß Sie, ich zitiere, 'völlig stoned' waren.« Linda Foster rückte ihre Brille zurecht und griff nach einem Blatt Papier, das mit einer grünen Büroklammer gekennzeichnet war. »Bei der Vernehmung durch die Polizei haben Sie bereitwillig erklärt, Mr. Crawford sei, ich zitiere, 'völlig stoned' gewesen. Auf die Frage, ich zitiere 'Und Sie? Waren Sie auch völlig stoned?' haben Sie erwidert, ich zitiere, 'Nee, ich war nur ein bißchen high, das is alles'. Was haben Sie dazu zu sagen, Mr. Jensen?«

»Alles, was ich zu den Bullen gesagt habe, hab' ich gesagt, weil ich Angst hatte.«

»Und jetzt haben Sie keine Angst?«

Jensen sah die Geschworenen mit großen blauen Augen an. »Ich fühl' mich hier sicher.«

Er versucht, sie auf seine Seite zu ziehen, dachte Kate. Bei einem könnte es klappen — und er braucht nur einen.

Foster fuhr fort: »Frischen Sie mein Gedächtnis auf, Mr. Jensen. An welchem Punkt Ihrer Verbindung mit Mr. Crawford verspürten Sie den Wunsch zu kotzen?«

Wieder lief eine Welle von Gelächter durch den Saal. Richterin Hawkins sorgte für Ruhe. Kate grinste. Jensen erwiderte unwirsch: »Als er mich begrabschte.«

»Aha.« Foster suchte ein Blatt mit einer gelben Büroklammer heraus. »Der Polizei gegenüber haben Sie ausgesagt, es wäre gewesen, als das Opfer nach dem Messer griff. Gestern sagten Sie, es wäre gewesen, als das Opfer vorschlug, Fellatio an Ihnen zu vollziehen. Heute ist es wieder etwas anderes.«

»Was spielt das für eine Rolle?« schnappte er. »Das Ganze brachte mich zum Kotzen.«

Sie griff nach einem Blatt mit einer weißen Büroklammer. »Bei der Polizei haben Sie ausgesagt, daß Sie zusammen mit dem Opfer zurück in die Küche gingen, nachdem er sexuelles Interesse an Ihnen bekundet hatte, und noch eine Line Kokain schnupften. Haben Sie das getan oder nicht?«

Jensen warf einen Blick auf seinen Anwalt. Aber Pritchards Blick hing an Fosters Stapel markierter Papiere, wie Kate bemerkte. »Ja«, sagte Jensen. »Schön, ich hab' noch eine Line in der Küche geschnupft.«

»Obwohl Sie Mr. Crawfords Vorschlag derartig entsetzte

und anwiderte, schnupften Sie lieber noch etwas Kokain, anstatt wegzugehen.«

»Hey, so war das nicht, da war noch eine Line auf dem Glas, das war alles, es war schließlich mein Koks —« Er brach ab.

»Ja, es geht nicht an, gutes Kokain zu verschwenden, nicht wahr?«

»Einspruch«, beschwerte sich Pritchard. »Die Staatsanwaltschaft schikaniert den Zeugen.«

»Einspruch angenommen«, sagte Richterin Hawkins. »Sachte, Ms. Foster.«

»Ja, Euer Ehren.« Foster zog ein Blatt mit einer blauen Büroklammer hervor. »In Ihrer Aussage der Polizei gegenüber sagten Sie, daß Sie sich vorbeugten und nach Ihrer Jacke griffen, um Mr. Crawford abzulenken, als er Sie mit einem Messer bedrohte. Ist es zutreffend, daß Sie das getan haben?«

»Nein, es war so, wie ich gestern sagte. Ich legte die Jacke wieder hin.«

»Aha. Als Sie gestern beschrieben, wie Mr. Crawford nach dem Messer griff, sagten Sie auch, ich zitiere, 'ich denk', er macht das, weil ich größer bin als er. Nur so kann dieser — dieser Typ mich dazu bringen, dazubleiben' Zitat Ende. Das ist das erste Mal, daß Sie diese Beurteilung der Situation erwähnen, Mr. Jensen. Warum?«

»Ich hab's mir schließlich zusammengereimt, das ist alles.«

»Oder war Ihnen klar, wie absurd die Behauptung klingen würde, ein so attraktiver Mann wie das Opfer könnte es nötig haben, jemanden mit dem Messer zum Sex zu zwingen?«

»Einspruch«, bellte Pritchard.

»Einspruch angenommen.«

Jensen sagte kriegerisch: »Um Sex mit mir zu haben, hätte er mir schon das verdammte Messer reinstecken müssen.«

»Hätte er das«, sagte Foster. Fast beiläufig fragte sie: »War das Opfer tot, als Sie schließlich aufhörten, mit dem Messer auf ihn einzustechen?«

Jensen senkte den Blick und sagte leise: »Er bewegte sich nicht mehr.«

Foster zog ein Blatt mit einer roten Büroklammer hervor. »Das war nicht meine Frage. In der Aussage, die Sie noch am Tag von Mr. Crawfords Tod der Polizei gegenüber machten, sagten Sie, Sie hätten gehört, wie er einen Laut von sich gab.«

»Ich war nicht sicher, ob ich etwas gehört hatte.«

»Aber möglicherweise hörten Sie etwas.«

»Ich kann es nicht sagen.«

»Sie sind nicht auf die Idee gekommen, Hilfe für den sterbenden Mann zu holen, der ja nicht länger eine Bedrohung für Sie war?«

»Ich wollte nur weg da.«

»Ich bin sicher, daß Sie das wollten. Wo waren Sie, als Sie schließlich aufhörten, mit dem Messer auf das Opfer einzustechen?«

»Was meinen Sie damit? Ich erinnere mich nur, daß ich auf dem Boden kniete, mit dem Messer in der Hand.«

»Und das Opfer lag zwischen Ihren Beinen?«

Jensen drehte sich ruckartig zu ihr um. »Was zum Teufel meinen Sie damit?«

»Saßen Sie nicht rittlings auf seinem Körper, Mr. Jensen?«

»Ich sagte doch, ich erinnere mich nicht«, entgegnete er heftig.

»Sie sagten, daß Ihnen dann Ihre Fingerabdrücke einfielen, daß Sie alles, was Sie angefaßt hatten, in einen Plastiksack zu werfen begannen. Ist das zutreffend?«

»Ja, das ist richtig.«

»Sie haben ausgesagt, daß Sie völlig stoned waren, aber Sie hatten genug Geistesgegenwart, um den Versuch zu machen, es wie einen Raubüberfall aussehen zu lassen — ist das richtig?«

»Ich war völlig durcheinander. Total fertig.«

»Es ist eine Tatsache, daß keiner Ihrer Fingerabdrücke am Tatort gefunden wurde. Sie haben ausgesagt, daß Sie völlig stoned waren, aber Sie hatten die Geistesgegenwart, alles und jedes vom Tatort zu entfernen, auf dem sich Ihre Fingerabdrücke befanden — ist das zutreffend?«

»Hey, ich war nicht sehr lange da. Ich hatte nicht allzuviel Zeugs angefaßt.«

»Sie haben ausgesagt, daß Sie völlig stoned waren, aber Sie haben es geschafft —«, Foster konsultierte ihr Notizbuch, »— sechs Kilometer auf Ihrem Motorrad durch die Stadt zu fahren, die Hände in behelfsmäßige Verbände gewickelt — ist das zutreffend?«

Er umklammerte mit beiden Händen das Gitter des Zeugenstandes. »Hey, nach dem, was in diesem Restaurant passiert ist, wär' jeder wieder nüchtern gewesen.«

»Gestern haben Sie sich darüber beschwert, daß die Polizei Sie nach der Behandlung Ihrer Verletzungen vernommen hätte, als Sie noch nicht allzu klar im Kopf waren.« Sarkastisch fragte Foster: »Waren Sie völlig stoned von den Schmerztabletten, Mr. Jensen?«

»Nicht mit dem Koks zu vergleichen, aber ich war etwas benebelt.«

»Fühlen Sie sich jetzt benebelt?«

Er sah sie wachsam an. »Nein.«

»Dann lassen Sie mich Ihr Gedächtnis prüfen.« Sie zog ein Blatt mit einer violetten Büroklammer hervor. »Stimmt es nicht, daß die Detectives Sie vor Ihrer Vernehmung im Wilshire-Revier gefragt haben, ob Sie sich nach Einnahme der Schmerzmittel gut genug fühlten, um mit der Polizei zu sprechen?«

»Doch, ja, aber ich hätte ja schlecht nein sagen können.«

»Erinnern Sie sich, daß Sie bemerkten, Sie wären ja schließlich nicht am Kopf operiert worden?«

»Ja. Aber ich wollte es hinter mich bringen. Ich wollte von da weg.«

»Mr. Jensen, lassen Sie mich noch einmal Ihr Gedächtnis prüfen.« Foster griff nach einem Blatt mit einer rosa Büroklammer. »Können Sie sich daran erinnern, daß Ihnen im Wilshire-Revier Ihre Rechte vorgelesen worden sind?«

»Ich hab' nicht kapiert, was das bedeuten sollte.«

»Ihnen wurden Ihre Rechte vorgelesen, Mr. Jensen. Sie sagten daraufhin, und ich zitiere, 'So'n Affenkram', Zitat Ende. Können Sie sich daran erinnern?«

»Ich wollte nur ... Eindruck machen, so tun, als stände ich über den Dingen.«

»Die Beamten, die Sie verhörten, versuchten daraufhin noch einmal, Ihnen Ihre Rechte zu erklären. Sie wiederholten Ihre Bemerkung, Mr. Jensen. Können Sie sich daran erinnern?«

»Hey.« Er schüttelte den Kopf. »Es war wie im Fernsehen. Nicht so, als wäre es Wirklichkeit.«

»Gestern haben Sie hier im Gerichtssaal die Polizei beschuldigt, Sie irregeführt zu haben. Sie sagten, ich zitiere, 'Ich wußte echt einen Scheißdreck über meine Rechte'. Zitat Ende. Glauben Sie nicht, daß Sie die Verantwortung dafür auch bei sich selbst suchen müssen?«

»Einspruch, Euer Ehren«, beschwerte sich Pritchard. »Die Staatsanwaltschaft schikaniert den Zeugen.«

»Das scheint mir nicht so, Mr. Pritchard«, sagte Richterin Hawkins. »Abgelehnt.«

Aber Foster gab Jensen keine Chance, ihre Frage zu beantworten. »Wie ist Ihr Verhältnis zu Shirley Johnson?« fragte sie.

»Ich mag das Mädel.«

»Ist sie Ihre Freundin?«

»Nein.« Er brachte ein leichtes Grinsen zustande. »Noch nicht.«

Foster zog ein Blatt mit einer braunen Büroklammer hervor. »Warum haben Sie der Polizei erzählt, sie wäre Ihre Freundin?«

»Das ist keine große Sache. Ich wollte nicht, daß sie dachten, ich wäre eine Schwuchtel — ich meine schwul.«

»Es scheint Ihnen sehr wichtig zu sein, nicht für schwul gehalten zu werden.«

Kriegerisch fragte er zurück: »Ihnen nicht?«

Sie lächelte. »Ich bin nicht diejenige, die hier ist, um Fragen zu beantworten, Mr. Jensen. Aber für mich wäre es keine große Sache. Nun zu Ihnen, dem Opfer und dem Messer. Würden Sie uns noch einmal erzählen, was in der Küche geschah, nachdem das Opfer Ihrer Behauptung nach das Messer ergriffen hatte?«

»Ich drehte mich um und legte meine Jacke hin. Ich wollte ihn ablenken, damit ich ihm das Messer abnehmen konnte. Ich versuche, ihn am Handgelenk zu packen —«, Jensen demonstrierte seine Worte mit den entsprechenden Gesten, »— aber er reißt das Messer ruckartig hoch, und ich fasse direkt ins Messer. Ich schneide mich. Ich greife mit der anderen Hand nach dem Messer, bringe ihn auf die Knie, und wir gehen beide zu Boden. Das ist alles.«

Kate bewunderte Fosters Selbstkontrolle. Daß Jensen Teddies sogenannte Tat noch einmal vorgemacht hatte, genau wie bei der Befragung durch seinen Anwalt, mußte sie ebenso in Hochstimmung versetzen wie Kate. Aber in Fosters Gesicht regte sich nichts.

Foster fragte: »Als Mr. Crawford Sie mit dem Messer bedrohte, war da die Schneide des Messers nach oben oder nach unten gerichtet?«

»Nach oben.«

»Sind Sie sicher?«

»Ja.« Jensen hielt seine Hände hoch, die kreuz und quer mit roten Narben bedeckt waren. »Er hat mich verletzt. Was brauchen Sie denn noch?«

Du wirst schon sehen, dachte Kate. Du bist in die Falle gelaufen, du verlogener Bastard.

Foster sagte: »Sie haben echte Probleme mit Ihrer Beobachtungsgabe, Mr. Jensen. Korrigieren Sie mich, wenn ich irgend etwas falsch darstelle. Sie haben nicht bemerkt, daß das *Malone's* in West Hollywood liegt. Sie standen direkt neben dem Opfer, aber von seiner Unterhaltung mit Stacey Conlin, der

Verkäuferin im 7-Eleven, bekamen Sie nichts mit. Sie wissen nicht, wieviel Kokain das Opfer einnahm. Sie wissen nicht, ob Sie rittlings auf dem Opfer saßen oder nicht, als Sie aufhörten, mit dem Messer auf ihn einzustechen. Sie wissen nicht, ob das Opfer zu diesem Zeitpunkt noch lebte. Und Ihnen fiel nicht auf, was für jeden anderen Menschen auf der Welt offenkundig war: Daß der Mann, den Sie töteten, schwul war.«

»Einspruch. Der letzte Punkt ist eine unbewiesene Schlußfolgerung.«

»Einspruch stattgegeben. Die Geschworenen werden den letzten Punkt nicht zur Kenntnis nehmen.«

Foster wartete kaum ab, bis die Richterin den Satz zu Ende gesprochen hatte. Sie baute sich vor Kyle Jensen auf und fragte scharf: »Was wollten Sie im *Malone's*?«

Er straffte die Schultern. »Wie ich schon sagte. Bier trinken.«

»Sie behaupten, nicht gewußt zu haben, daß Mr. Crawford schwul war.«

»Ich wußte nicht, daß er schwul war.«

»Was fanden Sie dann so anziehend an ihm?«

»Ich fand nichts an ihm anziehend, verdammt noch mal. Er war nur ein Typ.«

»Wenn Sie sich nicht von Mr. Crawford angezogen fühlten, interessierten Sie sich vielleicht für seinen Schmuck? Den Schmuck, den Sie seiner verstümmelten Leiche abnahmen?«

»Einspruch!«

»Euer Ehren, ich versuche herauszufinden, warum der Angeklagte um zwei Uhr morgens mit einem schwulen Mann an einen abgelegenen Ort fuhr.«

»Einspruch abgewiesen. Der Zeuge wird die Frage beantworten.«

»Ich wollte nur ein bißchen Spaß haben. Ich hab' den Typen in sein Restaurant gefahren, das ist alles.«

»Nur daß Sie ihn umbrachten, nachdem Sie ihn dorthin gebracht hatten.«

»Das wollte ich nicht. Ich wollte es nicht.«

Linda Foster marschierte zum Tisch der Staatsanwaltschaft und griff nach dem Papierstapel mit den leuchtend bunten Büroklammern. »Das ist eine Lüge, Mr. Jensen. Alles, was Sie ausgesagt haben, war eine Lüge. Lügen, die bald —«

»Einspruch!«

»Stattgegeben. Die letzte Äußerung wird aus dem Protokoll gestrichen. Die Geschworenen werden sie nicht zur Kenntnis nehmen.« Richterin Hawkins fügte mißbilligend hinzu: »Ms. Foster —«

»Ich entschuldige mich, Euer Ehren. Ich habe keine weiteren Fragen an den Zeugen. Jedenfalls im Moment nicht.«

Kate setzte sich auf ihre Hände, um nicht zu applaudieren.

Kenneth Pritchard stand bei der erneuten Zeugenvernehmung neben Kyle Jensen, den Geschworenen gegenüber. »Kyle«, fragte er seinen Mandanten, »wie lange sind Sie schon in Los Angeles?«

»Ungefähr ein Jahr.«

»Kennen Sie sich mit den verschiedenen Stadtteilen von Los Angeles aus?«

»Nein, Sir.«

»Wissen Sie beispielsweise, wo West Hollywood aufhört und Hollywood anfängt?«

»Nein, Sir.«

»Haben Sie bei Ihren Besuchen im *Malone's* Frauen unter den Gästen gesehen?«

»Ja, Sir. Immer.«

»Würden Sie sagen, daß es ungewöhnlich ist, in Los Angeles in einer heterosexuellen Kneipe auf einen schwulen Mann zu stoßen?«

»Nein, Sir. Wohl kaum? Jeder weiß, daß es hier von Kneipen und Schwulen nur so wimmelt.«

»Kyle«, fragte Pritchard sanft, »sind Sie je zuvor von der Polizei festgenommen worden?«

»Nein, Sir.«
»Sind Sie je zuvor von der Polizei befragt worden?«
»Nein, Sir.«
»Befanden Sie sich je zuvor in polizeilichem Gewahrsam, aus welchen Gründen auch immer?«
»Nein, Sir.«
»Wie fühlten Sie sich, als Sie im Wilshire-Revier von der Polizei verhört wurden?«
»Ich hatte Angst. Wahnsinnige Angst. Ich wußte nicht, was sie mit mir machen würden. Es war wie ein Alptraum.« Er fügte hinzu: »Und ich habe das Gefühl, dieser Alptraum hat nie aufgehört.«
»Kyle«, sagte Pritchard eindringlich, »ich möchte, daß Sie den Geschworenen genau sagen, warum Sie in jener Nacht mit Mr. Crawford in sein Restaurant gefahren sind.«
»Weil er ein netter Kerl zu sein schien. Ich mochte ihn, und das Restaurant klang wie ein guter, ruhiger Platz, um etwas zu koksen und ein bißchen Spaß zu haben. Das ist alles. Ich schwöre es.«
»Keine weiteren Fragen«, sagte Pritchard.
»Zur Zeit habe ich nichts weiteres«, sagte Linda Foster.
»Der Zeuge kann den Zeugenstand verlassen.«
»Euer Ehren«, sagte Kenneth Pritchard, der aufrecht neben der Anklagebank stand, »die Verteidigung ruft Detective Kate Delafield in den Zeugenstand.«

19

Kate blickte in die zwölf ihr zugewandten Gesichter, die zwölf vertrauten, aber rätselhaften Gesichter, die sie in den letzten Tagen so gründlich erforscht hatte. Was müssen sie von mir denken, was sollen sie davon halten, daß ich als Zeugin der Verteidigung aussage, dachte sie. Würden sie sie für ein janusköpfiges Wesen halten, das jetzt seinen früheren Aussagen widersprechen würde? Kate begegnete Aimees verwirrtem Blick und nickte ihr unmerklich zu, um sie zu beruhigen.

Jetzt, wo der Tag, die Stunde, gekommen war, war sie ganz ruhig. Sie wußte die Antwort auf die Frage, die Kenneth Pritchard ihr stellen würde. Worauf es ankam, war, deutlich zu machen, wie sie antworten würde und warum. Nicht darauf, ob Richterin Hawkins die Frage zulassen würde oder nicht.

Pritchard war zum Zeugenstand herübergekommen und stellte sich auf die Fußballen, anmutig ausbalanciert, die Hände in den Hosentaschen. »Detective Delafield, sind Sie mit dem Stadtteil West Hollywood vertraut?«

Also das war sein Ansatz. »Ein wenig.« Sie würde kein überflüssiges Wort verlieren. Und sie würde seinen Augen nicht ausweichen.

»Was können Sie uns darüber sagen?«

»Einspruch«, sagte Linda Foster milde. »Irrelevant.«

»Euer Ehren.« Kenneth Pritchard brachte es zuwege, überrascht und enttäuscht zu wirken. »Die Staatsanwaltschaft selbst hat das Thema West Hollywood aufgebracht.«

»Euer Ehren«, konterte Linda Foster, »die Staatsanwaltschaft hat die Befragung auf ein eingeschränktes und relevantes Feld beschränkt.«

»Dann lassen Sie mich die Frage so formulieren, daß Sie den Anforderungen der Staatsanwaltschaft entspricht«, bemerkte Pritchard und machte eine ironische kleine Verbeugung vor Linda Foster. »Detective Delafield, haben Sie eine dienstliche Verbindung zum Stadtteil West Hollywood?«

Kate entgegnete nüchtern und trocken, um Pritchards Spielchen zu durchkreuzen: »Polizeilich zuständig für West Hollywood ist das Department des Sheriffs. Alle Departments der Polizei von Los Angeles sind miteinander verbunden.«

»Detective, können Sie uns erklären, warum West Hollywood als Stadt der Schwulen und Lesben bezeichnet wird?«

»Einspruch, irrelevant.«

Pritchard drehte sich indigniert zur Richterbank um. »Die Staatsanwaltschaft hat wiederholt Mr. Crawfords sexuelle Präferenzen betont. Ein Einspruch gegen Fragen, die für dieses Thema relevant sind, ist mir unbegreiflich.«

»Einspruch abgelehnt. Die Zeugin wird antworten.«

»Lassen Sie mich die Frage wiederholen, Detective. Können Sie uns erklären, warum West Hollywood als Stadt der Schwulen und Lesben bezeichnet wird?«

Er hat seinen Spaß daran, dachte Kate. »Mir ist nicht bekannt, ob West Hollywood allgemein als Stadt der Schwulen und Lesben gilt«, entgegnete sie. »In dem Stadtteil wohnen sehr viele Schwule und Lesben, und im Stadtrat sitzen verschiedene Leute, die offen schwul oder lesbisch sind.«

»Sind Sie mit den Schwulen- und Lesbenlokalen von West Hollywood vertraut?«

»Ich kenne einige, ja.«

»Gibt es einen besonderen Grund dafür?«

»Ja«, sagte sie schnell, bevor Linda Foster Einspruch erheben konnte. »Die meisten Polizeiangehörigen kennen die wichtigsten Kennzeichen ihres Reviers oder die angrenzender Reviere — und West Hollywood ist ein angrenzendes Revier.«

»Gilt das *Malone's* als Schwulenlokal?«

»Ich kann nicht wissen, als was das *Malone's* bekannt ist.«

Pritchard lächelte nachsichtig. Sie war eine Beute, die er zwangsläufig irgendwann in die Ecke drängen würde. »Detective, kennen *Sie* das *Malone's* als Schwulenlokal?«

»Wenn man ein Schwulenlokal als Lokal definiert, in dem nur Schwule verkehren, ist es das nicht.«

»Aber das *Malone's* ist ein Lokal, das von vielen Schwulen besucht wird?«

»Der Eigentümer hat sein Lokal so beschrieben.«

»Gut denn«, fragte Pritchard mit resignierter Miene, »ist das *Malone's* unter Homosexuellen als Schwulenlokal bekannt?«

»Einspruch. Hörensagen.«

»Einspruch stattgegeben.«

Pritchard deutete mit einem gutgelaunten Achselzucken an, daß er diesen fruchtlosen Ansatz aufgeben würde.

»Detective, ist es Ihres Wissens nach zutreffend, daß in West Hollywood jedes Jahr eine Parade der Schwulen und Lesben stattfindet?«

»Ja.«

»Kennen Sie diese Parade?«

»Einspruch, Euer Ehren. Die Frage ist irrelevant.«

Richterin Hawkins sah Kenneth Pritchard einen Augenblick lang nachdenklich an. Dann sagte sie zu Kate: »Sie können diese Frage beantworten, Detective.«

Pritchard wiederholte: »Kennen Sie diese Parade der Schwulen und Lesben?«

»Ja.«

»Haben Sie je an ihr teilgenommen?«

»Einspruch«, beharrte Linda Foster. »Die Staatsanwaltschaft erhebt Einspruch gegen die Richtung, die die Befragung genommen hat.«

»Einspruch angenommen. Die Geschworenen werden die letzte Frage nicht zur Kenntnis nehmen. Herr Verteidiger, Sie wechseln am besten sofort das Thema.«

»Ja, Euer Ehren. Detective, würden Sie mir zustimmen, wenn ich sage, daß Sie sehr hart an diesem Fall gearbeitet haben?«

Pritchards dunkle Augen begannen zu glitzern, als Kate nicht sofort antwortete. Aber sie hatte sich nur Zeit genommen, ihre Antwort zu formulieren. »Ich glaube daran, daß alle Menschen den gleichen Anspruch auf Gerechtigkeit haben. Ich arbeite hart an jedem Fall, in dem ich ermittle.«

Sie bemerkte erfreut, daß die Zuversicht in Kenneth Pritchards Gesicht durch eine leidenschaftslose Maske ersetzt worden war.

»Ein nobles Ideal«, sagte er. »Wie so viele der sogenannten Ideale der Polizeiarbeit. Aber ist es nicht in Wahrheit so, daß

Sie einen ungewöhnlichen Energieaufwand in diesen bestimmten Fall investiert haben?«

»Einspruch –«

»Euer Ehren«, unterbrach Pritchard mit erhobener Stimme, »meine Befragung zielt auf die Klärung der Frage ab, ob die Ermittlungen in diesem Fall –«

Richterin Hawkins schnitt ihm das Wort ab. »Einspruch angenommen. Die Frage wird aus dem Gerichtsprotokoll gestrichen, die Geschworenen werden sie nicht zur Kenntnis nehmen. Herr Verteidiger, Sie werden das gefälligst unterlassen. Ihre Befragung beruht auf einer absolut unzulässigen Grundlage.«

Obwohl Kate wußte, daß Pritchard sein Ziel erreicht hatte, erfüllte sie das Verhalten von Richterin Alicia Hawkins mit Genugtuung. Es würde seinen Einfluß auf die Geschworenen nicht verfehlen, daß Pritchards Taktik die Richterin ganz offensichtlich wütend gemacht hatte, daß ihr Zorn spürbar war.

»Euer Ehren«, beharrte Pritchard, »es scheint mir nur angemessen zu sein, daß mir erlaubt wird, der Frage nachzugehen, ob eine Kriminalbeamtin ein übertriebenes persönliches –«

»Einspruch!«

»– und sich eines Mangels an Objektivität schuldig –«

Richterin Hawkins ließ ihren Hammer niederfallen und verhinderte jeden weiteren Wortwechsel. »Ich will kein Wort mehr hören, von keinem von Ihnen. Geschworene, sie werden das Vorgefallene nicht zur Kenntnis nehmen. Mr. Pritchard, Ihre Äußerungen werden aus dem Protokoll gestrichen. Sie machen sich der Mißachtung des Gerichts schuldig. Kommen Sie nach vorn, alle beide.«

Kate beobachtete die Geschworenen, die das Drama fasziniert verfolgten. Die Geschworene Nummer vier hatte die Hände fest verschränkt und starrte gespannt, mit offenem Mund, auf Hawkins, Pritchard, Foster und den Gerichtsschreiber, die sich um die Richterbank drängten.

Pritchards Stimme erhob sich über das wütende Brummen

der Unterhaltung. Kate konnte deutlich die Worte »... aber wenn sie eine *Lesbe* ist ...« verstehen. Foster konterte mit einem zornigen »... und schwarze Kriminalbeamte? Latinos ...« Richterin Hawkins befahl: »*Senken* Sie die Stimme. Mr. Pritchard, *kein* Wort mehr ...«

Nach einer Minute löste sich die Konferenz auf. Foster und Pritchard sahen erhitzt aus — Foster, weil sie vor Wut kochte, und Pritchard, weil er sein Ziel erreicht hatte.

Richterin Hawkins nahm ihren Platz auf der Richterbank wieder ein und sagte kalt zu Pritchard: »Sie können fortfahren.«

»Keine weiteren Fragen«, sagte Pritchard.

Natürlich nicht, du kleiner Scheißer, dachte Kate.

»Ich habe keine Fragen, Euer Ehren«, sagte Linda Foster und sah Kenneth Pritchard voller Ekel und Abneigung an.

»Die Zeugin kann den Zeugenstand verlassen.«

Kate ging zu ihrem Platz zurück, den Blick auf Aimees fassungsloses Gesicht gerichtet. Sie versuchte, Aimee mit Blicken zu beruhigen. Als sie an der Geschworenenbank vorbeikam, legte sie Daumen und Zeigefinger aneinander, ein verstohlenes *alles Bestens*-Signal für Aimee. Kate setzte sich auf ihren gewohnten Platz in der ersten Bankreihe.

Sie würde Aimee sagen, was für eine Antwort sie Pritchard hatte geben wollen, sie würde Aimee alles über den Fall erzählen. Aber die Antwort, die ihr so wichtig gewesen war, hatte Kenneth Pritchard nie interessiert. Er hatte sein Ziel erreicht — die Geschworenen hatten gehört, daß er versucht hatte, die Frage zu stellen. Die nächste Frage war jetzt: Wie würden die Geschworenen reagieren?

Kate blickte auf und begegnete dem Blick der Geschworenen Nummer acht. Die grauen Augen glitten sofort zur Seite.

»Euer Ehren«, sagte Kenneth Pritchard, »die Verteidigung hat die Beweisführung abgeschlossen.«

Unter Anstrengung widerstand Kate der Versuchung, jetzt weiter über das Geschehene nachzudenken. Sie mußte ihre ganze Konzentration auf das richten, was jetzt geschehen würde.

Linda Foster erhob sich. »Euer Ehren, die Staatsanwaltschaft hat einen weiteren Zeugen.« In ihrer Stimme klangen Spuren ihres Zorns nach. »Die Staatsanwaltschaft legt Skizzen der medizinisch versorgten Schnittverletzungen des Angeklagten als Beweismittel vor. Das wären dann die Beweisstücke Nummer 59 und 60 der Staatsanwaltschaft.«

»Einspruch —« begann Pritchard.

»Euer Ehren«, schnappte Linda Foster, »der Angeklagte selbst hat im Zeugenstand seine Hände vorgeführt. Der Angeklagte selbst hat den Geschworenen die Narben an seinen Händen gezeigt.«

»Einspruch abgewiesen«, sagte Richterin Hawkins knapp. »Die Skizzen werden als Beweisstücke Nummer 59 und 60 der Staatsanwaltschaft akzeptiert.«

Foster reichte Kenneth Pritchard die beiden Skizzen. Er blickte kurz darauf und sagte zustimmend: »Einverständlich festgestellt.«

Linda Foster verkündete: »Die Staatsanwaltschaft ruft Dr. Henry Mercer in den Zeugenstand.«

20

Henry Mercer, dachte Kate, sah in seinem ausgebeulten grauen Anzug kaum weniger zerknittert aus als in seinem grünen Arztkittel. Und er bemühte sich ebensowenig, seine zornige Ungeduld zu verbergen wie in der Notaufnahme des Hollywood Presbyterian Hospitals. Aber hier im Gerichtssaal schien ihm diese Ungeduld einen Mantel der Autorität zu verleihen.

Mercer saß im Zeugenstand, strich mit den langen, schlanken Fingern seiner linken Hand über seinen gestutzten Bart und warf rastlose Blicke auf die Geschworenen und durch den

Gerichtssaal, während Linda Foster eine Reihe von Notizblättern ordnete. Als sie auf den Zeugenstand zuging, die Skizzen in der Hand, richtete er seinen intensiven Blick auf sie.

»Dr. Mercer, ich möchte Ihre Aufmerksamkeit auf die Beweisstücke Nummer 59 und 60 der Staatsanwaltschaft lenken. Sind dies Skizzen der Verletzungen, die Sie an den Händen des Angeklagten Kyle Jensen behandelt haben?«

Er beugte sich vor, um sich die Skizzen anzusehen. »Ja. Das war am vierten Februar.« Die Antwort kam schnell, der Ton war abrupt.

Foster nahm die Skizzen und übergab sie den Geschworenen. Sie entnahm ihrer Aktentasche das Holzmodell der Mordwaffe und zeigte es Kenneth Pritchard. Dann wandte sie sich an Richterin Hawkins. »Euer Ehren, dies ist ein Modell des Beweisstücks Nummer 13 der Staatsanwaltschaft. Wir werden dieses Duplikat der aufgefundenen Mordwaffe zu Demonstrationszwecken verwenden.«

Foster ging zum Zeugenstand zurück. »Dr. Mercer, bei den Verletzungen an den Händen des Angeklagten handelte es sich um schwere Schnittwunden, ist das richtig?«

»Ja.«

»Könnten Sie uns in allgemeinverständlichen Begriffen beschreiben, wie die Verletzungen an der rechten Hand des Angeklagten aussahen?«

Mercer fuhr mit der Fingerspitze über seine rechte Hand. »Allgemeinverständlich ausgedrückt, die schwerste Verletzung hatte das Gewebe zwischen Daumen und Zeigefinger davongetragen. Es war bis auf die Knochen zerschnitten, außerdem leichte Rißwunden. Es gab eine leichtere Schnittwunde am Rand des Handrückens. Außerdem leichtere Schnittwunden an allen Fingern.«

»Was war mit der linken Hand?«

»Ein einfacher Schnitt quer über die Handfläche, ein weiterer an der Innenseite des Daumens. Leichtere Schnittwunden an allen Fingern.«

»Vielen Dank. Jetzt werde ich Sie mit Hilfe dieses Messers mit einem hypothetischen Tatablauf vertraut machen.«

»Einspruch«, protestierte Pritchard. »Ich erhebe Einspruch gegen diese fragwürdigen Methoden. Die Befragung dieses Zeugen ist irrelevant.«

»Euer Ehren«, sagte Foster, »die Staatsanwaltschaft hat diesen Zeugen aufgerufen, um zu beweisen, daß es sich hier um vorsätzlichen Mord handelt.«

Kate lächelte. Pritchard bereute zweifellos, einen Einspruch gemacht zu haben, der eine so dramatische Erwiderung nach sich gezogen hatte.

Richterin Hawkins setzte ihre Brille auf und sah Foster scharf an. »Fahren Sie fort«, sagte sie. »Vorzugsweise mit einem Minimum an Theatralik.«

»Dr. Mercer«, sagte Foster, die neben dem Zeugenstand stand, den Geschworenen zugewandt, »nehmen wir mal an, daß ein Mann mit beiden Händen ein Messer festhält.« Sie umfaßte den Griff des Demonstrationsobjektes mit beiden Händen. »Nehmen wir mal an, daß dieser Mann wiederholt auf einen anderen Mann eingestochen hat.« Sie hob das Messer über den Kopf und ließ es niederschnellen.

»Einspruch. Die Staatsanwaltschaft hetzt die Geschworenen bewußt auf. Das ist pure Spekulation.«

»Euer Ehren«, wiederholte Foster, »die Staatsanwaltschaft hat diesen Zeugen aufgerufen, um zu beweisen, daß es sich hier um vorsätzlichen Mord handelt. Ich schaffe die Grundlagen dafür.«

»Fahren Sie fort«, befahl Richterin Hawkins.

Foster reichte Mercer das Holzmesser. Er drehte es elegant in den Händen, als würde er prüfen, wie geeignet es als chirurgisches Instrument wäre. Foster ging zu dem Tisch hinüber, auf dem die Beweismittel lagen. »Ich gebe zu Protokoll, daß den Geschworenen das Beweisstück Nummer 13 der Staatsanwaltschaft, die aufgefundene Mordwaffe, gezeigt wird.« Foster hob eine offene Schachtel hoch, die ein blutbeflecktes Messer enthielt, das durch Drähte am Platz gehalten wurde.

»Einspruch. Euer Ehren, das ist pure Aufhetzung.«

»Einspruch abgewiesen. Die Tatwaffe ist ein Beweismittel.«

»Dr. Mercer, das Messer, das Sie in der Hand halten, ist in Größe und Form identisch mit dem Beweisstück Nummer 13 der Staatsanwaltschaft. Stellen Sie sich vor, daß es vollständig vom Blut des erstochenen Mannes bedeckt ist und glatt und schlüpfrig geworden ist.«

Kate sah zu Kyle Jensen hinüber, der unbeweglich dasaß und Mercer anstarrte, dann zu den faszinierten Geschworenen und zu Kenneth Pritchard, der sich hastig Notizen machte.

»Dr. Mercer, stellen Sie sich vor, daß das Messer so schlüpfrig geworden ist, daß die Hände des Angreifers vom Griff abgleiten und auf die Schneide rutschen, als er auf sein Opfer einsticht.«

Pritchards Kugelschreiber gefror über dem Notizblock, und sein Kopf schoß hoch. »Einspruch! Das sind an den Haaren herbeigezogene Spekulationen.«

»Euer Ehren«, sagte Foster unerbittlich, »die Staatsanwaltschaft hat diesen Zeugen aufgerufen, um zu beweisen, daß es sich hier um vorsätzlichen Mord handelt.«

»Einspruch abgewiesen«, sagte Richterin Hawkins kurz. »Fahren Sie fort.«

Kate hörte mit grimmiger Freude zu. Pritchard blieb nichts anderes übrig, als Einspruch zu erheben — schließlich war Foster dabei, seine Verteidigungsstrategie zunichte zu machen — aber jedesmal, wenn er das tat, konnte Foster ihren Satz wiederholen und so die Wichtigkeit dieses Zeugen und seiner Aussage unterstreichen.

»Dr. Mercer, jetzt meine Frage. Würden die Verletzungen an den Händen des Angreifers aus diesem Szenario mit den Verletzungen übereinstimmen, die die Hände des Angeklagten aufwiesen?«

»Das Szenario, das Sie beschrieben haben, wäre eine perfekte Erklärung für die Verletzungen, die ich behandelt habe.«

Es entstand Unruhe im Gerichtssaal. Richterin Hawkins ließ mehrmals ihren Hammer niederschnellen. Kyle Jensen starrte kopfschüttelnd auf den Tisch vor sich.

Foster wartete ab, bis wieder Ruhe eingetreten war, und noch ein paar Sekunden länger. Dann sagte sie: »Würden Sie das bitte den Geschworenen erklären.«

Mercer umfaßte den Griff des Messers, und zwar so, daß seine linke Hand auf der rechten Hand lag. »Zunächst einmal: Blut ist eine sehr glitschige Substanz, so wie Öl. Wenn das Messer mit Blut bedeckt ist, fangen also die Hände an, abzurutschen. Die untere Hand, also die Rechte, gleitet über den Griff des Messers ab. Dabei würde die Handkante eine geringfügige Schnittverletzung davontragen.«

Mercers intensive, dunkle Augen hatten sich verengt, so als würde er ein interessantes, aber nicht allzu schwieriges Problem lösen. »Dann rutscht die Hand über den Griff des Messers, auf die Klinge.«

Kate beobachtete scharf die aufmerksam zuhörenden Geschworenen. Auf allen Gesichtern war beginnendes Begreifen zu lesen.

»Wenn der Angreifer weiter zusticht —«, Mercer führte es mit dem Messer vor, »— kommt es bei jedem Stoß zu einer sägenden Auf-und-Ab-Bewegung, durch die das Gewebe zwischen Daumen und Zeigefinger beschädigt wird. Der Griff würde die Wunde weiter aufreißen. Bei einem derartig schweren, scharfen Messer gehört nicht viel dazu, das Gewebe bis auf die Knochen aufzuschneiden.«

»Einspruch, Euer Ehren.« Pritchards Stimme klang ruhig und nachdrücklich. »Das ist aufhetzerische Spekulation.«

»Euer Ehren«, konterte Foster, »der Sachverständige äußert sich ausschließlich zu seinem Fachgebiet.«

»Einspruch abgewiesen. Sie können fortfahren«, sagte Richterin Hawkins zu Mercer.

Mercer hatte Pritchard verärgert angesehen. »Jetzt zur linken Hand«, fuhr er fort. »Die linke Hand würde ebenfalls abrutschen, aber wesentlich weniger in Mitleidenschaft gezogen werden. Sie würde einen Schnitt quer über die Handfläche und einen an der Innenseite des Daumens davontragen. Und die Finger beider Hände würden aufgrund der Drehbewegung der Klinge Schnittverletzungen aufzeigen.«

Foster gab vor, eine Notiz zu überprüfen, und sagte schließlich in die absolute Stille im Gerichtssaal hinein: »Doktor, würden derartige Verletzungen nicht sehr stark bluten?«

»Das würden sie.«

»Aufgrund einer früheren Zeugenaussage wissen wir, daß beim Zustechen Blut des Angeklagten in zwei Bögen an die Wand geschleudert wurde.«

»Nur zwei? Bei derartig schweren Schnittwunden wären Dutzende von Blutbögen an die Wand geschleudert, wenn die Verletzungen entstanden wären, *bevor* das Stechen begann. Bei jedem Stoß wäre Blut an die Wand geschleudert worden. Folglich müssen die beiden vorhandenen Bögen gegen Ende des Stechens an die Wand geschleudert worden sein, keinesfalls zu Beginn. Noch ein Beweis dafür, daß das Szenario richtig ist.«

Pritchard hatte keinen Einspruch erhoben, und Kate sah ihn erstaunt an, ebenso wie Richterin Hawkins. Er muß völlig fassungslos sein, dachte Kate. Er hatte zugelassen, daß Mercer Fosters letzte Frage beantwortete, daß er auf einem Gebiet aussagte, das ohne Zweifel nicht sein Fachgebiet war.

»Vielen Dank, Doktor«, sagte Linda Foster. Ihre Stimme klang sehr zufrieden. Sie nahm ihm das Messer ab und ging auf ihren Platz zurück. »Keine weiteren Fragen.«

Pritchard stand auf und ging langsam und gedankenverloren zum Zeugenstand. Kate stellte amüsiert fest, daß beide, Pritchard und Mercer, sich das Kinn rieben, als sie einander begutachteten.

»Dr. Mercer«, begann Pritchard in respektvollem Ton,

»würden Sie mir eine Frage zu den Verletzungen an den Händen meines Mandanten beantworten?« Er holte sich das Demonstrationsmesser und kehrte mit dem Messer in der Hand zum Zeugenstand zurück. »Würde bei Verletzungen von der Art, die Sie an der rechten Hand meines Mandanten beschrieben haben, nicht das Umfassen eines Messers als eine Art Kompresse dienen?«

»Ja«, sagte Mercer. »Und?«

Armer Pritchard, dachte Kate amüsiert. Mercer war offensichtlich der Ansicht, daß er klar und deutlich gesagt hatte, was zu sagen war, und jetzt würde er ungehobelt reagieren, wenn seine Aussagen in Zweifel gezogen wurden oder er sich wiederholen mußte.

»Würde sich eine derartige Kompression nicht irgendwie auf die Verletzungen auswirken? Die Blutung stillen oder zumindest die Blutmenge reduzieren, die aus der Wunde spritzt?«

»Ja. Und? Genau aus diesem Grund haben wir nur zwei Blutbögen an der Wand, und nicht mehr.«

»Oder es gibt noch eine ganz andere Erklärung, Doktor«, schnappte Pritchard. »Sie und die Staatsanwältin haben hier ein Szenario konstruiert, das praktischerweise ihre Theorie von Mr. Crawfords —«

»Einspruch!«

»Stattgegeben. Mr. Pritchard —«

»Ich werde es anders formulieren, Euer Ehren.«

»Ich habe keinerlei Szenario konstruiert«, bellte Mercer.

»Beantrage Streichung«, sagte Pritchard ruhig.

»Stattgegeben. Die Geschworenen werden die Äußerung nicht zur Kenntnis nehmen. Dr. Mercer, bitte warten Sie, bis Ihnen eine Frage gestellt wird.«

Mercer zuckte verächtlich die knochigen Schultern.

Pritchard sagte: »Die Staatsanwältin ist mit Ihnen ein Szenario durchgegangen, das die Umstände von Mr. Crawfords Tod erklären soll. Aber ist es nicht absolut möglich, ist nicht ebenso wahrscheinlich, Dr. Mercer, daß die Verletzungen an Mr. Jensens Händen auf völlig andere Weise entstanden sind?«

»Geben Sie mir das Messer.« Mercer streckte gebieterisch die Hand aus.

»Bitte?«

»Wenn Sie wollen, daß ich Ihre Frage beantworte, geben Sie mir das Messer.«

Pritchard reichte Mercer das Holzmesser, erst zweifelnd und dann plötzlich voller Eifer. Foster sah beunruhigt aus, und Kate beobachtete es mit Besorgnis. Mercer konnte seine eigene Aussage kaputtmachen.

»Schön. Vielleicht hat Ihr Mann einen Angriff abgewehrt und hat dabei einen Schnitt an der Seite des Handrückens abgekriegt. Vielleicht hat er seine Hand auf irgendeine höchst merkwürdige Weise verdreht und ist dabei am Gewebe zwischen Daumen und Zeigefinger verletzt worden. Oder an der Handfläche, was auch immer. Dasselbe gilt für die andere Hand. Oder ...« Mercer umfaßte das Holzmesser mit beiden Händen und stach zu. »Oder es war ganz einfach so, daß er auf jemanden eingestochen hat, dabei das extrem blutige Messer mit beiden Händen festhielt und genau die Verletzungen davongetragen hat, die ich bei ihm festgestellt habe. Was klingt wahrscheinlicher, was meinen Sie?«

Linda Foster strahlte Henry Mercer an. Was für ein großartiger Zeuge, dachte Kate hocherfreut.

Pritchard sagte scharf: »Dr. Mercer, bitte. Bitte beantworten Sie nur meine Frage. Ist eine andere Erklärung möglich?« Seine Stimme wurde lauter. »Ist eine andere Erklärung möglich, Dr. Mercer?«

»Natürlich«, sagte Mercer verachtungsvoll. »Möglich ist alles.«

Pritchard drehte Mercer gewollt den Rücken zu. »Keine weiteren Fragen.«

»Ich habe nichts weiteres«, sagte Foster triumphierend.

»Der Zeuge kann den Zeugenstand verlassen.«

Linda Foster erhob sich. »Euer Ehren, die Staatsanwaltschaft hat keine weiteren Zeugen.«

Pritchard bekundete sein Einverständnis mit einem Nicken.

Kate beobachtete, wie Pritchard sich neben seinen Mandanten setzte, um sich mit ihm zu beraten. Die Verteidigung hatte heute einen schweren Schlag hinnehmen müssen, aber jeder Instinkt in ihr sagte Kate, daß Kenneth Pritchard noch einiges auf Lager hatte.

21

»Meine sehr verehrten Damen und Herren«, begann Linda Foster ihr Schlußplädoyer, »eine Reihe von Tatsachen in diesem Fall wird von niemandem bestritten.«

Kate saß ruhig da und beobachtete die Geschworenen. Sie dachte, daß ihr ihre Gesichter undurchdringlicher vorkamen als die jeder anderen Jury, mit der sie je zu tun gehabt hatte — wahrscheinlich, räumte sie in Gedanken ein, weil sie sich nie zuvor so sehr für einen Fall engagiert hatte.

An diesem letzten Verhandlungstag würde erst Foster ihr Schlußplädoyer halten, dann war Pritchard dran. Kate war sicher, daß Pritchard sich eine entscheidende Waffe für seine Zusammenfassung aufgespart hatte, und sie konnte sich denken, was das für eine Waffe sein würde. Aber da die Staatsanwaltschaft die Beweislast trug, war Foster eine Antwort auf Pritchards Schlußplädoyer erlaubt. Dann würde der Fall dieser rätselhaften Jury übergeben werden.

Die Bänke des Gerichtssaals waren fast alle besetzt. Kate kannte einige der Anwesenden. Hinter ihr saßen Gloria Gomez, Francisco Caldera und Jimmy Malone, der sein Lokal bis zur Urteilsverkündung geschlossen hatte. Ganz hinten saßen Aimee und Carl Jacoby, Teddie Crawfords Ex-Freund — der nicht wußte, daß er neben Kates Freundin saß.

Auch die Presse war da – Kate sah Journalisten vom *Advocate*, den *Lesbian News* und von *Frontiers*, sowie einen Reporter und einen Fotografen von der *Los Angeles Times*. Burt Dayton saß neben der blonden, kaugummikauenden Shirley Johnson. Stacey Conlin, die Verkäuferin aus dem 7-Eleven in Jeans, weißer Kunstpelzjacke und Schuhen mit hohen Absätzen, hatte sich vorsichtig in den Saal geschoben und sich direkt neben den Ausgang gesetzt. Margaret und Joe Crawford hatten täglich entweder mit Linda Foster oder mit Kate telefoniert, aber sie hatten es nicht über sich bringen können, zur Verhandlung zu kommen.

Fosters einfacher, dunkelgrauer Hosenanzug und ihre weiße Bluse mit dem hohen Kragen waren perfekt für diesen letzten Verhandlungstag, dachte Kate. Foster stand schlank und aufrecht vor dem Rednerpult, einen Stapel Notizen vor sich, und richtete ihr Schlußplädoyer an die Geschworenen.

»Wir wissen mit Sicherheit, daß der dreiundzwanzigjährige Teddie Crawford den Angeklagten Kyle Jensen in einem Lokal traf, das oft von Schwulen besucht wird. Wir wissen mit Sicherheit, daß Teddie Crawford den Angeklagten einlud, mit in sein Restaurant zu kommen, und daß beide auf dem Motorrad des Angeklagten dorthin fuhren. Auf dem Weg dorthin machten sie an einem 7-Eleven-Laden halt. Und wir wissen, daß der Angeklagte, Kyle Jensen, dort im Restaurant Teddie Crawford umbrachte.«

Ohne in seine Richtung zu sehen, wies Foster auf Kyle Jensen. »Von hier an haben wir nur die unklare, ungereimte, widersprüchliche Aussage des Angeklagten darüber, wie und warum er sein Opfer umbrachte. Als er von der Polizei vernommen wurde, behauptete der Angeklagte, daß Teddie Crawford, ich zitiere, 'völlig stoned' gewesen sei, während er selbst nur ein bißchen high gewesen wäre. Als er dann hier im Gerichtssaal hörte, daß die Testergebnisse seine Behauptung klar widerlegten, änderte er seine Geschichte und erzählte uns, daß er nicht darauf geachtet hätte, wieviel Kokain das

Opfer einnahm. Und plötzlich war es der Angeklagte selbst, der seiner Behauptung nach, ich zitiere, 'völlig stoned' war. Er hofft, meine Damen und Herren, daß Sie seinen angeblichen Drogenrausch als Erklärung für sein verachtenswertes Verbrechen akzeptieren werden.«

Kate sah zu Jensen hinüber. Er saß unbeweglich da und starrte auf seine Hände, die locker verschränkt auf dem Tisch lagen. Pritchard wirkte entspannt. Er machte sich mit einem dicken, schwarzen Füllfederhalter Notizen.

»Dann haben wir die Geschichte des Angeklagten über die sogenannte sexuelle Annäherung.« Fosters Ton wurde noch sarkastischer. »Der Angeklagte sagt, ich zitiere, 'am liebsten hätte ich gekotzt'. Zuerst erzählt er, dieser Impuls wäre über ihn gekommen, als das Opfer ihn mit einem Messer bedrohte. Dann sagt er uns, nein, es war, als das Opfer ihm vorschlug, Fellatio an ihm zu vollziehen. Dann sagt er, nein, es war, als das Opfer ihn befummelte. Der Angeklagte behauptet, so schockiert und angewidert vom Verhalten des Opfers gewesen zu sein, daß er sich am liebsten übergeben hätte — und dennoch war es ihm wichtiger, in der Küche noch etwas Kokain zu schnupfen, als das Restaurant zu verlassen.«

Foster griff nach einem Notizblatt, das mit einer gelben Büroklammer markiert war. Klug von ihr, wieder die Büroklammern zu benutzen, dachte Kate. Das wird die Geschworenen an Jensens Lügen erinnern.

»In seiner Zeugenaussage hat uns der Angeklagte erklärt, warum Teddie Crawford seiner Meinung nach zum Messer gegriffen hat. Ich zitiere: 'Ich denk', er macht das, weil ich größer bin als er. Nur so kann er mich dazu bringen, dazubleiben'.« Foster warf das Papier angewidert auf das Rednerpult. »Meine Damen und Herren, denken Sie mal über diese Behauptung nach. Der Angeklagte behauptet, Teddie Crawford hätte die Absicht gehabt, Fellatio an ihm zu vollziehen. Abgesehen davon, daß die Vorstellung absurd ist, Teddie Crawford, ein vitaler, gutaussehender junger Mann, hätte es nötig gehabt, jemanden gewaltsam zum Sex zu zwingen – wie sollte Teddie Crawford es zuwegebringen, einen derartigen Akt zu vollziehen und gleichzeitig sein Opfer mit dem Messer in Schach zu halten?«

Richterin Hawkins setzte ihren Hammer ein, um die Welle von Gelächter zum Schweigen zu bringen, die durch den Saal lief. Das Geräusch schien Linda Foster zu irritieren. Kate verstand das sehr gut. Foster war auf die Geschworenen konzentriert, nichts außer den Geschworenen existierte für sie.

Als wieder Ruhe im Gerichtssaal eingekehrt war, fuhr Foster fort: »Sie haben die Zeugenaussagen von Menschen gehört, die Teddie Crawford gekannt haben. Sie wissen, daß er nie auch nur eine Sekunde lang mit seiner sexuellen Orientierung hinter dem Berg gehalten hat. Stacey Conlin, die Verkäuferin in dem 7-Eleven, hat ihn offen als Tunte bezeichnet – als einen Schwulen, der so auffallend schwul ist, wie es nur geht – und zwar im Beisein des Angeklagten. Der Angeklagte behauptet, er hätte nicht zugehört. Der Angeklagte behauptet, er hätte nicht bemerkt, daß sein Opfer schwul war. Der Angeklagte denkt tatsächlich, Sie würden ihm glauben, daß er nicht wußte, daß dieser so offensichtlich schwule Mann schwul war.«

Kyle Jensen, der immer noch auf seine Hände starrte, schüttelte langsam den Kopf.

»Und dann haben wir das, was uns der Angeklagte über den Tathergang erzählt hat«, sagte Foster spöttisch. »Teddie Crawford sei mit einem Messer auf ihn losgegangen, sagt der Angeklagte. Wir wissen mittlerweile, meine Damen und Herren, daß das Blödsinn ist. Wir wissen, daß das Opfer das Messer nie in der Hand hatte. Wir haben das Gutachten des Arztes gehört, der die Verletzungen des Angeklagten behandelt hat, wir wissen jetzt, wie der Angeklagte in Wirklichkeit zu seinen Verletzungen gekommen ist. Die Aussage dieses Sachverständigen wird durch andere Fakten über den blutigen Mordschauplatz im Restaurant *Tradition* bestätigt.«

Foster zog ein Blatt mit einer signalroten Büroklammer hervor. »Das Blut des Angeklagten wurde ausschließlich an diesen Stellen gefunden: Auf der Mordwaffe. In den Schleuderspuren an der Wand. Auf der Küchenzeile, den Wasserhähnen und im Abfluß des Spülbeckens, wo der Angeklagte versuchte, sich nach dem Mord zu säubern.«

Sie legte das Blatt oben auf ihre Notizen und beugte sich vor. »Ebenso bedeutsam ist, meine Damen und Herren, wo *kein* Blut des Angeklagten gefunden wurde. Laut Aussage der Sachverständigen Charlotte Mead wurde untersucht, ob auf dem Hemd des Opfers Blutspuren des Angeklagten zu finden waren, aber es gab keine — nicht einmal auf der Vorderseite des Hemdes. Bedenken Sie, was das bedeutet. Wenn der Angeklagte seine Schnittwunden davongetragen hat, als er versuchte, sich gegen einen Angriff des Opfers zu verteidigen, wie er behauptet — wie konnte er dann auf das Opfer einstechen, ohne daß Blut aus seinen Verletzungen auf das Hemd des Opfers geriet? Auf dem Hemd des Opfers befindet sich kein Blut des Täters, weil der Angeklagte sich bei den letzten Messerstößen in Teddie Crawfords Körper selbst die Hände zerschnitt.«

Foster malte mit der Hand einen Bogen in die Luft. »Wir haben das abgeschleuderte Blut an der Wand. Zwei Schleuderspuren, die ausschließlich aus dem Blut des Angeklagten bestehen. Wenn die Hände des Angeklagten verletzt worden wären, als er versuchte, sich zu verteidigen, wie er behauptet — wie hätte er neununddreißigmal auf das Opfer einstechen können, ohne daß mehr als zweimal Blut aus seinen Verletzungen an die Wand geschleudert wurde? Die Wahrheit ist, daß der Angeklagte sich seine eigenen Hände zerschnitten hat, als er Teddie Crawford ermordete. Und gegen Ende seiner mörderischen Raserei wurde Blut aus seinen Verletzungen an die Wand geschleudert.«

Foster nahm das Demonstrationsmodell der Tatwaffe aus dem Fach des Rednerpults. »Der Angeklagte hat sich selbst überführt, als er uns vorgeführt hat, was angeblich im Restaurant *Tradition* geschehen ist. Sie haben es selbst gesehen, meine Damen und Herren. Sie haben gesehen, wie er hier im Zeugenstand saß und vorführte, wie Teddie Crawford mit dem Messer auf ihn losgegangen sein soll. Sowohl bei seinem Verhör durch die Polizei als auch hier im Gerichtssaal wurde der Angeklagte gefragt, ob die Schneide des Messers nach oben oder nach unten gezeigt hätte. Beide Male sagte er aus, sie hätte nach oben gezeigt. Sie haben selbst gehört, daß ich ihn fragte, ob er da ganz sicher sei. Er sagte, er sei sicher.«

Foster richtete das Messer auf die Geschworenen. »Aber wenn das Opfer das Messer so hielt, mit der Schneide nach oben, und wenn der Angeklagte von unten nach dem Messer griff, wie er es uns selbst vorgeführt hat, wie hätte er sich dann zwischen Daumen und Zeigefinger schneiden können?«

Foster hielt das Messer einen langen Augenblick fest. Sie wartete, wie Kate wußte, bis die Geschworenen diese dramatische Enthüllung verdaut hatten.

»Das Opfer hat Verletzungen an den Händen davongetragen, als er versuchte, sich selbst zu verteidigen, meine Damen und Herren. Das Opfer war Einsdreiundsiebzig und wog siebzig Kilo. Der Angeklagte ist Einszweiundachtzig und wiegt dreiundneunzig Kilo. Die Hände des Opfers wurden zerfetzt und ein Finger fast abgetrennt, als er verzweifelt und vergebens versuchte, sich gegen seinen gnadenlosen Mörder zu verteidigen.«

Foster legte das Messer zur Seite und zog ein Blatt Papier mit einer gelben Büroklammer hervor. »Der Angeklagte sagt, er hätte das *Malone's* zusammen mit dem Opfer verlassen, ich zitiere, 'weil er ein netter Kerl zu sein schien. Ich mochte ihn, und sein Restaurant klang wie ein guter, ruhiger Platz, um etwas zu koksen und ein bißchen Spaß zu haben.'« Sie legte das Blatt hin. »Aber Tatsache ist, daß in Teddie Crawfords Körper nur sehr wenig Kokain gefunden wurde. Und die Wahrheit ist, daß der Angeklagte mit ins Restaurant des

Opfers kam, weil er genau wußte, was er mit diesem jungen Schwulen machen würde, wenn er ihn erst einmal in seiner Gewalt hatte.«

Jensen starrte auf seine Hände hinunter und schüttelte den Kopf.

»Der Angeklagte hat Ihnen in einem sehr aufrichtigen Tonfall erzählt, daß er die Tat nie beabsichtigt hätte. Und doch hat er hier im Gerichtssaal ausgesagt, daß er nicht einmal wußte, ob sein Opfer tot war, als er aufhörte, auf ihn einzustechen. Der Angeklagte versuchte nicht einmal, Hilfe für den Mann zu holen, den er doch seiner Behauptung nach nicht hatte töten wollen. Der Angeklagte beraubte den blutüberströmten Körper seines Opfers und verließ einen Schauplatz des Horrors, ohne zu wissen, ob sein Opfer noch lebte oder schon tot war. Er watete und rutschte durch das Blut seines Opfers.«

Fosters Blick glitt langsam über die Geschworenen. »Der Angeklagte hat einen vorsätzlichen, heimtückischen Mord verübt. Der Angeklagte hat die Verletzungen an seinen Händen als Beweis dafür angeführt, daß er in Notwehr gehandelt hätte. Aber in Wahrheit sind diese Verletzungen grauenhafter Bestandteil eines heimtückischen, vorsätzlichen Mordes. Das haben wir bewiesen. Meine Damen und Herren, die Staatsanwaltschaft fordert Sie auf, Gerechtigkeit zu üben: Die Staatsanwaltschaft fordert Sie auf, diesen Angeklagten des vorsätzlichen Mordes schuldig zu sprechen.«

Linda Foster sammelte ihre Notizen ein. »Vielen Dank, meine Damen und Herren Geschworenen.«

Kenneth Pritchard wippte leicht auf den dünnen Sohlen seiner auf Hochglanz polierten Schuhe auf und ab. Er stand vor dem Rednerpult, seine Hände ruhten auf einer Ledermappe, die seine Notizen enthielt. Er sah distinguiert aus, das mußte Kate zugeben — sogar imposant in seinen Power-Farben:

schwarzer Anzug, schneeweißes Hemd und eine gestreifte Krawatte in dezenten Blau- und Grautönen.

»Meine Damen und Herren«, begann Pritchard. Sein Ton war leise, fast sanft. »Ich möchte gern, daß Sie sich an das erinnern, was ich Ihnen zu Beginn dieses Verfahrens sagte.«

Pritchard machte eine Pause, als sich die Tür des Gerichtssaals öffnete, aber er sah sich nicht um. Kate drehte sich um und erlitt fast einen Schock, als sie Taylor sah. Er nickte ihr zu, machte dem Gerichtsdiener ein aufmunterndes Zeichen, warf einen kurzen Blick auf Stacey Conlin, verdrehte die Augen und setzte sich neben sie.

Warum war Taylor gekommen? War er neugierig, wie der Fall ausgehen würde, den er sie ganz allein hatte bearbeiten lassen? Oder hatte Bodwin mit ihm gesprochen? Kate drehte sich wieder um und drängte alle Gedanken an Taylor zur Seite. Sie brauchte all ihre Konzentration für das, was Kenneth Pritchard sagen würde.

»Sie werden sich erinnern«, sagte Pritchard gerade zu den Geschworenen, »daß ich Ihnen versprach, die Assistenzstaatsanwältin würde Ihnen jede Menge Drama bieten. Ich versprach Ihnen, sie würde diesen Raum mit so viel Nebel erfüllen —«, Pritchard begann, mit den Händen Wolken zu formen, »— wie der für Spezialeffekte zuständige Mann in einem alten Film. Und ich habe Sie gebeten, vorurteilslos zuzuhören. Können Sie sich erinnern?«

Mehrere Geschworene belohnten ihn mit einem Nicken — Robert Baldwin, Nummer zwei, Dion Franklin, Nummer sechs, Victor Chen, Nummer sieben, und Eugenia Lowe, die ältere Frau, die die Geschworene Nummer acht war.

»Ich sagte Ihnen, wenn alles gesagt und getan wäre, würde sich erweisen, daß dies eine sehr traurige und sehr einfache Geschichte ist. Ich sagte Ihnen, daß die eigentliche Frage, über die wir hier zu entscheiden haben, lautet: *Warum* mußte Mr. Crawford sterben? Und, meine Damen und Herren, das bleibt der zentrale Punkt.«

Pritchard beugte sich nach vorn. »Die Staatsanwaltschaft stellt voller Leidenschaft die Behauptung auf, hier handle es sich um vorsätzlichen Mord. *Voller Leidenschaft*, meine Damen und Herren, denn die Staatsanwaltschaft trägt die Beweislast — und schon ein leiser Zweifel an der Schuld des Angeklagten schließt eine Verurteilung aus. Die Staatsanwaltschaft hätte es gerne, daß Sie sich mit Emotionen zufriedengeben, anstatt schlüssige Beweise zu verlangen.«

Er hob die Hände. »Ja, die Staatsanwaltschaft behauptet, sie *hätte* Beweise. Die Staatsanwaltschaft stellt *Behauptungen* auf. Sie bietet Ihnen *angebliche* Beweise. Was die Staatsanwaltschaft tatsächlich in der Hand hat, ist lediglich der *Anstrich* eines Beweises. Sie hat ein Szenario ausgemalt, das zur Anklage paßt — wie ein Vertreter, der großartige Eigenschaften für sein Produkt erfindet.«

Pritchard trat hinter dem Rednerpult hervor und stellte sich vor die Geschworenenbank. »Die Staatsanwaltschaft hat alle möglichen Behauptungen darüber aufgestellt, wo Blut war und wo kein Blut war. Sie hat Ihnen zu Ihrer Erbauung eine Sachverständige aufgetischt. Eine Sachverständige, die die Küche, in der Mr. Crawford starb, als riesige Blutlache bezeichnet — aber trotzdem mit angeblich wissenschaftlich abgesicherten Behauptungen um sich warf, wo Blut von Mr. Jensen zu finden wäre und wo nicht. Meine Damen und Herren, benutzen Sie Ihren gesunden Menschenverstand. In einer riesigen Blutlache hätte überall Blut von meinem Mandanten sein können. Es wäre nicht aufzufinden.«

Pritchard streckte seine gepflegten, geschmeidigen Hände aus, die Handflächen nach oben gerichtet. »Die Staatsanwaltschaft macht großen Wind um die Verletzungen an den Händen meines Mandanten, um die Frage, ob sie ihm zugefügt wurden, als er versuchte, sich zu verteidigen, oder ob nicht. Zwei Männer waren an dem Schauplatz dieses Vorfalls, der so zutreffend als Alptraum bezeichnet wurde. Niemand sonst. Einer dieser Männer ist tot. Mein Mandant hat ausgesagt, daß er im Verlauf der heftigen Auseinandersetzung, um mit seinen Worten zu sprechen, ausgerastet ist. Er weiß nicht, was geschehen ist. Und das, meine Damen und Herren, ist die reine Wahrheit.«

Pritchard lief ein paar Schritte auf und ab und hielt dann inne. »Wie ist mein Mandant zu den Verletzungen an seinen Händen gekommen? Mein Mandant sagt, daß Mr. Crawford mit dem Messer auf ihn losging, wobei die Schneide des Messers nach oben zeigte. Die Staatsanwaltschaft hat sich darauf gestürzt und es als eindeutigen Beweis für seine Schuld gewertet. Ich zumindest glaube meinem Mandanten. Mr. Jensen könnte ohne weiteres zuerst an den Fingern verletzt worden sein, als er von unten heraufgriff, um Mr. Crawford zu entwaffnen. Alle anderen Verletzungen sind ihm zugefügt worden, als der Vorfall eskalierte. Es ist sogar möglich, daß Mr. Crawford Mr. Jensen all diese Verletzungen zugefügt hat, bevor es meinem Mandanten gelang, ihm das Messer zu entreißen.«

Pritchard nickte. »Ja, Mr. Crawford war kleiner als mein Mandant. Aber wer kann sagen, welche Stärke ein Mensch unter diesen Umständen entwickeln kann? Wir alle kennen die Geschichte von der Frau, die es geschafft hat, ein Auto anzuheben, weil ihr Kind darunter lag.«

Wieder marschierte Pritchard hin und her, blieb stehen. »Die Staatsanwaltschaft behauptet, genau zu wissen, was geschehen ist. Aber das sind nur Spekulationen. Meine Damen und Herren, wir alle können nur spekulieren. Niemand kann mit Gewißheit sagen, was genau im *Tradition* geschehen ist — niemand außer den beiden Männern, die dort waren. Der medizinische Sachverständige der Staatsanwaltschaft selbst hat zugegeben, daß alles möglich ist.«

Pritchard malte einen Bogen in die Luft. »Die Staatsanwaltschaft hat zwei Blutspritzer an der Wand benutzt — was sie bedeuten, was sie nicht bedeuten — um ihre Version des gesamten Zwischenfalls zu entwerfen. Das ist, als würde jemand die Wahlergebnisse nach einer Meinungsumfrage bestimmen.

Ich zumindest glaube an Wahlergebnisse, nicht an Meinungsumfragen.«

Er wies auf die Anklagebank, wo Kyle Jensen saß und aufmerksam zuhörte. »Die Staatsanwaltschaft fand es unterhaltend, die Aussage meines Mandanten auseinanderzunehmen. Aber es ist überhaupt nicht schwer, die Widersprüche zwischen Mr. Jensens Aussage bei der Polizei und seiner Zeugenaussage hier bei Gericht zu verstehen. Kyle Jensen hat nie zuvor Probleme mit der Polizei gehabt, ist nie zuvor festgenommen worden. Nie zuvor ist er in polizeilichem Gewahrsam gewesen. Nie zuvor ist er auf einem Polizeirevier verhört worden. Er hat getan, was die meisten normalen Menschen in einer so alptraumhaften Situation tun würden — er hat versucht, sich zu schützen. Wie würden Sie sich denn unter solchen Umständen verhalten?«

Er wandte sich wieder den Geschworenen zu. »Die Staatsanwaltschaft hat auch viel Wind um Mr. Jensens Äußerung gemacht, daß er sich am liebsten übergeben hätte und wann genau ihn dieses bestimmte Gefühl überkam. Mr. Jensen lebt seit weniger als einem Jahr in Los Angeles. Wir, die wir hier leben, sind an die mannigfaltigen Lebensstile und die Toleranz gewöhnt, die in dieser Stadt herrschen. Wir vergessen leicht, daß andere Menschen unsere kosmopolitische Raffinesse nicht teilen. Unterschiedliche sexuelle Präferenzen mögen für uns nichts Außergewöhnliches sein. Egal, was wir davon halten — wir haben das mittlerweile vielleicht akzeptiert oder finden es sogar selbstverständlich. Aber auf einen anderen Menschen kann das sehr fremd, beängstigend, bedrohlich und abstoßend wirken.

Die Staatsanwaltschaft trompetet, der junge, gutaussehende Mr. Crawford hätte keinen Grund gehabt, ein Messer zu zücken. Aber Mr. Crawford war jeder Definition zufolge kein konventioneller Mann; warum sollten wir einfach annehmen, daß er nicht auch krankhaft veranlagt war? Wieso sollte die Wahrscheinlichkeit so viel geringer sein, daß Mr. Crawfords

Verhalten pathologisch war, als daß Mr. Jensens Verhalten es war? Der Serienmörder Ted Bundy war ein gutaussehender junger Mann. Wieso sollten wir annehmen, daß Mr. Crawfords Verhalten nicht pathologisch war, nur weil er gut aussah?

Auf dem Polizeirevier und hier vor Gericht wurde Kyle Jensen aufgefordert, sich an eine grauenhafte Szene zu erinnern. Nein, er hat nicht alle Details richtig hinbekommen. Kyle Jensen ist ein verängstigter junger Mann. Er hatte damals Angst, und er hat heute Angst.«

Pritchard streckte beide Hände aus und fuhr mit erhobener Stimme fort: »Wie konnte Kyle Jensen nicht wissen, daß Teddie Crawford homosexuell war, donnert die Staatsanwaltschaft. Nun, Mr. Jensen wuchs in einer normalen, konservativen Familie auf. Sein Vater hat in Korea gekämpft und hätte beinahe sein Leben für sein Vaterland geopfert. Mr. Jensen ist so erzogen worden wie die meisten Amerikaner — er hat gelernt, daß Homosexualität eines der stärksten Tabus ist, das diese Gesellschaft kennt. Versetzen Sie sich doch mal in seine Lage. Ein Fremder in Los Angeles, der mit einem Mann konfrontiert wird, der all das verkörpert, das man ihn zu verabscheuen gelehrt hat. Ein Mann, der ihm einen widerwärtigen sexuellen Antrag macht — und ihn dabei mit einem Messer bedroht. Muß ich da noch das Gespenst von AIDS erwähnen?«

Kenneth Pritchard baute sich vor dem Geschworenen Nummer zwei, Robert Baldwin, auf. »Die Gewalttat im *Tradition* hat zwei Ursachen: Mr. Jensens Drogenrausch und seinen Ekel. Wir alle sind ein Produkt unserer Kultur und unserer Erziehung. Wieviel Kontrolle über sich hätten Sie wohl in dieser Situation? Wenn Sie auf eine angriffsbereite Schlange stoßen, würden Sie nicht aus purem, ganz natürlichem Ekel und Abscheu auf diese Schlange einhauen — ganz abgesehen davon, daß sie Ihr Leben bedroht?«

Aus dem Saal war ein leises, grollendes, zorniges Gemurmel zu hören. Richterin Hawkins sorgte für Ruhe im Gerichtssaal.

Kenneth Pritchard fuhr ruhig fort: »Ich sagte zu Beginn dieses Verfahrens, daß wir alle die Verantwortung für unsere Handlungen übernehmen müssen. Mein Mandant Kyle Jensen akzeptiert diese Verantwortung, meine Damen und Herren — aber der tote junge Mann selbst muß das auch.«

Er trat einen Schritt zurück, um sich an alle Geschworenen wenden zu können. »Die Staatsanwaltschaft trägt die Beweislast, und schon der leiseste Zweifel an der Schuld meines Mandanten macht eine Verurteilung unmöglich. Ganz offensichtlich ist es der Staatsanwaltschaft nicht gelungen, diesen Beweis zu erbringen. Wir können dem jungen Teddie Crawford nicht sein Leben zurückgeben. Aber wir können diesem jungen Mann ...« Er wies auf Kyle Jensen. »Wir können es diesem jungen Mann, der die Narben dieses Vorfalls sein Leben lang mit sich herumtragen wird, ermöglichen, sein Leben weiterzuführen.«

Kenneth Pritchard ging mit großen Schritten zum Rednerpult zurück und griff nach seiner Ledermappe. »Meine Damen und Herren, ich bitte Sie auf Tötung bei Vorliegen von Rechtfertigungsgründen zu erkennen. Ich bitte Sie um das Urteil 'Nicht schuldig'.«

Noch während Kenneth Pritchard sich neben den erfreut aussehenden Kyle Jensen auf die Anklagebank setzte, riß Linda Foster einen Notizzettel von ihrem Block und fegte zur Geschworenenbank. Das Rednerpult ließ sie links liegen.

Kate, der bei Pritchards letzten Worten übel geworden war, vergaß ihre Übelkeit. *Sie kann sich nicht mehr beherrschen.*

»Meine Damen und Herren«, begann Foster und räusperte sich kräftig. Die Geschworene Nummer vier sah sie verwundert an. Alle Geschworenen sahen verwirrt und beunruhigt aus.

Kate sah mit wachsender Besorgnis zu. *Sie ist zu wütend. Sie kann sich nicht mehr beherrschen. Sie wird alles vermasseln.*

»Die Verteidigung hat den Grund für Teddie Crawfords

Tod korrekt beim Namen genannt.« Fosters Stimme vibrierte, sie war starr vor Zorn. »Eine andere sexuelle Orientierung kann, sagt die Verteidigung —«, sie stieß mit dem Finger gegen das Notizblatt in ihrer Hand, »— ich zitiere, 'fremd, beängstigend, bedrohlich und abstoßend' wirken. Zitat Ende.« Sie starrte wütend auf ihre Notizen und räusperte sich noch einmal. »Ich zitiere: 'Wenn Sie auf eine angriffsbereite Schlange stoßen, würden Sie nicht aus purem, ganz natürlichem Ekel und Abscheu auf diese Schlange einhauen — ganz abgesehen davon, daß sie Ihr Leben bedroht?' Zitat Ende. Es gibt ein Wort für so etwas, meine Damen und Herren. Das Wort lautet Homophobie.«

Foster schlug mit der flachen Hand gegen das Blatt Papier. »Die Verteidigung trägt vor, daß die Ursache für die Gewalttat im Restaurant *Tradition* der Drogenrausch des Angeklagten und sein Ekel war. Es gibt ein Wort für Gewalttaten, die aus Homophobie begangen werden, ein Wort, das hier im Gerichtssaal noch nicht genannt wurde. Das Wort lautet Schwulenticken.«

»Einspruch, Euer Ehren«, sagte Kenneth Pritchard ruhig.

»Mit welcher Begründung, Mr. Pritchard?« erkundigte sich Richterin Hawkins.

»Aufhetzerische Wortwahl. Ziehen einer Schlußfolgerung ohne jede Grundlage.«

Linda Foster sah Pritchard gerade ins Gesicht, wedelte mit ihren Notizen und entgegnete: »Die Verteidigung selbst hat die Grundlage geliefert.«

Richterin Hawkins betrachtete Pritchard durch ihre Lesebrille hindurch. »Dem muß ich zustimmen, Mr. Pritchard. Einspruch abgewiesen. Fahren Sie fort.«

»Der Angeklagte«, sagte Linda Foster, drehte Pritchard entschieden den Rücken zu und wandte sich an die aufmerksam lauschenden Geschworenen, »ist nicht der einzige Schwulenticker in diesem Raum.«

Pritchard sprang auf. »Einspruch!«

Richterin Hawkins sah ihn erwartungsvoll an.

»Euer Ehren, ich erhebe Einspruch!«

»Ja, Mr. Pritchard«, sagte Richterin Hawkins. »Das habe ich gehört. Ich warte auf Ihre Begründung.«

Kate sah in heller Freude zu. Pritchard saß in der Falle. Wenn er seinen Einspruch begründete, gab er damit zu, daß die Bezeichnung auf ihn zutraf. Wenn er seinen Einspruch zurückzog, nahm er Fosters Behauptung ohne Widerspruch hin.

Langsam sank Pritchard auf seinen Stuhl zurück.

Wenn wir diesen Fall verlieren, war das unser bester Moment, dachte Kate.

»Mr. Pritchard«, sagte Richterin Hawkins, »ziehen Sie Ihren Einspruch zurück?«

Ich liebe diese Frau, dachte Kate.

Pritchard murmelte: »Ja, Euer Ehren.«

»Fahren Sie fort, Ms. Foster.«

Belaß es dabei, Linda. Du hast klargemacht, worum es geht, verwässere es jetzt nicht.

Foster näherte sich der Geschworenenbank, wobei sie sich die Brille von der Nase riß, als wäre sie eine Barriere, die sie von den Geschworenen trennte. »Meine Damen und Herren, bei diesem Verbrechen handelt es sich nicht um einen *Vorfall*, wie die Verteidigung es nennt. Es ist ein *Verbrechen*. Mord. Teddie Crawford hat nie versucht zu verbergen, daß er schwul war, und dafür ist er gestorben.« Sie wedelte mit ihrer Brille in Richtung Kyle Jensen. »Der Angeklagte wußte, daß Teddie Crawford schwul war. Der Angeklagte hat so panische Angst davor, daß jemand ihn für homosexuell halten könnte, daß er behauptet hat, eine Frau hätte ihn ausgezogen. Er hat gelogen und behauptet, er hätte eine Freundin.«

Kyle Jensen schüttelte heftig den Kopf und starrte Linda Foster böse an. Pritchard legte ihm die Hand auf den Arm. Jensen schüttelte ihn ab.

»Die Verteidigung behauptet, diese Verhandlung wäre wie

eine Wahl und die von der Staatsanwaltschaft vorgelegten Beweise wären die Meinungsumfrage«, sagte Foster voller Zorn. »Dies ist ein Gerichtsverfahren, und es geht darum, daß ein Mensch *sterben* mußte. Die Staatsanwaltschaft hat konkrete Beweise dafür vorgelegt, daß es vorsätzlicher Mord war, und zwar im vernünftigen Rahmen wissenschaftlich abgesicherter Beweise. Die Verteidigung möchte, daß Sie die Sachverständigen ignorieren und den Worten des Angeklagten Glauben schenken. Wenn wir glauben könnten, was Mörder uns über ihre Verbrechen erzählen, bräuchten wir keine Sachverständigen.«

Foster war immer noch starr vor Wut, aber ihre Stimme klang ruhiger. »Nein, der Angeklagte ist nie zuvor festgenommen worden. Der Angeklagte hat gleich mit Mord angefangen — und die Verteidigung will, daß wir das einfach vergeben und vergessen.« Mit beißender Schärfe fuhr sie fort: »Die Verteidigung findet, daß wir dem Angeklagten diesen einen, kleinen Mord ruhig gönnen sollten.«

Foster unterstrich ihre Worte, indem sie ihre Brille schüttelte. »Die Staatsanwaltschaft hat die Anklage über jeden vernünftigen Zweifel hinaus begründet. Das einzige, was der Verteidigung übrigblieb, ist, Hohn und Spott über die Mauer aus Beweisen zu ergießen, die seinen Mandanten umgibt. Die Verteidigung hat Sie aufgefordert, Ihren gesunden Menschenverstand zu gebrauchen. Auch die Staatsanwaltschaft bittet Sie darum. Denn Ihr gesunder Menschenverstand wird Ihnen sagen, daß die Verteidigung von Ihnen verlangt, klare Beweise für einen vorsätzlichen Mord einfach zu ignorieren.«

Foster stopfte Brille und Notizen achtlos in die Jackentasche. »Der Körper des Opfers wurde durch neununddreißig Messerstiche verstümmelt. Die Staatsanwaltschaft hat zweifelsfrei bewiesen, daß der Angeklagte nicht in Notwehr gehandelt hat. Kein Blut des Angeklagten wurde auf dem Opfer gefunden, und der Angeklagte verletzte sich selbst, als er sein Opfer ermordete. Der Angeklagte wies keine weiteren

Verletzungen auf — kein blauer Fleck, kein einziger Kratzer. Nichts. Aber das Opfer wurde neununddreißigmal erstochen. Neununddreißigmal, meine Damen und Herren. Bedenken Sie das. Ein Mord, bei dem der Täter neununddreißigmal auf sein Opfer einsticht.«

Foster hob mit beiden Händen ein imaginäres Messer und stieß damit zu, heftig, bösartig und wieder und wieder.

»*Eins ...*

Zwei ...

Drei ...

Vier ...

Fünf ...

Sechs ...

Sieben ...«

Foster brach ihre Demonstration ab. »*Neununddreißig Mal.* Der Angeklagte hat *neununddreißig Mal* auf sein Opfer eingestochen.«

Sie drehte sich um und sah Kyle Jensen direkt in die blauen, wutsprühenden Augen. »Der Angeklagte hat geäußert, er wünsche, er könne das Geschehene ungeschehen machen. Er hat geäußert, er hätte all das nicht gewollt. Aber haben wir diesen Angeklagten sagen hören, es täte ihm leid, daß Teddie Crawford tot ist?«

Foster wandte Jensen den Rücken zu. Sie fischte ihren Notizzettel aus der Jackentasche und wedelte damit herum. Sie sagte verächtlich: »Die Verteidigung behauptet, andere Städte würden unsere Toleranz für unterschiedliche Lebensstile, unsere kosmopolitische Raffinesse, nicht teilen. Die Menschen in der Heimatstadt des Angeklagten, in Pittsburgh, wird es sicher interessieren zu erfahren, daß sie so rückständig sein sollen. Und vergleichbare Städte werden voller Interesse hören, daß ihren Bürgern das Recht zugesprochen wurde, nach Los Angeles zu kommen und schwule Männer und lesbische Frauen umzubringen.«

Linda Fosters Stimme drang klar durch den Gerichtssaal.

»Die Verteidigung sagt, daß dem Angeklagten beigebracht worden ist, daß Homosexualität eins der stärksten Tabus dieser Gesellschaft ist. Wenn Sie Homosexualität als Tabu betrachten, gehen Sie ihr aus dem Weg. Sie gehen nicht in eine Kneipe, die von Schwulen besucht wird. Sie machen sich nicht an einen schwulen Mann heran. Sie fahren nicht mit diesem Mann an einen abgelegenen Ort und bringen ihn auf die grauenhafteste Weise um, die überhaupt vorstellbar ist. Sie ziehen nicht den Schmuck von seinem blutenden Körper. Die Verteidigung bringt vor, wir alle seien das Produkt unserer Kultur und unserer Erziehung. Die Staatsanwaltschaft fragt Sie: In was für einer Welt wollen Sie leben?

Wir beklagen uns über unsere Gesellschaft, wir klagen, daß wir machtlos seien und nichts ändern könnten. Aber Sie haben die Macht, etwas zu ändern. Sie haben die Macht, diesem Gericht und den Menschen, die um den jungen Teddie Crawford trauern, zu sagen, in was für einer Welt er ein Recht hatte zu leben.«

Linda Foster zerknitterte das Blatt Papier in der Hand. »Sie können den Angeklagten des vorsätzlichen Mordes schuldig sprechen. Weil er schuldig ist. Und weil es recht und gerecht ist. Ich bitte Sie um dieses Urteil.«

22

»Eine Menge Feuerwerk«, bemerkte Taylor und wies mit dem Kopf auf die geschlossene Tür des Gerichtssaals.

Kate, in der Linda Fosters Worte noch nachhallten, schaffte es, über diese Untertreibung zu lächeln. Nur ihr gesamtes Leben war eben in diesem Raum vor ihren Augen vorbeigezogen. Aber im tiefsten Inneren waren ihr Taylor und seine Bemerkung gleichgültig, eine Gleichgültigkeit, die mit dem Konflikt über diesen Fall nichts zu tun hatte.

Auf Taylors Zeichen hin war sie auf den Korridor hinausgegangen, während Richterin Hawkins die Geschworenen über ihre Pflichten belehrte. Ihr war klar, daß Taylor wichtige Informationen zu einem der ungelösten Mordfälle haben konnte, die sie noch auf dem Schreibtisch liegen hatten. Aber als sie in sein breites, leicht gerötetes Gesicht sah, wußte sie, warum er gekommen war.

Taylor sagte: »Bodwin meinte, ich soll erst mit dir reden, wenn er mit dir gesprochen hat. Er will warten, bis du hier fertig bist. Scheiß auf ihn. Wir sind Partner, Kate.«

Er setzte sich auf eine der Bänke, die in Wandnischen standen. Der Korridor war voller Leute, die zu anderen Verhandlungen in anderen Gerichtssälen eilten. Kate, die sich fragte, was Bodwin Taylor gesagt haben mochte, setzte sich neben ihn.

»Er hat mich reingerufen«, sagte Taylor schwerfällig. »Sagte, wir würden einen Haufen neue Leute in die Abteilung bekommen. Er will dich fragen, ob du als eine Art Anleiterin arbeiten willst, mit verschiedenen Partnern.«

»Tatsächlich«, sagte Kate erfreut. Vorsichtiger fügte sie hinzu: »Das ist mir neu.« Die Idee gefiel ihr. Sie hoffte, daß Bodwin die Geschichte nicht nur als bequeme Ausrede für Taylor erfunden hatte.

»Mich werden die nicht dazu kriegen, mit einem Anfänger zusammenzuarbeiten«, grunzte Taylor. »Dauert verdammt lange, bis man gelernt hat, ein guter Bulle zu sein. Besonders bei der Mordkommission.«

»Es dauert lange«, stimmte Kate zu. Ihre Ermittlungsinstinkte waren über viele Jahre hinweg und an vielen Tatorten geschärft worden.

»Bodwin sagt, wir kriegen neue Partner, auch wenn du nicht interessiert bist. Das ist idiotisch, Kate. Ich mein', verdammt nochmal, warum was reparieren, was nich' kaputt ist?«

Kate antwortete nicht.

Taylor sagte: »Ich frage ihn warum, und er sagt nur, es wär' an der Zeit. Es ist an der Zeit«, wiederholte er in einem sarkastischen Falsett. »Muß die neueste Management-Theorie sein.«

Ihm schien nicht aufzufallen, daß sie kaum auf seine Neuigkeiten reagiert hatte. Er zerrte an seinen Bügelfalten. »Ich will keinen neuen Partner, Kate. Den Zirkus kann ich nicht brauchen. Ich und Marie, wir haben uns gestern darüber unterhalten.« Er sah Kate an, seine braunen Augen waren plötzlich weich geworden. »Da ist dieses Haus in Fillmore, das wir uns angesehen haben ... Du bist die erste, die es erfährt, Kate. Ich werde gehn und Avocados züchten.«

»Das freut mich für dich, Ed«, sagte sie nickend. »Du hast schon so lange davon gesprochen.«

Er grinste. »Ich sag' dir noch was, Partner. Ich freu' mich auch.« Dann sah er zur Seite, auf den Korridor. »Aber all diese Jahre ... Seitdem ist viel Wasser den Berg runtergeflossen.«

Mitfühlend sagte sie: »Du gehörst immer noch zur Familie, Ed — das weißt du. Einmal Polizist, immer Polizist.«

Er nickte. »Wir hatten eine gute Zeit zusammen, Kate.«

»Ja, das hatten wir, Ed.« Sie wandte sich um, als sie ein undefinierbares Geräusch aus dem Gerichtssaal hörte. Sie gehörte da hin, sie wollte in den Saal zurück.

Taylor stand auf. »Ich seh' dich auf der Abschiedsparty.« In seine Schnoddrigkeit mischte sich Verletztheit. Er hatte offensichtlich bemerkt, daß ihre Aufmerksamkeit geteilt gewesen war. »Viel Glück bei deinem Schwuchtelfall«, sagte er. »Sieht aus, als würdest du es brauchen.«

An der Tür des Gerichtssaales hielt sie inne und beobachtete, wie Taylor eingeschnappt den Korridor hinuntermarschierte. Er hatte sie mitten aus der Gerichtsverhandlung eines Mordfalls herausgezerrt, nachdem er sie gezwungen hatte, im Alleingang zu ermitteln. Er hatte noch nicht mal gefragt, was sie von Bodwins Plänen dachte. Er hatte sich wieder mal abfällig über Schwule und Lesben geäußert. Geh und züchte deine blöden Avocados, dachte sie.

Linda Foster nahm ihre Aktentasche und kam durch die Absperrung, während die Zuschauer den Gerichtssaal verließen.

Kate sagte: »Du warst großartig, Linda. Niemand hätte es besser machen können.«

»Ich habe getan, was ich tun konnte, Kate.« Ihr Blick war auf die Männer und Frauen gerichtet, die langsam hintereinander in den Juryraum gingen, um mit ihren Beratungen zu beginnen.

Kate winkte Aimee zu, die zurückwinkte und sich zwischen den Bänken hindurch auf sie zuzuschlängeln begann. Kate betrachtete voller Freude das schwere Schwingen ihres dunklen Haars, die sinnliche Anmut ihres Körpers und das Blauviolett ihrer Augen, das durch das Königsblau ihrer Seidenbluse noch intensiver wirkte.

»Linda«, sagte Kate, »ich möchte dir Aimee Grant vorstellen. Meine Freundin.«

Aimee ignorierte die ihr entgegengestreckte Hand, ging auf Linda Foster zu und umarmte sie. »Sie waren phantastisch.«

Foster sah verlegen und erfreut aus. »Ich hoffe, ich war phantastisch genug.« Sie betrachtete Aimee mit offener Bewunderung. »Ihr zwei Frauen habt einen ausgezeichneten Geschmack.«

Kate sagte: »Das finde ich auch.« Aimee grinste.

Foster sah auf die Uhr. »Also. Laßt uns in der Cafeteria etwas essen, und dann gehen wir in mein Büro. Die Geschworenen sollten einige Zeit brauchen. Hoffe ich.«

»Warum hoffen Sie das?« fragte Aimee. »Er ist so offensichtlich schuldig.«

»Sie sind so offensichtlich objektiv«, scherzte Foster, als sie aus dem Gerichtssaal gingen. »Eins habe ich bei meiner Arbeit als Staatsanwältin gelernt — Objektivität ist eine Sache, die bei Geschworenen selten zu finden ist.«

»Nur zu wahr«, sagte Kate.

»Je länger sie da sitzen«, meinte Foster, »desto größer ist die Chance, daß es ihnen gelingt, sich durch ihre Homophobie hindurchzuarbeiten und zu einem anständigen Urteil zu kommen.«

Die drei Frauen hatten sich in Linda Fosters Büro niedergelassen. Die Kaffeemaschine blubberte vor sich hin und schaffte es kaum, mit ihrem Kaffeekonsum Schritt zu halten.

»Sag mal«, sagte Aimee zu Kate, »als dieses Schwein dich als Zeugin der Verteidigung aufrief — was hättest du geantwortet, wenn Richterin Hawkins die Frage zugelassen hätte?«

»Kate möchte das vielleicht nicht vor mir beantworten«, sagte Linda Foster schnell.

»Kein Problem, Linda«, sagte Kate. »Polizisten, die zu anderen Minderheitsgruppen gehören, würde eine solche Frage nie gestellt werden. Niemandem würde es einfallen, ihre Objektivität in Frage zu stellen, wenn es um ein Mitglied ihrer eigenen Kultur geht — also warum sollte das bei lesbischen Polizistinnen und schwulen Polizisten anders sein? Da kein schwarzer, lateinamerikanischer oder asiatischer Polizist auf eine solche Frage antworten würde, hatte ich mich entschieden, das auch nicht zu tun. Ich hatte beschlossen, die Aussage zu verweigern.«

»Richtig, völlig richtig«, erklärte Aimee.

»Genau das habe ich Hawkins erklärt«, sagte Foster.

»Ja. Ich habe dich gehört.«

»Sie war ziemlich wütend auf Pritchard«, meinte Foster mit einem leisen Lachen. »Wahrscheinlich hatte sie das Gefühl, daß ihre eigene richterliche Objektivität als schwarze Richterin in Frage gestellt wurde.«

Aimee grübelte: »Ein anderer Richter hätte dir vielleicht befohlen, zu antworten, Kate. Hätte dich ins Gefängnis geschickt, wenn du die Aussage verweigert hättest.«

»Ja«, sagte Kate.

Foster nickte. »Und ich hätte —«

Das Telefon klingelte.

Foster sah das Telefon an, als hätte es ein unerfreuliches

Eigenleben entwickelt. Mit spitzen Fingern nahm sie den Hörer ab.

»Linda Foster am Apparat.« Sie lauschte. »Ja. Danke.« Sie legte auf. »Wir haben ein Urteil.« Sie holte tief Luft. »Scheiße.«

Kate sah auf die Uhr. Die Geschworenen hatten zwei Stunden und fünf Minuten beraten.

Hinten im Gerichtssaal waren Kameras auf Stativen aufgebaut worden. Ein Kameramann von KTLA wartete neben der Tür, eine Minikamera auf der Schulter. Alle Plätze waren besetzt.

Die Geschworenen betraten mit ernsten Gesichtern den Raum. Sie sahen niemanden an. Kate hatte sich auf ihren gewohnten Platz in der ersten Reihe gesetzt. Linda Foster studierte die zwölf grimmigen Mienen, ihr Gesicht war angespannt. Kyle Jensen rieb mit den Handflächen über seine Knie und starrte die Geschworenen an. Kenneth Pritchard saß lässig zurückgelehnt auf seinem Stuhl, aber auch er beobachtete die Geschworenen.

Richterin Alicia Hawkins, die in ihrer Richterrobe hoheitsvoll aussah, wartete, bis die Geschworenen sich niedergelassen hatten. Dann rückte sie die Brille auf ihrer Nase zurecht und fragte gelassen: »Meine Damen und Herren Geschworenen, sind Sie zu einem Urteil gelangt?«

Die Obfrau der Geschworenen, Eugenia Lowe, erhob sich. »Das sind wir, Euer Ehren«, sagte sie mit fester Stimme.

Der Gerichtsdiener, ein eifrig wirkender, rundlicher junger Mann, nahm Eugenia Lowe das gefaltete Stück Papier ab, brachte es zur Richterbank und reichte es Richterin Hawkins. Sie faltete es auseinander, las es durch und gab es dem Gerichtsdiener zurück.

»Der Angeklagte möge sich erheben.«

Kyle Jensen und Kenneth Pritchard standen auf. Jensens Hände hingen zusammengekrampft an seiner Seite.

Das Ritual dieser uralten Zeremonie gab Kate das Gefühl,

auch sie hätte sich erhoben, um ihr Urteil zu empfangen, daß das Urteil ebenso über sie gesprochen werden würde wie über Kyle Jensen.

»Der Gerichtsdiener wird das Urteil verlesen.«

Kate spürte das Rauschen in ihren Ohren mehr, als daß sie es hörte.

Der Gerichtsdiener las mit gleichmäßiger Stimme: »*Wir, die Geschworenen, befinden den Angeklagten Kyle Thomas Jensen —*«

Das Rauschen wurde zu einem schmerzhaften Dröhnen.

»*— des Verstoßes gegen Paragraph 187 des Strafgesetzbuches für schuldig —*«

Das Rauschen und Dröhnen machte Kate schwindelig.

»*— des vorsätzlichen Mordes.*«

Inmitten des ausbrechenden Tumultes saß Linda Foster wie festgefroren da, dann wirbelte sie zu Kate herum. Ihre Blicke trafen sich. Kate war unfähig, zu sprechen oder sich zu bewegen. Sie sah die Freude, den hellen Triumph, der aus Fosters Augen und ihrem Gesicht strahlte.

Kyle Jensen war in seinen Stuhl zurückgesunken. Pritchard war stehengeblieben, leicht nach vorn gebeugt, beide Hände flach auf die Anklagebank gepreßt. Foster wandte sich wieder der Richterbank zu, als Richterin Hawkins ihren Hammer niederschnellen ließ und sich Ruhe in ihrem Gerichtssaal ausbat.

Inmitten einer Explosion von Blitzlichtern und tumultartigen Ausbrüchen blickte Kate blind um sich. Sie sah, wie Carl Jacoby, das Gesicht hart wie Granit, aus dem Saal stelzte. Francisco Caldera und Gloria Gomez lagen sich weinend in den Armen. Aimee war aufgestanden, zusammen mit dem Großteil des Publikums, und hatte jubelnd die Arme erhoben.

Kates Blick blieb an den Geschworenen hängen. Die Geschworene Nummer vier hatte ihr Gesicht wieder in ihrem PARIS-Pullover vergraben, sie weinte. Die Geschworene Nummer drei nahm ihre Hand. Die grauäugige Eugenia Lowe warf

Kate einen kurzen Blick zu und nahm dann die Hand des Geschworenen Nummer sieben, Victor Chen, dessen Gesicht tränenüberströmt war. Er griff nach der Hand des Geschworenen Nummer sechs, Dion Franklin. Alle Geschworenen hielten sich an der Hand.

Epilog

Als Kate und Aimee sich in die knallvolle Nightwood Bar und zu Maggie Schaeffer durchdrängten, fiel Kate ein Wald identischer brauner Bierflaschen auf allen Tischen auf.

Maggie beugte sich über die Theke. »Jede, und ich meine *jede*, trinkt heute dasselbe.« Sie zwinkerte Kate zu. »Gut, daß ich daran gedacht habe, mir eine Menge davon zu besorgen.« Sie langte in eine Wanne, öffnete zwei Flaschen Bier und schob sie ihnen hin.

Kate griff nach einer und grinste entzückt, als sie das Etikett sah: *Foster's*.

Patton drängte sich auf die Theke zu, machte eine tiefe Verbeugung vor Kate und zwinkerte Aimee zu. Kate deutete auf die Bierflasche, die Patton in den Gürtel ihrer Jeans geschoben hatte, und fragte ungläubig: »Du vergiftest tatsächlich den Tempel deines Körpers mit Alkohol?«

»Scheiße, nein. Nur aus Solidarität mit meinen Schwestern. Lieber würd' ich Pferdepisse trinken.«

»Diese Pferdepisse ist wirklich gut, Patton.« Tora schlang einen Arm um Pattons Schulter, nahm einen Schluck aus ihrer Flasche und schwenkte sie grüßend in Richtung Kate und Aimee. »Diese hervorragende Pferdepisse ist den ganzen Weg von Australien gekommen.«

Maggie lachte und stellte das Videogerät an, das hinter der Theke stand. »Was sagst du nun, Kate«, trimphierte sie und zeigte mit großer Geste auf den Fernseher. Linda Foster erschien auf dem Bildschirm, von ohrenbetäubenden Hochrufen in der Bar begleitet. Ein KTLA-Reporter interviewte sie gerade im Korridor des Gerichtsgebäudes.

»Sie wird Karriere machen«, sagte Kate mit erhobener Stimme über das Getöse hinweg. »Sie hat bereits die Anklagevertretung in einem anderen Mordfall übernommen. Und es gibt Gerüchte, daß bei der Staatsanwaltschaft eine besondere

Abteilung für Verbrechen gebildet werden soll, die aus Haß gegen Minderheiten begangen worden sind.«

»Ist sie interessiert?« fragte Maggie.

Kate lachte. »Sie hat ihnen gesagt, sie würde die Abteilung leiten.«

»Ich liebe den Stil dieser Frau«, krähte Tora. Sie warf die Arme um Audie und Raney, die sich ihren Weg durch das Gedränge hindurchgebahnt hatten. »Und ich liebe diese Frauen.«

»Das ist alles sehr schön und so«, sagte Patton streng, »aber ist euch klar, was wir hier eigentlich feiern?« Sie beantwortete die Frage selbst. »Daß ein Typ, der einen unserer Brüder ermordet hat, bekommen hat, was er verdient.«

»Das ist mehr, als Atticus Finch für Tom Robinson tun konnte«, bemerkte Audie. Sie erklärte Aimee: »Der Anwalt, der in *Wer die Nachtigall stört* den Schwarzen verteidigt, Kleines.«

»Das *weiß* ich, Audie«, stöhnte Aimee. »Ich kann lesen.«

»Ist nich' wahr«, bemerkte Raney, »ein so schönes, süßes Kind wie du kann *lesen*?«

Und andere, ausgesprochen schwierige Dinge, dachte Kate und grinste, als die Frauen Aimee aufzogen und mit ihr flirteten. Ihr Blick verirrte sich auf Aimees geschwungene Hüften, die von den engen, ausgeblichenen Jeans betont wurden. Der letzte Abend war erfüllt gewesen mit vertrauten Gesprächen. Kate hatte sich all die Qual dieses Falls von der Seele geredet, und auf den intensiven Abend folgte eine Nacht voll intensiver Leidenschaft. Die Erinnerung daran klang in ihr nach und erfüllte sie mit Hunger auf die heutige Nacht. Hatte sie Anne jemals so sehr begehrt, vielleicht am Anfang ihrer Beziehung? Das mußte sie doch wohl ...

Anne. Sie war immer noch etwas böse auf Anne, die nicht hier war, um zu erklären, wieso sie mit Kenneth Pritchard befreundet gewesen war. Aber vielleicht lag es einfach an dem isolierten Leben, das sie und Anne damals als Lesben geführt hatten. Vielleicht hatte Anne in ihrer Isolation und Einsamkeit

— und Naivität — Kenneth Pritchards lüsternes Interesse mit mitfühlender Freundschaft verwechselt.

Die Frauen waren immer noch dabei, Aimee zu necken, deren gutmütige Erwiderungen langsam etwas ungeduldig klangen. Kate sagte: »Ich habe mich mit einigen der Geschworenen unterhalten.«

Die Frauen drängten sich eifrig um sie. Kate fuhr fort: »Nachdem sie Eugenia Lowe zur Obfrau bestimmt hatten, gingen sie ausführlich die Instruktionen des Gerichts durch, bis sie sicher waren, daß alle sie verstanden hatten. Dann führten sie die erste geheime Abstimmung über die Frage 'Schuldig' oder 'Nicht schuldig' durch. Das Votum war einstimmig.«

Kate langte in ihre Schultertasche. »Eugenia Lowe hat einen der Stimmzettel aufgehoben.« Sie breitete das kleine, weiße Stück Papier auf dem Ledereinband ihres Notizbuchs aus und hielt es hoch, so daß alle Frauen die Zeichnung darauf sehen konnten: Ein Strichmännchen, eine Hand erhoben, stand vor einem Panzer. Auf dem Panzer stand in Großbuchstaben SCHULDIG.

»Der Platz des himmlischen Friedens«, hauchte Audie.

»Ich wette, das war Victor Chens Stimmzettel«, sagte Aimee.

»Wahrscheinlich«, stimmte Kate zu, »aber ... wer kann das schon so genau wissen?«

»Kann ich das behalten?« fragte Maggie. »Ich werde es rahmen lassen und hier in der Bar aufhängen.«

»Ein guter Platz dafür«, sagte Kate und gab ihr den Stimmzettel.

Kate sah zu, wie Maggie den Stimmzettel in eine Serviette packte, und fuhr fort: »Dann haben sie über den Unterschied zwischen vorsätzlichem Mord und vorsätzlicher Tötung diskutiert, um sicherzugehen, daß der auch allen klar war.«

»Was für eine gewissenhafte Jury«, meinte Audie.

Kate nickte. »Es spielt schon eine Rolle, daß eine Frau wie Eugenia Lowe die Leitung hatte. Dann kam die zweite geheime Abstimmung — auch die war einstimmig.«

»Haben sie gesagt, warum sie sich so entschieden haben?« fragte Patton, die Hände in die Hüften gestemmt.

»Sie haben verschiedene Dinge erwähnt. Besonders die Sachverständigenaussage über die Blutspuren — Charlotte Meads Aussage. Mercers Erklärung von Jensens Verletzungen war ganz entscheidend. Stacey Conlins Unterhaltung mit Teddie. Und Linda Foster«, sagte Kate. »Vor allem Linda Foster. Ihre Wut.« Sie zuckte die Achseln. »Sie hielten viel von Linda Foster. Es hat sie wahnsinnig beeindruckt, daß sie so wütend war.«

»Gott«, sagte Patton. »Was, wenn sie nicht wütend genug geworden wäre?«

»Linda meint, daß Schwule und Lesben nicht zornig genug sind«, sagte Kate.

»Ich denke, es ist Zeit für ein paar Trinksprüche.« Maggie zog ihre Bierflasche unter der Theke hervor.

»Tut mir einen Gefallen«, bemerkte Patton und griff nach der Flasche an ihrem Gürtel. »Laßt uns alle Trinksprüche auf einmal ausbringen, damit ich nur einen Schluck von dieser Pferdepisse nehmen muß. Ich fange an.« Sie hob die Flasche. »Auf Kate Delafield. Die Beste. Außer beim Billard.«

»Das werden wir ja sehen, meine Freundin«, sagte Kate, und sie und Patton stießen mit ihren Bierflaschen an.

Maggie hob ihr Bier. »Auf Linda Foster — und alle guten Leute, die zornig werden.«

Kate hielt ihre Flasche hoch und sah in die anteilnehmenden Gesichter, die sie umringten. »Auf Teddie Crawford«, sagte sie.

»Ein Bruder«, fügte Aimee hinzu und sah Kate an, »der nicht umsonst gestorben ist.«

In der Ariadne-Reihe sind bisher erschienen:

Ariadne 1001 Anthony Gilbert: Das Geheimnis der alten Jungfer
Ariadne 1002 Marion Foster: Wenn die grauen Falter fliegen
Ariadne 1003 Joy Magezis: Untergetaucht
Ariadne 1004 Anthony Gilbert: Fette Beute
Ariadne 1005 Lauren Wright Douglas: Lauernde Bestie
Ariadne 1006 Jessica Mann: Das Gewerbe der Mrs. Knox
Ariadne 1007 Katherine V. Forrest: Die Tote hinter der Nightwood Bar
Ariadne 1008 Josephine Bell: Mord im Ruhestand
Ariadne 1009 J.R. Hulland: Der Tod studiert mit
Ariadne 1010 Masako Togawa: Der Hauptschlüssel
Ariadne 1011 Sarah Dreher: Stoner McTavish
Ariadne 1012 P.M. Carlson: Vorspiel zum Mord
Ariadne 1013 Val McDermid: Die Reportage
Ariadne 1014 Kim Småge: Die weißen Handschuhe
Ariadne 1015 Katherine V. Forrest: Amateure
Ariadne 1016 Dorothy Cannell: Die dünne Frau
Ariadne 1017 Kim Engels: Zur falschen Zeit am falschen Ort
Ariadne 1018 Dolores Komo: Clio Browne, Privatdetektivin
Ariadne 1019 Barbara Wilson: Der Porno-Kongreß
Ariadne 1020 Sonja Lasserre: Gestern, heute und kein Morgen
Ariadne 1021 Val McDermid: Das Nest
Ariadne 1022 P.M. Carlson: Sicher ist nur Mord
Ariadne 1023 Sarah Dreher: Schatten (Stoner McTavish 2)
Ariadne 1024 Joan Hess: Rufmord
Ariadne 1025 Sarah Schulman: Ohne Delores
Ariadne 1026 Dorothy Cannell: Der Witwenclub
Ariadne 1027 Barbara Wilson: Ein Nachmittag mit Gaudí
Ariadne 1028 Joy Magezis: Schüttelfrost
Ariadne 1029 Katherine V. Forrest: Beverly Malibu
Ariadne 1030 Susan Kenney: Zuchtrosen
Ariadne 1031 Mary Wings: Sie kam zu spät
Ariadne 1032 P.M. Carlson: Versuch mit Mord
Ariadne 1033 Val McDermid: Der Fall
Ariadne 1034 Anthony Gilbert: Schwarze Bühne
Ariadne 1035 Marion Foster: Wenn die Macht ihr Netz auswirft
Ariadne 1036 Rosie Scott: Tage des Ruhms
Ariadne 1037 Katherine V. Forrest: Tradition

Noch ist es nicht ganz soweit, denn erst im Herbst wird Ariadne ihren 5. Krimigeburtstag feiern, aber damit die Zeit nicht so lang wird, sei schon mal verraten, daß im Laufe des Jahres neue Krimis von Sarah Dreher (endlich Stoner 3!), Mary Wings, Susan Kenney, Lauren Wright Douglas und Barbara Wilson erscheinen.

Weniger erfreulich ist, daß wir die Preise für die Krimis nicht mehr halten können. Das beliebte Argument »Alles wird teurer« haben wir lange nicht anerkannt. Jetzt allerdings können auch wir nicht länger an gestiegenen Lohn-, Satz- und Druckkosten vorbei Ariadne-Krimis machen. Da wir es nicht besonders gern tun, haben wir die Preise aber nicht einfach erhöht, sondern eine neue Preisstaffel ausgetüftelt, und die sieht grundsätzlich so aus: Die dünnen Ariadne-Krimis bis 220 Seiten gibt's nach wie vor für 13 DM. Bis 300 Seiten kosten die Krimis dann 15 DM und bis 380 Seiten 17 DM. Die ganz dicken Krimis schließlich, die bei uns meistens weit über 400 Seiten haben, werden 19 DM kosten. Der Vorteil bei dieser Preisgestaltung ist, daß einige Krimis, die nach der bisherigen Staffel 16 DM gekostet hätten, jetzt schon für 15 DM zu haben sind. Dennoch, der Nachteil bleibt: insgesamt ist Ariadne teurer geworden.

Aber es gibt auch gute Neuigkeiten zum Frühling. Ende April kommen die nächsten beiden Krimis: *Das liebe Geld* von L.A. Taylor spielt in Minneapolis, hier besitzt die energische Heldin älteren Jahrgangs ein kleines Schreibbüro. Als eines Tages eine ihrer Schreibhilfen verschwindet, macht sie sich kurzerhand auf, um nach der jungen Frau zu suchen.

In unserer deutschen Neuentdeckung *Eine Lesbe macht noch keinen Sommer* ist die Autorin selbst die Detektivin: Gabriele Gelien verfolgt eigenhändig die Spur des Gangsters, der ihre

Post klaut — und kommt viel Schlimmerem auf die Spur! Zwischen Familie, Knast und Lesbenszene entwickelt sich eine turbulente Krimikomödie, die in Berlin und München spielt.

Im Mai '93 erscheint Heft 2 vom *Ariadne Forum.* Da Leserinnenbriefe nicht nur uns beflügeln und zur Diskussion herausfordern sollen, kommt wieder das erweiterte Forum zum Zug, mit Einmischungen von purer Begeisterung über gewachsene Ansprüche bis hin zu erbitterten Kontroversen. Dann gibt es wieder Tips und Tadel zu Frauenkrimis und Filmen. Im Magazin diesmal der Barbara-Wilson-Tourbericht vom letzten Sommer und ein Gespräch mit Barbara, ferner ein Porträt der Berliner Autorin Gabriele Gelien sowie ein Selbstporträt von Marge Piercy. Im Essay geht es um Randgestalten: Männerrollen in Lesbenkrimis. — Übrigens: Wir hören, daß es immer noch schwer ist, das *Ariadne Forum* im Buchladen zu erhalten. Das können nur Leserinnen ändern. Bitte bringt die BuchhändlerInnen dazu, es zu bestellen.

Und endlich erscheinen, ebenfalls im Mai, die nächsten beiden Romane der *edition ariadne*:

Marge Piercy, in den USA eine der ganz großen feministischen Schriftstellerinnen, ist in Deutschland bisher kaum veröffentlicht. Wir wollen das ab sofort ändern und beginnen mit ihrem allerneuesten Roman *Er, Sie und Es*, in dem sie sowohl feministische Science-fiction-Kultur auf die Spitze treibt als auch im mittelalterlichen Prager Ghetto Historisches zum Leben erweckt. In den Hauptrollen hier zwei aufrechte Computerfachfrauen — Großmutter und Enkelin — sowie ein künstliches Menschenwesen. Die Verbindung aus Gänsehautspannung und literarischer Webkunst ist typisch für diese Autorin.

Sarah Schulman hat schon mit dem Krimi *Ohne Delores* hitzige Debatten entfacht, ihr Roman *Leben am Rand* erregte

Aufsehen als aufrührerische Literatur um AIDS und herrschende Politik. Auch in ihrem neuesten Buch *Einfühlung* gibt sich die New Yorkerin nicht mit dem Normalen zufrieden. Die Geschichte der Anna O. ist eine hysterisch-komische Parodie auf die Psychoanalyse und auf alltägliche Vorstellungen von weiblich und männlich: Eine Lesbe experimentiert mit Identität als Beziehung zur Welt.

Natürlich wollen wir unbedingt erfahren, ob euch die viele neue Lektüre ebenso begeistert wie uns. Und damit bleibt nur noch zu sagen: Schreibt uns, macht mit.

Else Laudan

Ariadne Redaktion
Argument Verlag · Rentzelstraße 1 · 2000 Hamburg 13